독섬해전

독섬 해전

소설 이사부

김문주 장편소설

산지니

차례

동트지 않은 새벽을 향해 바람이 물살을 세차게 밀었다.

이사부가 검을 높이 들며 외쳤다.

"출정하라!"

모든 배의 기수들이 붉은 기를 올렸다. 깃발은 하늘을 향해 맹렬하게 나부꼈다. 수군 대장이 외쳤다.

"닻을 올려라!"

이사부는 첫 닻을 직접 거두어 올렸다. 이사부가 물레의 손잡이를 돌리자 묵직한 닻이 밧줄에 매달려 올라왔다. 닻은 날렵하게 몸의 물기를 털어내고 배의 앞머리에 앉았다.

"돛을 달아라!"

수군 대장이 외치자 공중에서 돛이 펼쳐지기 시작했다. 결연한 뜻을 품고 부풀어 오른 돛이 밝아오는 아침을 향해 나아갔다.

과녁을 찾아가는 화살처럼 배들은 쉬지 않고 전진했다. 왜의 노략질에 목숨이 떨어지던 신라 백성의 핏빛 한이 물결이 되어 출렁거렸다.

다시는 이 땅의 백성이 왜놈 손에 죽는 일이 없도록 아예 뱃길을 막을 것이다!

이사부는 배의 이물에 올라서서 다가오는 동해를 바라보았다.

바다를 건너는 것은 무(武)를 행하는 것과 같다.

파도의 끝, 시퍼런 칼날 위에 배들이 섰다.

해적의 침입

거친 파도가 바위를 때렸다. 하얗게 부서진 후 다시 새파랗게 몸을 세워 달려오는 물살의 기세가 맹렬하였다.

"파도가 높아졌다. 그만 나가자."

웃통을 벗은 청년들이 바다에서 나왔다. 이제 막 소년티를 벗은 어깨는 적당히 다부지고 매끄러웠다. 한결같이 귀티가 흐르는 청년들의 얼굴엔 자부심이 넘쳤다. 위화랑이 옷매무새를 다듬으며 소리쳤다.

"헤엄은 내일부터 독하게 가르칠 테니 오늘은 그만 가자."

내일부터 실직(지금의 삼척)의 바닷가에서 수련을 할 것이라, 오늘 선도들 일부가 장소를 돌아보러 나온 길이었다.

"이사부! 그만 가자."

일찌감치 바다에서 나와 활을 쏘고 있는 이사부를 향해 소리쳤다.

이사부는 파도 소리 사이로 활을 겨누고 있었다. 그때 파도를 타고 움직이는 떼배가 눈에 들어왔다. 떼배를 향해 활을 겨누었던 이사부가 급히 활을 내리고 외쳤다.

"떼배에 사람이 있습니다!"

통나무를 묶어서 만든 작은 떼배 위에 사람이 엎어져 있었다. 이사부가 떼배를 향해 달려갔다. 머리카락이 허연 사내는 노를 움켜쥔 채 쓰러져 있고, 그 옆에 엎어져 있던 어린아이가 고개를 들며 외쳤다.

"해적이 쳐들어왔어요! 엉엉!"

선도들이 노인을 부축하여 물 밖으로 끌어내자 다행히 그는 정신을 차렸다. 노인은 겁에 질린 목소리로 부르짖었다.

"해적이오! 왜놈이 쳐들어왔소! 죽을힘을 다해 노를 젓다가, 그만……."

"어디에 왜놈이 왔단 말이오?"

"아랫마을에, 저 아래 검바우 뒤로 왜놈들 배가 떼를 지어 들어갔소!"

이곳 백사장은 해안이 안으로 움푹 들어가 있어 남쪽 마을에 배가 들어가는 것을 선도들은 미처 보지 못했다.

노인은 사색이 된 채 손주를 끌어안고 뛰다가 넘어지며 도망쳤다.

선도들은 말에 올랐다. 거무튀튀한 돌들이 병풍처럼 늘어선 아래쪽 마을로 향했다. 돌산을 돌아가자 마을이 나타났다. 사람들은 공포에 떨며 달아나고 있었다.

"포구에 해적선이 들어왔다!"

다급한 외침을 듣고 이사부는 바다를 향해 말을 달렸다. 위화랑이 소리쳤다.

"조심해라! 우리는 상황만 살피고 돌아간다!"

대부분이 전투 경험이 없는 어린 선도들이었다.

검은 독수리같이 생긴 바위 뒤에 왜선의 깃발이 보였다. 바위틈을 돌아 검바우 뒤쪽으로 다가가자 왜인들의 배가 나타났다.

이사부는 왜선을 본 순간 심장에 강한 통증을 느꼈다. 배라고는 나루터에서 통나무배를 몇 번 보았을 뿐이었다. 왜선은 통나무배보다 크고 선체의 앞뒤가 날렵하게 뾰족하여 칼날 같았다. 깃발을 요란하게 꽂은 큰 배가 대장선인 듯했다. 왜선들은 모두 음산하고 불길한 기운을 내뿜고 있었다. 그런데도 이사부는 이상하게 그 배에 마음이 끌렸다. 오랜 시간 바다에서 단련되어 거친 폭풍 속에서도 살아남을 것 같은 배들이었다.

위화랑이 선도들에게 명했다.

"산성으로 가서 왜군이 왔다고 알려라! 서라벌에 전령을 보내고 전투 준비를 하라고!"

이사부와 위화랑은 적의 행로를 지켜보기로 했다. 왜군이 마을의 집들을 함부로 휘저었다. 찢어지는 비명이 들리더니 미처 도망가지 못한 백성들이 왜군에게 끌려 나왔다.

"저놈들이!"

허리에 찬 칼을 움켜쥐는 이사부를 위화랑이 제지했다. 둘이서 달려 나가봤자 왜군의 칼을 피하기 어려울 것이었다.

"살려 주십쇼! 제발 살려 주십쇼!"

늙은이들과 부부로 보이는 남녀 두 쌍, 그리고 아이들이었다. 왜군은 그들을 한 줄로 꿇어앉혔다. 왜군은 모두 머리카락을 뒤로 올려 묶었으며, 웃옷만 입고 아랫도리는 벗은 채 맨발이었다. 그러나 몇몇 왜장은 어깨부터 허벅지까지 가리는 찰갑옷을 입고 모자를 썼다. 그중 키가 큰 왜장은 머리에 해골을 쓰고 있었다. 그가 우두머리 같았다.

해골을 쓴 왜장은 물에 발을 담그고 선 채 꿇어앉은 백성들을 훑어보았다. 칼끝으로 한 명을 치듯이 가리켰다. 서너 살밖에 되지 않은 여자아이였다.

"안 됩니다요! 그 아인 안 됩니다요! 이 늙은이를 죽이고 그 아이를 살려……."

매달리던 늙은이의 머리가 단칼에 떨어졌다. 흰 모래밭에 피를 뿌리며 머리가 굴렀다. 왜군은 울부짖는 사람들 목에 칼을 들이댔다. 짐승 가죽으로 만든 웃옷을 걸친 왜군이 여자아이를 안고 왜장 앞에 섰다. 해골을 쓴 왜장이 칼을 쳐들더니 그대로 아이의 배를 갈랐다. 아이의 어미인 듯한 아낙이 비명도 못 지르고 쓰러졌다.

왜장은 아이의 내장을 바다에 쏟았다. 빈 뱃속을 바닷물로 씻어냈다. 그리고 축 늘어진 아이의 몸을 안고 나와 백사장에 눕혔다. 품속에서 무언가를 꺼내 아이의 뱃속에 담았다. 하얗게 흘러내리는 것이 쌀 같았다. 왜장은 아이의 시신을 제물로 올려놓고 절을 했다. 다른 왜장들도 모두 두 번 절을 하고 합장했다.

"저 짐승들이 아이 배를 갈라 제사를 지내는구나."

위화랑이 이를 갈며 뇌까렸다. 지켜보는 이사부는 온몸의 숨구멍에서 피가 터져 나올 것만 같았다.

"산성으로 가자, 더 늦기 전에."

위화랑이 이사부의 팔을 잡아끌었다. 이사부는 재빨리 활에 화살을 걸었다.

"저놈, 맞힐 수 있어요"

"정신 차려라. 저놈을 맞힌 후에 놈들 화살을 무더기로 맞을 참이냐?"

이사부는 스승이 했던 말을 떠올리며 이를 악물었다.

마음이 성급하면 몸을 버린다. 죽이겠는가, 살리겠는가. 몸이 먼저 분별할 것이다. 이사부와 위화랑은 산성으로 말을 달렸다. 백성들의 피맺힌 울부짖음이 그의 목덜미를 잡아챌 것만 같았다.

왜군은 순식간에 산성 아래로 닥쳐왔다. 산성을 향해 활을 쏘고 돌을 던졌으나, 산성은 대응하지 않았다. 성이 높고 견고하니 대응하지 않는 것이 최고의 전략이라 했다. 전령을 보냈으니 월성의 지원군이 오면 합세하고, 왜군이 식량이 떨어져 돌아갈 때 후미를 친다는 계획이었다.

"성 밖에 백성들이 얼마나 있습니까? 저들이 백성을 공격하면 어찌합니까?"

이사부가 묻자 실직의 장수가 떨떠름하게 대답했다.

"그들은 안전한 곳에 숨었을 거요. 실직은 실직 방식으로 싸우니 서라벌의 귀족들은 신경 쓰지 마시오."

이곳 실직은 신라의 땅이 된 지 삼 년밖에 되지 않았다. 오랫동안 신라와 밀접한 소국이었던 실직국은 고구려의 땅이었다가 삼 년 전, 신라와 고구려의 전투 끝에 신라 땅이 되었다. 이사부는 삼 년 전의 그 전투에 처음 출전하여 공을 세웠다.

이틀째가 되자 군량미가 바닥났는지 적의 움직임이 거의 없었다. 동이 트기 전, 어둠을 가르며 전령이 달려왔다.

"서라벌에서 지원군이 당도했습니다."

지원군이 숲을 지나 왜군을 향해 진격하고 있었다.

"활을 쏘아라! 쉬지 말고 쏘아라!"

화살 공격에 적들이 주춤하는 사이, 신라 지원군은 낫과 창을 들고 왜군과 뒤엉켰다.

"성문을 열고 나가겠소."

실직의 장수 중 덩치가 크고 구레나룻이 무성한 장수가 외쳤다. 그는 손에 들기에도 무거워 보이는 커다란 쇠도끼를 허리에 차고 있었다. 그가 기마부대를 이끌고 달려 나갔다. 이사부가 말에 오르자 위화랑이 만류했다.

"스승님의 말씀을 잊었는가? 함부로 전투에 나설 순 없네."

스승은, 무인으로서 스스로 온전히 단련되기 전에는 세상을 향해 칼을 들 수 없다 하였다.

"하지만 백성이 무참하게 당하는 것을 보고 어찌 모른 척합니까?"

스승님! 분별할 수 있는 지혜를 주소서!

이사부가 앞장서 달려 나가자 전투 경험이 있는 선도들이 말을 타고 뒤따랐다. 도끼를 찬 실직의 장수가 이사부 옆을 달리며 외쳤다.

"서라벌의 귀한 자제분들, 조심하시오!"

장수는 커다란 도끼를 거침없이 휘두르며 전진했다. 그의 도끼날에 적의 머리가 으깨어졌다. 왜군 하나가 이사부에게 달려들었다. 이사부는 몸을 돌려 칼을 피하며 적의 배를 찔렀다. 칼이 사람을 베는 느낌이 선연히 살아났다. 순간, 말을 탄 왜장의 칼끝이 이사부의 목을 아슬아슬하게 스쳤다. 말에서 떨어져 땅을 구른 이사부가 몸을 일으킬 때였다.

적의 칼날이 눈앞에서 번득였다. 이사부는 재빨리 몸을 숙였다. 이사부 뒤에 섰던 선도의 몸이 절반으로 갈라졌다. 피가 이사부의 얼굴에 튀었다. 사람 몸의 단면이 눈앞에 적나라하게 드러났다. 죽은 선도는 이사부와 친한 동무였다.

멈칫하는 사이, 왜장의 칼이 이사부의 눈앞으로 다가왔다.

"윽!"

왜장은 목덜미에 도끼가 꽂힌 채 이사부의 발 앞에 털썩 떨어졌다.

"괜찮소?"

실직의 장수가 왜장의 목에 박힌 도끼를 뽑아내며 물었다.

받아들일 수 없는 것을 받아들여야 할 때가 있는 법!

이사부는 이를 악물고 정신을 집중했다. 이사부의 칼은 정확하고 재빨랐다. 칼을 긋는 소리, 창이 부딪히는 소리가 들판에 울렸다. 신라군의 시신과 왜군의 시신이 여기저기 나뒹굴었다. 어둠이 내릴 무렵 왜군은 후퇴하기 시작했다.

그때 이사부는 해골을 쓴 우두머리 적장을 보았다. 적장의 한마디에 아수라장이던 왜군은 순식간에 대열을 정비했다. 살쾡이 같은 왜장의 얼굴엔 표정이 없었다.

도끼를 든 실직의 장수가 침을 퉤 뱉으며 말했다.

"저 우두머리, 몇 년 전 전투에서 신라 장군의 머리를 자른 후 그 해골을 모자 삼아 쓰고 다닌다오."

"이사부라 합니다. 아까 제 목숨을 살리셨어요."

"나는 석부라 하오."

석부. 돌도끼. 그에게 어울리는 이름이었다.

왜군은 빠른 속도로 후퇴했다. 이사부는 마른침을 삼키며 외쳤다.

"적들이 해안가의 백성들을 노릴 겁니다. 추격해야지요!"

"끝났소! 쫓지 마시오!"

아군 수십 명, 왜군 백여 명의 시신이 흩어져 있었다. 신라군은 왜군의 시신에서 무기를 챙겼다.

"쫓아야 해요. 살려 보낸 적들은 다시 노략질을 하러 올 겁니다!"

이사부는 거세게 내달렸다. 어찌할 수 없는 피의 부름, 가늠할 수 없는 울분이 그를 채찍질하고 있었다.

검푸른 바다가 눈앞에 나타났다. 왜군은 배에 오르고 있었다. 해안가로 말을 달려 멀어지는 배를 향해 활을 쏘았다. 그때였다.

“쏘지 마십쇼! 살려 주십쇼!”

검은 바위산 뒤에서 목선 세 척 나타났다.

“활을 내려라. 놈들이 우리 백성을 잡았다!”

잡힌 이들은 대부분 사내이고 처자도 두어 명 보였다. 스물댓 명의 신라인을 태운 배가 방패막이 역할을 하며 앞을 막았다. 왜군들이 사로잡은 신라인의 목에 칼을 겨누었다. 달려온 군사들은 백성들이 희생될까 봐 활을 쏠 수 없었다. 철썩이는 파도가 배를 때리는 소리만 구슬프게 들리는 순간이었다.

“아버지!”

한 아이가 울부짖으며 바다를 향해 달려 나갔다. 해적을 피해 숨었다가 제 부모가 잡혀가는 걸 알고 뒤늦게 쫓아 나온 모양이었다. 이사부는 말을 타고 내달렸다.

“안 되오! 돌아오시오!”

실직 장수의 목소리가 날카로웠지만, 이사부는 아이를 향해 달렸다.

“아버지, 엉엉!”

바다로 뛰어드는 아이를 이사부는 말에 탄 채 한쪽 팔로 안아 올렸다. 이사부를 겨냥한 화살이 날아오자 신라군도 달려 나와 활을 겨누었다. 아이는 이사부의 팔에 안긴 채 부들부들 떨었다.

해골을 쓴 왜장이 탄 큰 배는 이미 바다 가운데로 멀어지고 있었다. 저들은 신라 땅에 들어올 때 어린아이의 배를 갈라 제사를 지내고, 돌아갈 때는 신라인을 잡아갔다.

"우리는 왜 추격할 배를 준비하지 않았습니까?"

이사부는 장수들을 둘러보며 원망스럽게 내뱉었다. 아무도 그 질문에 대답하지 않았다. 가슴속에서 이글거리던 불꽃이 사그라들자, 이사부는 자신의 질문에 대한 답을 스스로 깨달았다. 신라군은 배가 부족하고 수군이 따로 없었다. 왜군과 해상전을 치러본 적이 없었다.

어린아이를 죽여 씻기게 한 잔인한 바다. 저 바다로 나가 놈들을 잡을 수 있을까.

왜선을 바라보며 이사부는 울음을 삼켰다. 산성을 지켜낸 신라군은 승리의 함성을 질렀다. 이사부가 구해낸 아이는 제 부모를 부르며 울었다. 열여덟 살의 이사부에겐 처음으로 패배를 맛본 전투였다.

너의 길을 가라

서라벌로 돌아오는 길로 이사부는 스승을 찾았다.

"나에게 큰 실망을 주는구나."

스승의 한마디가 이사부의 가슴을 후려쳤다.

스승은 토굴에서 지내기를 고집했는데 몇 달 전, 월성의 기와지붕 아래로 거처를 옮겼다. 그때부터 단단하던 스승의 몸에서 무언가가 빠져나가고 있음이 느껴졌다. 병마가 스승을 덮쳤고, 그래서 왕이 그를 궁으로 들였다는 것을 나중에 알았다.

"은인자중하여 진정한 무(武)의 길을 가라 했건만. 성급하게 공을 세워 명예를 얻고자 하는구나."

스승의 목소리에 이사부의 뱃속이 쓰라렸다.

선도의 무예 수련을 맡고 있는 스승은 자신의 후계자로 이사부를 지정했다. 올봄, 왕족의 딸과 이사부의 혼담이 오가자 스승이 직접 이사부의 아버지를 만나 충고했다.

"이사부의 무예가 절정에 다다르고 있으니, 그 몸을 무에만 집중하게 해주십시오."

스승의 후계자가 되면 장차 선도의 우두머리가 됨을 물론 신라의 병권을 장악하리라는 기대에 이사부의 아버지는 혼사를 언급하지 않았다.

"결코 높은 관직이나 명예를 바라서가 아닙니다. 스승님, 왜놈들이 백성을 죽이고 노략질하는 것을 두고 볼 수만 없었습니다."

"칼이 세상을 향해서 날을 세우고 있구나. 그래서 어찌하고 싶으냐?"

어찌해야 하는지, 스승이 한 말씀만 해주기를 바랐다.

"왜놈들, 신라를 향해 달려들던 그 배가, 백성들의 피로 붉던 그 바다가 제 속에서 떠나질 않습니다. 배를 만들고 수군을 키워 바다로 나가 그들을 섬멸하고 싶습니다."

"땅을 지킬 군사도 부족하거늘, 수군이라니."

스승은 혼잣말처럼 중얼거린 후 단호하게 말했다.

"무인은 무로써 자신을 바로 세우고 오직 무로만 세상을 봐야 하거늘, 너는 무를 다 알기 전에 세상을 먼저 세우려 하는구나."

이사부는 머리를 조아렸다.

"결코 그 뜻을 거역하고자 함이 아니라, 백성을 구하고자 함입니다. 허나, 제가 성급하였습니다."

"너의 길이 옳아도 순서가 그릇되었다. 무의 경지를 이루지 못하고 세상에 먼저 칼을 휘두르지 않았느냐? 너와 내가 가는 길이 다르니 이제 그만 보자꾸나."

"스승님!"

"나는 이제 자연을 벗 삼아 떠돌며 내가 세웠던 칼날을 무디게 하여 스스로 칼등이 되고자 하니, 이사부야, 너는 세상의 길로 가거라."

이사부가 열 살 때 만난 스승이었다.

"내 몸이야 세상의 순리에 스며들면 그뿐이고, 선도의 수련은 위화랑에게 맡기겠다."

스승의 후계자로 위화랑을 지정하겠다는 뜻이었다. 스승이 자신에게서 마음을 거두는 것이었다. 무인의 수행이 한순간 허물어지는 것 같았다. 그러나 몸이 무를 바로 세울 때까지 자신만 들여다보겠다고 허언할 수는 없었다.

그때 밖에서 위화랑이 이사부를 찾았다. 왕과 태자가 이사부를 기다린다고 했다. 스승은 손을 저으며 나가보라고 했다.

위화랑은 귀족회의에서 이번 전투에 대해 논란이 있었음을 전해 주었다. 성골과 진골의 자제들이 전투에 참여하여 한 명이 죽고 세 명이 크게 다쳤다. '신선의 무리'라는 뜻의 선도는 아직 비공식적 청소년수련 모임일 뿐이었다. 왕족들은 자기 아들을 목숨을 내건 전투에 참여시킬 계획이 없었다.

"이사부, 들어오너라."

태자의 부름에 이사부는 허리를 굽히고 남당에 들었다. 왕과 태자인 원종, 그리고 위화랑이 앉아 있었다. 위화랑은 왕족 신분은 아니지만, 선도의 우두머리로서 회의에 참석한 것이었다.

"이번 전투에서 네 공이 컸다고 들었다. 애썼다."

예순이 넘어서 마립간에 오른 왕(지증왕)은 키가 크고 체격이 좋았다. 마립간이 된 지 삼 년 만에 마립간 대신 '국왕'으로 호칭을 바꾸고 나라 이름도 '신라'로 확정했다. 궁궐을 증축하여 월성이라 부르고, 왕권을 강화하기 위해 일찌감치 아들을 태자 자리에 앉혔다.

"선도의 희생이 있었으니, 싸운 자의 공이 어디 있사오리까?"

"그동안 실직은 신라에 공물을 바칠 뿐 스스로 신라국임을 인정하지 않았다. 그런데 이번에 선도가 앞장서 실직을 지켰으니, 이제야 비로소 실직이 신라 땅이 되었다."

"변방의 백성들은 왜군의 노략질과 고구려와 신라의 싸움에 지쳐 관군을 멀리하는 듯했습니다. 서라벌이 모든 백성의 안위를 보살펴야 한다고 생각합니다."

왕은 이사부가 삼 년 전 고구려와의 전투에서도 공을 세운 것을 언급하며 재차 치하했다.

"그런데, 선도에게 비단과 쌀을 상으로 내려 승전의 공을 치하하려 하는데, 그 뜻에 반대했다고?"

왕의 굵고 낮은 목소리는 신뢰감을 주었다.

"저는 그곳 백성들이 왜군에게 목숨을 잃는 모습을 보았습니다. 선도에게 상을 주는 것보다 왜군에게 당한 백성을 구하는 방책이 먼저라고 생각합니다. 그래야 그들이 스스로 신라의 백성임을 자각하고 월성의 뜻에 따르지 않겠습니까?"

왕이 엷은 미소를 보이며 고개를 끄덕였다. 그런 왕을 슬쩍 보며 태자 원종이 말했다.

"처음에는 선도가 죽고 다친 일로 논란이 있었으나, 결국 대의를 위해 찬성하기로 했네. 자네가 직접 쌀과 비단을 싣고 실직으로 가 주겠는가?"

이사부는 스승의 노여움을 떠올렸다. 실직에 다시 가고자 한다면 스승의 실망이 더할 것이라 짐작했다. 태자가 물었다.

"신라 수군의 상황을 알고 싶다 하였다지?"

"예, 왜는 이미 오래전부터 신라의 해안을 치고 노략질을 일삼았으니, 저들의 배는 빠르고 튼튼하며 배를 모는 기술 또한 뛰어났습니다. 우리는 배가 없어 그들을 따라잡지 못하니, 제집에 들어온 도둑을 잡지 못하고 쫓아 보내기만 하는 형국입니다. 신라도 수군과 배가 있어야 합니다."

위화랑이 의외라는 듯 눈을 치뜨며 이사부를 보았다. 태자는 미간에 주름을 만들며 말했다.

"자네도 알다시피 신라는 수군이 따로 없네. 백제와 고구려에 맞서기도 힘에 겨운 형편이지. 배도 몇 척 되지 않아 전장을 바다로 넓히기는 역부족이네."

왕의 얼굴이 잠시 침울해지더니 다시 이사부를 지그시 바라보며 말했다.

"허나, 왜가 계속 침범한다면 어찌 내실을 튼튼히 할 수 있겠나? 수군을 육성하고 전선을 만드는 일이 가능하다면 자네가 준비해 보게."

"예?"

이사부는 놀라 왕과 눈길이 마주쳤다.

"상황을 살펴 자네에게 마땅한 관직을 주어 배와 수군에 관한 일을 맡기겠네. 실직은 우리에게 중요한 땅일세."

"아직 미흡한 소신을 믿어주시니, 그 뜻을 살펴 왕의 은혜가 변방의 백성에게 이르게 하겠습니다."

이사부는 왕에게 깊이 허리를 숙인 후, 위화랑과 함께 남당에서 물러났다.

"수군이라니! 신라의 왕족 중 변방에 관심을 가지는 이는 자네뿐일 거야."

"실직에 같이 가시겠지요?"

조용한 곳으로 이사부를 이끈 위화랑이 목소리를 낮추었다.

"나는 지금 더 중요한 일을 수행 중이라서 안 되겠네."

"무슨 일이 생겼습니까?"

"내 누이동생을 태자에게 보내기로 했네."

태자 원종에겐 두 명의 부인이 있었다. 위화랑의 누이는 월성에서 가장 아름답기로 소문이 났으나 실제로 그 얼굴을 본 이는 거의 없다고 했다.

"이사부 자네는 왕족이니 잘 모를 테지. 나처럼 신분이 미약한 자는 늘 기회를 살펴야 해. 이제는 성씨들이 돌아가며 마립간을 하던 시대가 아니야. 왕위는 장자에게 물려주는 걸

세. 게다가 왕의 나이도 있으니, 곧 원종이 왕위를 물려받을지도 모르네."

그래서 누이를 태자에게 보내 위화랑 자신이 스스로 권력의 중심에 나서려는 것이었다. 스승은 이런 위화랑을 후계자로 지정하려 한다. 이사부는 마음의 짐을 내려놓으려 애쓰며 말을 돌렸다.

"변방의 백성들에겐 비단보다 곡식이 도움이 되겠지요. 쌀로 바꿔주십시오."

위화랑은 어이가 없다는 듯 웃었다.

부친인 아진공은 전투에서 돌아와 고집스럽게 설득하는 이사부를 못마땅하게 바라보았다.

"전공을 세웠으면 상을 받아 금의환향해야 하거늘, 빈손으로 와서 집안의 살림을 내놓으라 하니, 이런 법도가 어디 있느냐?"

"아버지, 실직의 가난한 백성들이 굶주리고 있습니다. 신라의 덕은 실직에 닿지 않고, 자신의 안위만을 걱정하는 실직의 옛 왕족들은 무기력합니다."

"너는 월성의 주인이 되고자 하는 꿈은 버리고, 망한 실직에 가서 왕 노릇이라도 하겠다는 거냐? 어찌하여 너는 눈을 크게 뜨고 대망을 품으려 하지 않느냐?"

아진공은 손바닥으로 책상을 내리쳤다. 이사부는 고개를 떨어뜨렸다. 그러나 이사부는 자신의 가슴에서 큰 파도가 일렁이고 있음을 알았다. 그것이 무엇인지 아직 잘 몰라도 그 꿈이 월성에 있지는 않았다.

"네가 힘을 기르고 병권을 쥔다면 네게도 기회가 올 것이거늘, 어찌 월성의 주인이 되려는 대의를 품지 않는 게냐?"

아진공은 왕위에 오를 기회가 있었으나 지금의 왕에게 밀려났다. 그런 만큼 아들인 이사부가 자신이 못다 이룬 꿈을 이루어주길 기대했다.

아버지의 호통을 들으며 이사부는 오히려 마음의 안개가 걷히고 표적이 뚜렷해졌다. 아버지가 그토록 애착하는 월성의 권력에서 온전히 멀어져야 했다. 왕권을 가지고자 일생을 거는 왕족의 태생적 모순을 지우는 법은 그것뿐이다. 스승이 원하는 참된 무인의 삶을 지켜내진 못하더라도, 죽어가는 백성을 외면하고 살 수는 없다.

결국 이사부의 뜻을 꺾지 못한 아진공은 이사부에게 곳간을 열어주었다. 이사부는 어두워지기 전에 곡식을 내 실으라 일러놓고 스승을 찾아갔다.

스승의 방에는 아직 불이 켜지지 않았다.

"스승님, 이사부입니다."

스승은 없었다. 방 가운데 스승이 입었던 옷이 가지런히 놓여 있었다. 벽에 걸렸던 삼베옷이 보이지 않았다. 토굴에서 수련하고 활을 쏘고 검을 쓸 때도 늘 입던 옷이 사라졌다. 스승은 떠난 것이었다.

"스승님!"

이사부는 주저앉아 스승이 벗어놓은 옷에 얼굴을 묻었다. 스승의 가르침 한 마디로 이사부는 화살이 당도할 표적을 그렸고 칼끝을 들어 무인의 자세를 배웠다. 몇 번이나 훌쩍 어딘가로 떠나 수련을 하고 돌아오시곤 하던 스승이었다. 그러나 이번에는 다시 돌아오지 않을 길을 떠나신 것임을 알았다.

스승님, 꼭 다시 뵙겠습니다. 제가 스승님의 뜻을 완성하진 못하여도, 결코 가르침을 잊지 않겠습니다. 훗날 다시 뵐 때, 이 못난 제자를 꾸짖어 주십시오, 스승님!

이사부는 눈물을 훔치고 방을 나왔다. 궁터로 가 마음을 다잡기 위해 활을 들었다.

활은 몸이요 화살은 정신이니, 몸과 정신이 하나 되어야 길이 명확히 보이니라.

스승의 가르침을 떠올리며 이사부는 화살을 날렸다. 바람을 가르며 날아간 소리가 과녁에 가서 명쾌하게 울렸다. 이사부는 스승이 쏘던 활을 제자리에 놓고 큰절을 올렸다. 어두운 하늘에서 바람이 한 줄기 길을 내고 있었다.

그곳, 실직

이사부는 곡식을 실은 수레와 관군을 거느리고 실직의 산성에 닿았다.

"곡식을 산성에 일부 내려놓고, 나머지는 바닷가의 백성들에게 나누어 주세요."

실직의 일에 신라는 관여하지 말라고 하던 장군이 이사부에게 손을 내밀었다.

"고맙소. 그런데 실직에도 바다에 나가 싸울 군사는 없소. 배가 세 척이 있고 노를 젓는 군사가 스무 명쯤 되는데, 수군이라고 헤아린다면 그들이 수군이오."

장군은 지난 전투에서 이사부와 함께 싸운 석부를 불렀다.

"배를 보자고 하면 못 보여 드릴 건 없소만, 석부, 자네가 안내하게."

이사부는 석부를 다시 만나 반가웠다. 석부를 따라 실직에 세 척 있다는 배를 보러 갔다. 두 명이 노를 젓는 작은 배로 통나무배보다 나을 게 없는 수준이었다. 그나마 있는 배도 낡아서 노도 달아나고 없었다. 이사부는 왜선들을 떠올렸다. 거칠고도 날렵하게 파도를 건너던 왜선, 그보다 나은 배가 있어야 했다.

이사부는 처지는 어깨를 치켜올리며 말했다.

"오래된 배 같은데, 실직에 배를 만드는 데가 있습니까? 배를 만들겠다고 하면 월성에서 도움을 줄 텐데요."

석부는 구레나룻을 만지며 겸연쩍게 웃었다.

"배를 아무나 만들겠소? 어부들이야 떼배를 만들어 쓰고, 옛 실직국에는 배를 잘 만드는 이가 있었지만, 그도 늙어서 이제는……. 이 배도 왕족이 뱃놀이로 쓰던 배를 군에 내어 준 것일 게요."

이사부는 귀가 번쩍 뜨이었다. 실직국의 왕족이라는 말이 마음에 걸리긴 했지만, 뭔가 제대로 된 배에 접근할 수 있을 것 같았다. 내키지 않아 하는 석부를 앞세워 옛 실직국 왕족의 집으로 찾아갔다.

수십 년 전의 궁궐 흔적이 남아 있는 집이니 신라 왕족의 집보다 제법 웅장했다. 담장은 성벽처럼 높고 푸른 기와지붕은 예전의 영화를 보여주듯 화려했다. 대문 앞에 서서 석부가 허리에 찬 도끼를 내려놓고 헛기침을 하는 사이 문이 열렸다.

"어이구, 깜짝 놀랐네. 누구시오?"

늙은 하인은 귀족 행색의 손님에게 주눅이 들지 않았다.

"안일공 어른을 뵙고자 왔네. 산성의 장수 석부가 와서 청한다고 고해주게."

하인은 이사부를 아래위로 훑어보더니 혼잣말로 중얼거리

며 들어갔다.

“복색을 보아하니 실직의 귀족은 아니시구먼.”

석부가 피식 웃으며 말했다.

“하인들도 어릴 때부터 실직의 궁에서 일하던 이들이라, 콧대가 세지요.”

대문 양쪽으로 행랑이 여러 채였다. 사랑채를 지나 동쪽 문으로 한참 내리막길을 가자 커다란 나무 문이 나왔다. 그 문 앞에 비단옷을 입은 사내가 뒷짐을 지고 서 있었다. 석부가 빠른 걸음으로 다가가 허리를 숙였다. 이사부는 일부러 천천히 걸어가 고개를 숙였다.

“서라벌의 월성에서 나온 이사부라 합니다.”

“신라 왕궁에서 무슨 일로 왔는가?”

“실직에서 배를 제대로 만들 수 있는 곳은 이 댁뿐이라는 말을 듣고 배를 좀 보여주십사 왔습니다.”

“뱃놀이를 하려고 그러시나? 잘못 찾아왔네.”

“수군을 키우고 전선을 만들고자 합니다. 그러기 위해 우선 배를 만들고…….”

안일공이 눈을 치떠 이사부를 보았다.

“이 무슨 망발인가? 신라의 수군을 키우는데 실직의 배 만드는 기술이 필요하다? 실직이 신라의 영이 되었기로, 신라의 하명이나 받들고 살 줄 아는가?”

이사부는 급히 허리를 숙였다.

“하명이라뇨? 당치 않습니다. 신라는 수군이 없고 배가 없어 끊임없이 왜군의 침입을 받고도 제대로 대항하지 못합니다. 실직이 주체가 되어……."

"듣기 싫네. 왜놈들로부터 신라를 지키는 일에 앞장서란 말인가?"

안일공은 돌아서 버렸다. 안일공이 들어서고 문이 닫히기 전, 이사부는 보았다. 문 저쪽에는 모래밭이 펼쳐지고 그 끝엔 강물이 흐르고 있었다. 한쪽에는 커다란 통나무들이 누워 있고 누런 옷을 입은 사내들이 오가고 있었다.

여기서 배를 직접 만드는구나!

이사부는 가슴이 두근거렸다. 나무 문을 밀어보았으나 열리지 않았다. 늙은 하인이 무섭게 말했다.

"돌아가십쇼. 공께서 노여워하시는 거 못 보셨습니까?"

이사부는 문 앞에 주저앉았다.

"내 뜻을 굽힐 수 없으니 부름이 있을 때까지 기다리겠소."

날이 기울고 새들도 제집을 찾아갈 무렵, 산성으로 돌아갔던 석부가 다시 왔다.

"여태 이러고 있소? 사람이 고집도 어지간하시군."

그때 나무 문이 열리고 안일공이 나타났다.

"돌아가지 않았나? 신라의 배를 왜 나에게 와서 찾는가?"

"실직을 위해 배가 필요합니다. 왜놈이 쳐들어와 어린애의 배를 가르고 닥치는 대로 노략질해 갔습니다. 옛 실직의 왕족께서는 담을 높이 쌓고 뱃놀이만 하면 그만입니까? 이 담장 밖에서 실직 백성이 죽어 나가는 건 남의 나라 일입니까?"

안일공의 수염이 바르르 떨렸다. 석부가 이사부를 저지했다.

"말씀이 지나치시오."

그때 안일공 뒤에 한 여인이 나타났다. 머리를 높이 묶고 사내처럼 저고리와 바지를 입은 여인은 허리에 칼을 차고 있었다.

"아버지, 이분이 서라벌에서 오신 손님이세요?"

딸의 등장에 안일공도 말을 참고 긴 한숨을 내쉬었다.

"서라벌엔 배가 제대로 없어 배 구경을 못 하셨나요? 아버지, 그러지 마시고 배 구경이나 시켜 드리시지요."

여인이 나무 문을 활짝 열어젖히며 이사부를 안내했다. 이사부가 안일공과 여인을 번갈아 보자, 안일공이 포기하듯 내뱉었다.

"따라오게."

이사부는 석부와 함께 모래밭으로 내려갔다. 위쪽은 소나무 숲이 막아서고 아래쪽은 마을로 이어지는 강줄기가 부드러운 곡선을 이루고 있었다. 이사부는 쌓아놓은 통나무 앞에 다가섰다.

"이 나무로 배를 만듭니까?"

다른 쪽에 잘라놓은 나무판들은 모서리가 매끄럽게 정리되어 크기별로 쌓여 있었다. 작은 나무집에 걸려 있는 낫과 칼, 도끼는 금방 작업을 끝낸 듯 날에 부드러운 나무 속살의 흔적이 남아 있었다.

"배를 보고 싶으세요?"

안일공의 딸이 당당하게 소나무 가지를 얼기설기 엮어서 만든 가리개를 치웠다. 나무의 맨살을 그대로 간직한 배 두 척이 몸을 드러냈다. 낮의 더위가 가라앉은 강가에 노을이 내려오고, 은은한 햇살이 배의 몸에 스며들었다.

소나무 특유의 무늬가 그대로 살아 있는 배는 이사부의 마음을 흔들어 놓았다. 한 척은 통나무 세 개를 연결해 만든 배로 나루의 통나무배보다 크고 안정감이 있었다.

그리고 다른 배를 살펴보던 이사부는 깜짝 놀랐다.

"이건, 왜선이 아닙니까?"

검바우 해안에서 처음으로 본 왜선, 배의 앞뒤가 높아 곡선이 뚜렷하고 배 밑은 좁았다. 거무튀튀하여 음산해 보이던 왜선과 달리 눈앞의 배는 나무의 결과 색을 그대로 가지고 있어 전혀 다른 느낌이었다.

"눈썰미가 있군."

안일공이 다가왔다.

"왜놈들이 두고 간 부서진 왜선을 보고 똑같이 만들어 보았지."

이사부는 배의 몸을 손으로 쓰다듬었다. 금방이라도 물살을 가르고 나아갈 듯 잘 다듬어진 나무의 결이 손끝으로 전해져 왔다. 이사부는 호기롭게 말했다.

"이 두 척의 배를 실직의 백성을 위해 내놓으시면 어떻습니까?"

안일공이 양미간을 찌푸리다가 어이없다는 듯이 웃었다. 멀찍이 서 있던 안일공의 딸이 다가와 말했다.

"이 배들은 이미 살 사람이 있어요. 삯을 후하게 받고 만든 배이니 꼭 원하시면 배를 주문하세요."

이사부는 여인을 향해 웃었다.

"알겠습니다. 내 서라벌에 연통을 넣어 배를 사도록 하지요."

"이 배가 얼마나 하는지 짐작이나 하십니까?"

"배의 값은 원하는 대로 드리겠소. 그런데 내가 원하는 배를 만들어 줄 수 있겠소? 수군이 탈 만한 배가 되어야 하오. 왜놈의 배보다 더 튼튼하고 빠른 배를 만들어야 하오."

놀란 표정인 안일공 부녀에게 예를 갖춘 후 이사부는 돌아섰다. 그의 가슴속엔 파도가 일렁이고 이미 배들이 물결을 힘차게 가르며 나아가고 있었다.

얼마 후 안일공 집에서 배가 완성되었노라고 전갈이 왔다.

"이 배들이 새로 만든 배요?"

작달막한 키에 어깨가 다부진 중늙은이가 다가와 인사했다.

"저번에 보고 가신 두 배입지요. 송진을 발라 말리고 하는데 시일이 걸렸지요."

"내가 배를 살 테니 새 배를 만들어 달라고 하였는데."

그는 이사부가 아무것도 모른다는 듯 피식 웃으며 말했다.

"배를 만드는 데 시간이 얼마나 걸리는지 모르시는군요.

소나무를 베어 일이 년 물에 푹 담갔다가 건져서 또 한 일 년을 말려야 배를 만들 나무가 됩니다."

"물에 담가 놓다니?"

"수침법이라 하는 방식인데, 물에 담가놨다 말려야 나무 속의 물기가 빠져나가서 단단해지고, 나무 색상도 고루 잘 퍼지고 색깔이 짙어져서 곱게 나옵지요."

그러고 보니 저쪽에 통나무째로 강물에 담가놓은 나무들이 보였다.

바람이 강 물결을 밀어내고 있었다. 안일공의 딸이 배 앞에서 새 배의 첫 안전운행을 기원하는 제를 올린 후 그들은 배에 올랐다.

"이보게, 쌍노. 서라벌에서 오신 분이 탔으니 노를 얌전히 저어주게."

수침법을 설명한 사내 이름이 쌍노라고 했다. 쌍노가 배에 올라 고갯짓을 하자 사내들 몇이 맨발로 물에 들어와 배를 쑤욱 밀어주었다. 쌍노는 떼배와 마찬가지로 배의 뒤쪽에 붙은 노로 방향을 잡으며 물살을 가로질렀다. 뱃전은 세 칸으로 나뉘어 있어 안일공과 딸은 한 칸에 나란히 앉았다.

"노를 저을 줄이나 아시오?"

"내가 한번 저어 보지요."

이사부가 쌍노 대신 노를 잡았다. 그는 서라벌의 해안에서 떼배와 통나무배의 노를 저어본 경험이 있었다.

"어허, 그렇게 양쪽으로 왔다 갔다 하는 게 아니라 물고기

꼬리처럼 물을 휘감아 뒤로 보내야 합지요."

쌍노가 이사부의 팔을 붙잡아 자세를 고쳐주는데 말투가 처음보다 부드러웠다. 쌍노는 그야말로 물에 담갔다 건조한 듯 마르고 단단한 얼굴에 칼자국이 나 있어 얼핏 보면 험상궂어 보였다. 그는 어릴 때부터 갯가에서 자라 물의 흐름에 익숙했고 배 만드는 법도 빨리 배웠다고 했다. 안일공의 지원을 받아 배 만드는 기술이 더 발전했다는데, 그 손은 베이고 벌어진 상처투성이에 성한 손톱이 하나도 없었다.

"자, 그 노는 키라고도 하는데, 그 키는 두고, 저 앞에 가서 노를 저어 보시지요."

쌍노는 배 측면에 있는 노를 집었다.

"원래 통나무배들은 떼배처럼 뒤쪽의 키 하나를 젓습지요. 이 배는 제가 뱃전을 높이며 선체를 크게 만들어, 따로 노 두 개로 저을 수도 있게 해놓은 겁니다."

쌍노가 자기 나름대로 개량을 하여 배의 힘과 속도를 높인 것이었다. 이사부는 통나무배를 전선으로 개량하여 활용할 수 있겠다고 생각했다.

"자, 둘이서 힘을 잘 조절해야 배가 한 방향으로 잘 갑니다요."

처음에는 이사부가 서툴러 배의 속도가 나지 않았지만, 두 사람은 곧 호흡을 맞췄다.

"속도를 더 높여 보시게."

이사부의 말에 쌍노는 누런 이를 드러내며 웃더니 두 팔의 근육이 꿈틀거리도록 힘차게 노를 저었다. 젊은 시절부터 연장을 만지고 나무를 다듬으며 생겨났을 근육들은 나이를 제대로 먹었다.

"이 배는 무슨 나무로 만들었나?"

"소나무로 만들었지요. 몇 년을 물에 담갔다가 잘 말린 소나무라야 단단하고 뒤틀림이 없지요. 오동나무보다 무겁기는 하지만."

"무거워서 그런가, 생각보다 빨리 나가지 않는군."

배가 다시 돌아갈 때 안일공이 이사부를 빤히 보며 물었다.

"그래, 배가 마음에 드시는가?"

"좀 느린 것이 흠이지만, 속도만 높이면 왜선에 비해 손색이 없겠습니다."

이번에는 왜선에 올랐다. 배는 나무색의 광택이 나고, 매끄럽고 날렵한 선이 재빠르게 생겼다. 배의 앞부분에 닻을 올려놓고 배의 뒤편에는 방향을 잡는 키도 있어, 통나무배보다 구조가 조직적이었다. 노잡이들이 대기하였지만, 역시 이사부와 쌍노가 노를 저었다.

바다로 나가자 물살이 제법 거세어졌지만 배는 적당하게 물살을 타면서 나아갔다.

"방향을 돌려보세."

이사부가 열심히 노를 젓자 쌍노의 표정이 굳어졌다.

"어, 어, 힘을 빼십쇼. 제가 저을 테니. 배 밑이 좁아 급하게 방향을 틀면 배가 뒤집힐 수 있습죠."

과연 방향을 바꾸려고 하자 배가 불안하게 흔들렸다. 안일공과 딸은 뱃전을 꼭 움켜쥐었다.

"이 배는 무슨 나무로 만들었나?"

"오동나무지요. 원래 왜선은 오동나무로 만들어서 가볍고 물에 잘 뜨고 속도가 빠르지요."

"빠른 대신 안정감이 덜하지 않나? 배 밑이 좁아 방향 전환을 하자니, 보시게. 이렇게 커다랗게 원을 그리면서 돌지 않나?"

쌍노가 이사부를 향해 히죽 웃었다. 안일공이 이사부에게 물었다.

"어떻나? 이 배는 마음에 드는가?"

"아닙니다. 이 배도 안 되겠어요. 해적이 빠르게 와서 노략질을 하고 재빨리 도망가기에는 적당하겠네요. 하지만 바다에서 싸우려면 방향 전환을 잘하고 안정감이 있어야 하니, 수군의 배로는 어렵겠습니다."

안일공이 호탕하게 웃었다.

"다행이네, 그럼 이 배들을 내놓지 않아도 되겠군."

이사부는 손으로 뱃전을 쓰다듬으며 생각한 후에 쌍노에게 말했다.

"자네가 실직에서 배를 가장 잘 만든다고 하더군."

안일공의 딸이 자랑하듯 말했다.

"실직뿐이겠습니까? 고구려나 가락국에도 쌍노만 한 장인이 없을 거예요."

"이보시게, 쌍노. 수군의 배를 한번 만들어 보는 것이 어떤가? 속도는 왜선을 따라잡을 수 있게 빠르지만 더 안정감 있고 방향 전환도 쉬운 배로 말일세."

쌍노가 놀라며 이사부의 손을 뿌리쳤다. 그는 안일공의 표정을 살피며 황망히 눈길을 떨어뜨렸다.

"소인은, 태어나면서부터 지금껏 안일공의 은덕을 입고 살았습죠. 공의 명이 아니면 움직이지 않습니다."

안일공은 먼바다만 바라보았다. 이윽고 강가에 돌아와 배에서 내렸다. 마른 모래가 발밑에서 사스락사스락 맑게 울었다. 안일공의 딸이 나란히 걸으며 물었다.

"정말로 배를 만들고자 한다면 배를 알아야지요. 어떤 배를 만들어야 할지 본인도 모르잖아요? 배를 배워야 해요."

"배를, 어찌하면 배운단 말이오?"

"배를 배우려면, 아무래도 백제의 배를 먼저 알아야 할 겁니다. 백제의 배를 보기만 하면 제 말이 무슨 뜻인지 알 거예요."

백제는 일찍부터 배를 만들어 먼 나라를 오가고 왜와도 왕래할 만큼 기술이 뛰어났다. 그러나 월성에 가서 백제의 배를 배워야 한다고 어찌 말한단 말인가? 신라는 최근 들어 백제가 고구려와의 전쟁에 지원병을 요청해도 거절하며, 백제와 거리를 두고 있었다.

이사부의 표정을 살피던 여인이 넌지시 말했다.

"가락국에는 백제와 왜의 배들이 쉽게 드나들며 무역을 하는 곳이 있지요. 가락국의 주포라는 포구에 장사를 하는 배들이 많이 드나들어요."

"가락국의 주포?"

안일공이 만면에 느긋한 웃음을 띠고 말했다.

"자, 새 배의 운항도 했고 자네가 새 배의 첫 손님이니, 오늘은 자네를 내 집에 초대하겠네. 따라오시게."

이사부는 얼떨결에 안일공의 사랑채에 안내되었다.

안일공은 배 이야기는 하지 않고, 실직의 긴 역사를 늘어놓았다. 고구려의 속국이었다가 이제는 신라 땅이 된 소국의 운명을 한탄했다. 안일공이 권하는 대로 술을 주고받다 보니 취기가 돌았다. 이사부는 밤이 깊어 안일공의 사랑채에서 나왔다.

등을 든 여자 하인이 얼른 다가왔다.

"제가 길을 안내하겠습니다."

그런데 하녀는 대문으로 향하지 않고 안채를 지나 후원으로 향했다. 그리고 작은 방 앞에 와 낮은 목소리로 조심스럽게 말했다.

"공의 따님 처소입니다. 아가씨께서 이쪽으로 모셔 오라 하셨습니다."

밤바람이 갑자기 이사부의 뺨을 때렸다. 술이 확 깼다. 달이 구름에 가려진 채 으슥한 숨결만 내뿜는 밤이었다. 낮에 본 안일공의 딸의 얼굴이 떠올랐다.

"내가 술에 취하여 길을 잘못 들었구나. 대문으로 안내하거라."

"그게 아니오라, 아가씨께서 꼭 이리로 모시라 하셨습니다."

"어허!"

이사부는 당황하여 얼른 돌아서서 걸었다. 등불을 든 하녀는 따라오지 않았다. 안채 마당으로 들어선 후 이사부는 어느 쪽으로 가야 할지 몰라 서성거렸다. 그때 누군가 앞을 막아섰다.

"어딜 찾아 헤매시오?"

쌍노였다.

"아, 자네인가? 내 안일공 사랑채에서 나와 대문을 찾지 못해 헤매고 있네. 술에 취한 탓이네. 자네가 나가는 길을 인도해 주게."

쌍노가 고개를 끄덕이고는 재빨리 앞장섰다. 대문을 조심스럽게 열고 나와 쌍노는 이사부의 처소에까지 함께 가 주었다. 그리곤 머뭇머뭇하다가 쌍노가 말했다.

"수군의 배를 만드실 거라는 게, 참말입니까요?"

"그렇네. 실직의 해안에서 백성들이 왜놈 칼에 도륙되는 걸 내 눈으로 봤어. 그 일이 내 가슴에 박혀 지워지지 않아. 내 어떻게든 배를 만들고 수군을 키워 왜놈을 섬멸할 거야. 그들이 다시는 신라를 넘보지 못하도록!"

어둠 속에서 이사부의 얼굴을 올려다보는 쌍노의 두 눈

동자가 빛났다. 쌍노는 이사부의 손을 움켜쥐고는 목이 메었다.

"그래 주신다면, 참말로 그래 주신다면, 소인이 수군의 배를 만드는 일에 앞장서겠습니다. 소인의 아들놈이 바다에 나갔다가 왜놈에게 개죽음당했습지요. 딸년은 몇 년 전에 마을에 들어온 왜놈들이 잡아가 버렸고요. 여자를 잡아가면 부려 먹을 대로 부려 먹다 함부로 죽인다고 들었습죠. 제가 만든 배로 왜놈을 때려죽일 수만 있다면, 만들고 싶습니다. 제가 그 배를 몰아 왜놈을 다 때려잡고 싶습니다."

쌍노의 두 눈이 이사부의 마음에 맺힐 듯이 간절했다.

"고맙네."

쌍노의 두 손을 움켜쥐었다. 거칠고 딱딱한 쌍노의 손끝이 이사부의 손을 긁었다. 자신의 부드러운 손이 부끄러워 이사부는 마음이 아릿했다.

"가락국의 주포에 가야 한다는 말이 헛말이 아닙니다. 소인도 가 봤습지요."

"거기에 가면 많은 배를 볼 수 있단 말이겠지?"

"공의 따님께선 여걸이십니다. 배를 타고 가락국을 오가기도 하셨습죠. 배포 크게 장사도 잘하시고요."

쌍노는 허리를 깊이 숙인 후 어둠 속으로 걸어갔다. 그의 구부정한 뒷모습이 이사부는 자신의 결핍처럼 느껴졌다.

사마왕의 배

마차가 황산강을 건넜다.

강은 바다에 비해 그 본색을 드러내지 않았다. 휘몰아치는 파도도 비릿한 살냄새도 없었다. 성내지 않고 조용히 흐르나, 성내지 않는 자의 속마음은 알 수 없는 법. 이 강이 가락국을 닮았다는 생각이 들었다.

"이 강 아래쪽이 주포입니다."

마차를 모는 이가 손으로 남쪽을 가리키며 말했다.

그들은 가락국의 상인 복장을 하고 있었다. 이사부는 자줏빛 비단옷을 입고 머리엔 작은 관을 썼다. 쌍노는 처음에는 어색하다며 입지 않으려 했지만, 부채를 펼쳐 얼굴을 가린 모습이 제법 어울렸다. 쌍노는 오랜만에 넓은 곳에 나가 배 구경을 하고 오겠노라며 안일공의 허락을 받았다.

"주포라는 데가 그냥 포구가 아니군요. 저자가 크고 상인들이 많다고 하더니."

실직에서 동해의 거친 파도만 보고 자랐다는 석부는 남해안의 마을 정경과 그 규모에 놀란 표정이었다. 배와 수군에 대해 의논하도록 석부가 꼭 따라가야 한다고 하자 석부는 선선히 응했다. 다만 석부는 상인 복장이 죽어도 싫다 하여 그들의 호위무사로 꾸몄다.

마차를 모는 두 사람은 왕과 함께 가락국을 왕래한 적이 있는 서라벌의 상인들이었다. 태자가 특별히 이사부에게 두 사람과 함께 마차를 내어준 것이었다.

"대장간이 몇 개나 됩니다!"

석부는 대장간마다 들어가 칼과 도끼를 기웃거렸다. 바닷가의 건물들은 나무로 지어져 있었다. 땅에 나무 기둥을 박아 세우고 그 위에 집을 얹어, 집은 땅에서 떨어져 있었다. 왜인 복장을 한 사람들도 간혹 눈에 띄었다.

이사부는 주포의 해안에 정박한 배들을 보고 가슴이 설레고 피가 뜨거워졌다. 큰 배는 아니었으나 신라의 배와는 비교할 수 없었다. 배의 앞뒤가 날렵하게 솟았고 배 가운데는 조그만 집 같은 것이 있었다. 노의 개수도 많은 걸 보니 한 배에 스무 명도 탈 수 있을 듯했다.

"이 배들이 가락국의 배일 겁니다."

쌍노가 이사부 곁에 다가와서 배의 모양을 설명했다. 배의 주인을 물어 배를 탈 수 있는지 알아보도록 했다. 그때였다.

"저기, 배가 들어옵니다!"

하는 외침에 사람들이 포구로 모여들었다.

작은 섬들이 띄엄띄엄 앉은 호수 같은 바다에 물결이 일더니 동쪽으로부터 배들이 나타났다. 왜선이었다.

다른 전선보다 크고 배의 앞뒤가 제단을 쌓은 듯 높으며 무수한 깃대가 꽂혀 있던 왜장의 배. 이사부는 주먹을 불끈 쥐었다. 신라인을 도륙한 왜인들이 가락국엔 손님이 되어 들어오고 있었다. 그런데 다음 순간이었다.

"앗, 저 배는!"

왜선의 두 배 이상 큰 그 배를 본 순간, 이사부는 숨을 멈칫했다. 배의 가운데에 커다랗게 펼쳐진 것이 있었다. 배의 몸과 직각을 이루며, 하늘로 뻗어 올라간 부드러운 그것! 순한 바람을 받아 아름답게 휘는 것이 여인의 치마폭 같았다. 치마폭을 떠올린 순간 이사부는 그것이 노란빛의 천이라는 걸 알았다.

"저것이, 돛이라는 거구나."

돛을 단 배는 본 적이 없는데, 서역에서 온 부채의 그림에 돛을 단 배가 그려져 있었다. 쌍노가 그럴 줄 알았다는 듯 히죽 웃었다.

"흔하지 않은 배입죠. 사신단의 배 같으니 아마 백제의 배 중에서도 최고의 배일 겁니다. 돛을 달고 바람의 힘을 받는 거지요."

그때, 그 노란 천의 모양이 일그러졌다.

"아니, 왜 저러는가?"

말을 뱉은 다음 순간 이사부는 알았다. 배 안의 사람들이 양쪽에서 밧줄을 잡아당기자 돛이 아래로 내려왔다. 돛을 내린 후에야 뱃전에 매달린 커다란 깃발이 이사부의 눈에 들어왔다. 하얀 천에 선명하게 쓴 글씨는 '백제'였다. 그 옆에 있는 금빛 깃발과 붉은 깃발은 검은 가죽으로 테를 둘러 화려하게 펄럭거렸다.

“저 깃발들은…… 이상합니다요. 저건 사신단의 깃발이 아니라 왕의 배에 꽂는 깃발 같은데.”

왜선에서 내린 무장한 왜인들이 포구를 정리한 후 줄지어 늘어섰다. 백제의 배에서는 칼을 찬 장수들이 먼저 내리고 흰 저고리에 검은 깃을 단 옷을 입은 사내들이 뒤따랐다. 왜인을 비롯한 모든 이가 줄지어 서서 허리를 굽히자, 그 가운데로 누군가 걸어 나왔다.

그는 붉은 깃을 단 금빛 도포를 입고 있었다. 머리에 금관을 쓰고 어깨까지 늘어지는 귀걸이를 했다. 금실로 수를 놓은 검은 가죽신을 신고 있어 멀리서도 발걸음이 언뜻언뜻 빛났다. 그리고 한 승려가 합장한 채 그의 뒤를 따르고 있었다.

“백제의 왕족인가 보군.”

가락국의 귀족들이 그를 맞아 마차에 태우고 장수들이 마차를 호위했다. 이윽고 마차가 나무집들 사이로 사라졌을 때 왜인들은 주포의 저자로 향했다.

쌍노가 저자에 가서 소문을 듣고 왔다.

“금빛 도포를 입은 그분이 글쎄, 왜에서 돌아오는 백제의 사마왕이란 분이랍니다. 흰옷 입은 사람들은 모두 백제인이고요.”

사마왕. 이사부도 들은 적이 있었다. 십 대 때 왜로 건너가 백제 귀족이 많은 땅에서 왕이 되었다고 했다. 그가 이제 백제로 돌아가는가? 그런데 가락국에 왜 내린 걸까? 뱃길이 머니 이곳을 경유하여 백제로 가는 길인가?

백제인들은 노을을 등에 지고 배에서 짐을 꺼내고 있었다. 그들은 서두르지 않고 익숙한 몸짓으로 짐을 전달하여 마차에 실었다.

"배가 어떻게 생겼길래 저 많은 짐을 싣고 온 거지?"

"배 밑바닥에 실었겠죠."

"밑바닥?"

"큰 배는, 말하자면 아래층과 위층으로 되어 있습죠. 아래층인 배 밑바닥에 화물을 실어서 무게 중심을 잡아야 풍랑에도 잘 넘어지지 않습니다."

"내 눈으로 봐야겠네. 저 배를 타봐야겠어."

쌍노가 깜짝 놀랐다.

"사마왕이 타고 온 배 말씀입니까? 목이 몇 개라도 되십니까?"

"방도를 생각해보세."

어둠이 물속으로 가라앉고 물에 뜬 반달이 몸을 뒤틀었다. 검은 물속에서 머리가 쑥 올라왔다. 젖은 머리에 달빛이 미끄러졌다.

포구에서는 흥성거리는 소리가 들려왔다. 천천히 헤엄친 그들은 백제선 뒤편에 닿았다. 뱃전이 높아 타고 오르기가 쉽지 않았다. 물 밑으로 드리워진 밧줄을 잡아당겼다. 닻을 내린 밧줄 같았다. 쌍노와 이사부는 밧줄을 타고 뱃전에 올랐다.

"배에 보초병이 있을지 모르니 조심하게."

이사부는 낮게 말하며 허리에 찬 단도를 확인했다.

어둠 속에서도 배의 모양이 눈에 들어왔다. 배의 가운데 집처럼 생긴 곳을 살펴보았다. 하늘을 가리고 앉을 자리를 만들어 놓은 것이 작은 방과 같았다.

"큰 배는 이런 선실이 있습지요."

은은한 향기가 배어 있으니 사마왕이 머무르던 곳인 듯했다. 그 뒤쪽에 돛을 매달았던 장대들이 하늘을 뚫을 듯한 기개로 서 있었다. 그물로 뭉쳐 놓은 것을 만져보았다.

"이게 돛인가 보네."

예상대로 삼베로 만든 마포이고 가장자리는 가죽띠를 둘렀다. 이사부는 낮에 보았던 노란 날개와도 같던 돛을 떠올렸다.

그때 멀리서 다급한 발소리가 달려왔다. 포구에서 배로는 임시로 나무다리를 걸쳐 놓았는데 누군가 다리를 건너 배에 올랐다. 이사부와 쌍노는 얼른 배 밑바닥의 구석에 기어들었다.

배 밑바닥에 웅크려 위를 올려다보았다. 어둠 속에서도 희뜩희뜩한 옷자락이 보이니 백제인인 듯했다. 순간 뱃전을 때리는 날랜 쇠붙이 소리! 화살이었다. 화살이 연달아 날아와 박히고 외마디 비명이 들려왔다.

"풍덩!"

누군가가 물에 떨어지는 소리가 나고, 숨 돌릴 틈도 없이 다른 발소리들이 달려왔다. 배를 지키던 갑옷 입은 장수가 쓰러졌다. 횃불을 들고 가죽신을 신은 자가 선실로 다가갔다. 배 밑에 숨어 있던 이사부는 조용히 몸을 일으켜 귀를 기울였다.

"사마왕은 어디 있나?"

굵은 목소리는 쫓기듯 성급했다.

"누구냐? 백제에서 왔느냐? 누가 보냈느냐?"

"새 왕이 될 분이 보내셨다!"

"이런 역적 놈!"

연이어 칼이 부딪치는 소리가 들리고 물에 빠지는 소리도 크게 울렸다. 굵직한 목소리가 이번에는 사마왕을 겨냥한 듯했다.

"일찍이 왜로 쫓겨난 왕족이 왜에서 왕 놀이나 하며 죽은 듯이 지낼 일이지, 뭐 하러 백제로 돌아오려는 게요?"

불측한 무리가 사마왕을 노리는 게 분명했다. 배에 다른 발소리는 들리지 않았다. 이사부는 배 밑에서 올라와 주변을 살폈다. 단도를 움켜쥐고 사마왕이 있는 선실로 다가갔다.

"누가 보냈는가? 왕을 위협하는 세력이 있다고 하였거늘, 그들이 보냈는가?"

사마왕의 목소리는 생명의 위협 앞에서도 위엄이 있었다.

"새 왕이 되려는 분이 계시지. 그러니 사마왕은 백제 땅에 들어가면 아니 되오."

사내가 사마왕을 향해 칼을 뽑아 드는 순간, 이사부가 단도를 던졌다. 사내의 종아리에 단도가 꽂혔다.

"윽!"

그가 칼을 떨어뜨리고 주저앉았다. 이사부가 그 칼을 집어 드는 순간 사마왕과 눈이 부딪쳤다. 그의 눈빛은 어둠 속에서도 이사부를 꿰뚫어보듯 분명하고 강렬했다. 그때 승려가 배로 달려왔다.

"이자가 왕을 노렸소!"

이사부는 단도에 맞은 사내를 승려에게 넘기고 바깥의 상황을 살폈다. 승려가 종아리에 칼 맞은 사내를 배 난간에 묶었다.

"누가 시켰느냐? 바른대로 말해라."

사마왕의 목소리는 근엄했다.

"필시 너희들이 지금 백제에서 왕을 시해하려고 음모를 꾸미고 있구나. 바른대로 대라."

사내가 겁에 질려 말을 하려는 찰나였다. 화살이 날아와 사내의 목을 꿰뚫었다.

"피하십시오."

승려가 사마왕의 몸을 감싸 안고 선실로 들어갔다. 칼을 든 자객들이 다시 달려왔다. 이사부가 뱃전에서 그들과 맞섰다.

"너는 웬 놈이냐?"

자객 중 우두머리인 듯한 자가 물었다. 이사부는 그를 먼저 공격했다. 대여섯 명의 자객이 순식간에 이사부를 둘러쌌다. 칼을 부딪칠 때는 적들이 한꺼번에 공격할 수 없는 법, 적보다 빨리 움직이고 지치지만 않으면 적의 수가 많은 것은 문제가 되지 않았다.

이사부는 급히 몸을 굽히고 회전하며 검으로 적들의 다리를 그었다.

"죽이고 싶지 않은데 칼끝이 빗나가는구나."

자객 중 한 명이 사마왕이 있는 선실로 달려갔다.

"사마왕! 조심하십시오!"

이사부가 소리쳤다. 이사부는 배의 난간에 올라 적을 내리쳤다. 이사부를 노리던 적이 몸의 중심을 잃고 배 밖으로 떨어졌다. 이사부는 선실로 달려갔다.

"멈추시오!"

젊은 승려의 다급한 목소리. 자객이 사마왕의 목에 칼을 겨누고 있었다. 사마왕의 표정엔 흔들림이 없었다. 이사부는 천천히 검을 들었다. 그리고 승려의 목에 검을 겨누며 사마왕을 보았다.

"이 배를 나에게 주십시오."

승려가 이사부를 노려보았다.

"감히 왕의 배를 달라니. 무엄하오!"

이사부가 칼등으로 승려의 목을 받쳐 들었다. 사마왕을 겨눈 자객이 왕과 이사부를 번갈아 보았다.

"너는 뭐 하는 놈이냐? 빨리 베라!"

"시간이 없소. 이 배를 나에게 주시오!"

이사부는 재빠르고 분명하게 말했다.

"그러지."

사마왕이 묘한 웃음을 띠고 말을 내뱉는 순간, 이사부의 검이 자객의 옆구리를 찔렀다. 허리를 꺾는 그의 몸을 들어 물 밖으로 던져버렸다. 이사부는 털썩 주저앉았다. 그제야 온몸의 숨구멍에서 긴장한 숨결이 터져 나왔다.

그때 배 밑쪽에서 기어들어 가는 신음이 들렸다.

"아, 쌍노!"

배 아래 칸에 함께 숨었던 쌍노를 잊고 있었다. 쌍노는 배 밑에 엎어져 어깨에 피를 흘리고 있었다.

"아이고, 올라가려다가 한 놈의 칼이 닿는 바람에 그냥 죽은 척 엎드려 있었습죠."

승려가 쌍노의 상처를 돌보며 이사부에게 말했다.

"피부가 벗겨지긴 했으나 다행히 상처가 깊진 않습니다. 그런데 억양을 들으니 신라 사람이군요."

그제야 사마왕이 이사부를 분명히 보며 물었다.

"정녕 신라인이, 이 배를 얻고자 목숨을 걸었단 말이오?"

"배를 준다 약조하셨으니 주십시오."

굳어 있던 사마왕의 입가에 옅은 미소가 걸렸다.

"내 목숨을 구하였으니 이 배는 그대의 것이오."

이사부는 안도의 숨을 내쉬었다. 등과 다리에 적의 칼이 스친 곳이 따끔거렸다.

"신라인이 무엇 때문에 그토록 이 배를 얻고자 하오?"

"신라는 아직 배를 만드는 기술이 미약하여 수군의 배가 없습니다. 백제의 좋은 배를 보고 배워 신라에 적절한 배를 만들고자 합니다."

사마왕이 의아하다는 듯 물었다.

"수군의 배는 만들어 무얼 하려고 하오?"

"왜를 치고자 합니다."

승려가 놀라 이사부를 보았다.

"백제는 왜와 친밀하다 들었으나, 왜는 신라의 동쪽 지방을 끊임없이 노략질하고 백성을 죽이고 있습니다. 하여 해적을 막고 백성을 구하고자 합니다."

사마왕의 눈빛에 신뢰가 깊어졌다. 승려가 조심스럽게 말했다.

"왜는 몇 개의 섬으로 이루어진 나라라 지역마다 각기 다르게 살고 있는데, 특히 변방의 섬들이 해적질을 일삼기도 한다 들었습니다."

승려는 아직 약관이 되지 않은 듯 젊었으나 그 언행은 경험이 많은 노승처럼 진중했다. 이사부가 승려에게 물었다.

"왜인들이 불교를 믿습니까?"

"백성들 사이에선 따르는 자가 늘고 있으나 정식으로 인정한 것은 아닙니다."

대답한 후 그가 다시 이사부에게 물었다.

"신라에도 부처님의 진리가 퍼져나가고 있다던데, 혹시 들어보셨습니까?"

그는 말간 눈빛으로 이사부를 보았다. 한 가지 뜻이 깊어 사심이 없는 얼굴, 이사부는 승려에게서 단련된 무인의 무게를 느꼈다. 그것은 신앙이 주는 절대적 견고함이라기보다 인간적이고 의지적인 것으로 느껴졌다.

"민간에서는 부처님의 말씀을 따르는 자들이 있지만, 귀족들의 반대로 나라에서 인정하고 있진 않습니다."

"귀족들은 자기 조상신을 섬기고 있겠지요? 그건 왜와 비슷하군요."

왜와 비슷하다는 말이 이사부의 마음에 걸렸지만 대꾸하지 못했다.

"신라는 어떤 나라인지 궁금했습니다. 믿음이 가지 않는 나라였는데, 당신을 보니 처음으로 한번 가보고 싶다는 생각이 드는군요."

"왜 믿음이 가지 않았단 말입니까?"

승려가 그저 웃는데, 그 웃음의 끝에 다하지 못한 속세의 미련이 느껴졌다.

선창 가에서 말발굽 소리가 몰려왔다. 백제인과 가락국 귀족들이 말을 타고 달려오고 있었다. 그들은 배에 올라 사마왕을 찾았다.

"큰일 났습니다. 웅진성의 왕께서 승하하셨습니다. 반역자의 칼에 그만!"

백제의 왕이 죽었다는 것이었다.

"지금 바로 웅진성으로 출발하겠습니다."

모시러 온 이들이 황급히 서둘렀다. 금빛 도포를 입은 사마왕이 이사부를 보았다.

"그대는 신라인이나 생사를 같이 나눈 인연을 귀히 여기겠소. 그대의 배를 가져가 요긴하게 쓰고, 뜻대로 좋은 배를 만드시오."

하고는 승려를 지그시 본 후 말했다.

"또한 해암이 부친의 나라인 신라로 가고자 하니 해암을 부탁하오."

승려의 법명이 해암이라 했다. 사마왕은 그를 모시러 온 이들에게 둘러싸여 급히 말을 달려 사라졌다.

사마왕 일행이 가고 나자 석부가 달려왔다.

"이사부, 괜찮으시오? 배에서 난리가 났단 말을 듣고 달려왔는데, 잡인의 출입을 금한다며 입구에서 들여보내 주지 않았소."

멀리 사라지는 사마왕의 마차를 보며 해암이 중얼거렸다.

"백제 왕(동성왕)이 타계하셨으니, 이복형제이신 사마왕께서 새 왕(무령왕)이 되실 겁니다. 나무아미타불!"

해암 스님

서라벌에서 마차를 몰고 함께 온 이들에게 이사부는 서찰을 적어 주었다.

"태자께 전해 주시오. 우리는 배를 타고 서라벌로 갈 것이니, 그대들은 먼저 황산강을 건너 돌아가시오."

이사부와 쌍노는 주포에서 여러 배들을 살펴보고 며칠 후에 출발하기로 했다. 해암은 주포의 저자에서 이사부의 상처를 치료할 약을 구해 왔다.

"상처가 다른 병을 불러올 수도 있으니 조심하십시오."

해암이 거무튀튀한 약초를 상처에 바르자 살이 타는 듯이 따가웠다. 해암은 부드러운 천으로 상처를 감싸 묶었다. 이사부가 조심스럽게 물었다.

"스님 신세를 많이 졌습니다. 저, 스님께 나이를 묻는 것은 실례인 줄 알지만……."

"속세의 나이는 열아홉입니다."

"저와 동년배시군요. 저는 사실 스님을 처음 대면하였습니다. 신라를 은밀히 왕래하는 노승이 있다고 들었지만, 이리 젊은 스님이 있는 줄 몰랐소."

"머리 깎고 법명을 얻은 지 얼마 안 되니 스님 소리를 듣기 부끄럽습니다."

해암은 어머니가 백제인이고 아버지가 신라인이라 했다. 어머니가 일찍 돌아가신 후 아버지는 늘 그와 함께 신라로 돌아가고 싶어 했지만 기회가 없었다.

"살아남기 위해 중이 되었지요."

"살아남다니? 그 무슨 말이오?"

"변방의 왜장들은 해적질을 하며 살아가는데, 일이 뜻대로 풀리지 않으면 배에 부리는 신라인을 죽여 제를 지내는 일이 허다합니다. 아버지는 사마왕에게 부탁해서 제가 중이 될 수 있도록 했습니다. 왜인들도 스님에겐 함부로 굴지 못하니까요."

이사부는 해암이 자신의 억양을 듣고 신라인임을 알아차렸던 것을 떠올렸다.

"아버지는 신라로 돌아가지 못하고 얼마 전 돌아가셨지요."

속세의 미련을 끊지 못한 젊은 스님의 얼굴에 회한의 빛이 스쳤다.

"정말 배를 만들어 왜를 섬멸하고자 하십니까? 그게 가능할까요?"

"배와 수군만 있다면 왜를 막아낼 수 있소. 물론, 바다를 건너 얼마나 가야 있는지도 모르는 왜를 섬멸하기는 힘들 수도 있겠지요."

왜를 잘 아는 해암이 자신의 결의를 얕잡아볼까 봐 이사부는 겸연쩍은 생각이 들었다.

"재작년에는 가뭄이, 작년에는 태풍이 왜의 서쪽을 휩쓸었지요. 사람이 죽고 곡식은 다 쓰러지고, 굶어 죽게 되자 노략질에 더 열을 올리더군요."

"그래서 남의 나라 백성을 그토록 잔인하게 죽인단 말이오? 고기를 잡고 조개를 주워서라도 살 수 있을 것 아니오?"

이사부는 자신도 모르게 목소리가 거세어졌다. 해암은 입술을 꾹 다물고 약통을 챙겼다.

"그런데, 내 지난번에 왜선을 자세히 보았는데 배가 날렵하기는 하였으나 대장선이 아닌 배들은 모두 작은 배들이었소. 왜까지 거리가 아득히 멀다고 하던데, 그 작은 배로 왜에서 신라까지 오다니."

해암이 잠시 생각하더니 고개를 끄덕였다.

"작은 배들이 왔다면, 아마도 그들이 우산국을 거쳐 신라로 갔을 가능성이 크지요. 우산국에도 소수의 왜인이 산다고 하고요."

"우산국?"

그 이름을 말하는데 이사부는 뱃속이 뜨끔해 옴을 느꼈다. 미처 알지 못했던 급소를 찔린 듯 우산국이란 이름이 아프게 와 닿았다.

"우산국은 왜와 신라 사이에 있어, 왜인들이 신라로 가기 위해 들른다는 이야기를 들었지요. 해적들이 우산국 사람들과 잘 통한다고도 했고요."

그때, 쌍노가 선주들에게 허락을 받았다며 배를 보러 가자고 했다. 쌍노는 해암에게도 같이 가자고 하였으나 해암은 묵묵히 자리를 피해버렸다.

"왜의 배와 가락국의 배들이 많이 서 있습죠."

배에 올라 쌍노는 구석구석 살피며 이사부에게 배의 모양을 설명했다.

"실직에서 제가 만든 배가 바로, 이 정도의 왜 전선입죠. 보십쇼. 노잡이는 네 명밖에 안 되는 작은 배지만, 이물과 고물이 이렇게 높고 배 밑은 좁지요? 배 밑이 좁은 배들이 제일 빠르지요."

쌍노는 다른 배로 건너갔다.

"가락국의 배는 그에 비해 배 밑이 넓지요? 가락국과 백제는 연안이 얕아서 먼바다를 항해하는 배들과는 생김새가 다릅지요. 백제는 갯벌이 가도 가도 끝이 없이 넓다는구먼요. 그러니 서해를 다니는 배와 동해의 배가 똑같을 수는 없겠지요."

이사부는 쌍노가 설명하는 배 이야기들을 모두 머리에 담았다. 작은 배들엔 모두 돛이 없었다. 큰 배에만 돛이 있었는데, 부들로 만든 돛도 있고 마포로 만든 네모진 돛도 있었다.

이사부는 배를 만드는 데는 모든 부분에 아귀가 들어맞는 철저한 계산이 있어야 함을 알았다. 그 계산대로 깎고 다듬고 연결하여, 세상에서 가장 아름다운 곡선으로 완성되는 예술이 곧 배였다. 특히 배의 돛은 희망에 가득 찬 자신의 포부를 닮았다. 부푼 바람을 안고 바다 너머로 질주하게 하는 힘. 이사부는 큰 돛을 단 배를 타고 동해를 누비는 자신의 모습을 그려보았다.

출항할 날이 밝았다. 시간이 다 되어 허겁지겁 배에 올라온 쌍노가 주포에 널리 퍼진 소식을 전했다.

"웅진성의 백제 왕이 죽었다고 하지 않았습니까? 역적의 칼을 맞아 죽었는데, 그 역적의 무리를 소탕하고 새 왕이 된 분이, 바로 사마왕이랍니다!"

해암은 깊은숨을 몰아쉬며 관세음보살을 외웠다.

잔잔한 바람이 물결을 쓰다듬는 날씨였다. 서라벌의 해안까지 사흘을 잡았다.

이사부는 쌍노에게서 노를 젓고 돛을 올리고 배의 방향을 잡는 법을 배워갔다. 밤이면 해암이 별자리를 가르쳐 주었다.

"저기 북두칠성이 보이지요? 그리고 저 남쪽의 별자리는…… 아, 잊을 뻔했습니다."

해암은 소매에서 뭔가를 꺼냈다. 물고기 모양의 목각인형이었다. 횃불 아래의 물 항아리 앞에 가더니 잉어를 닮은 목각인형을 물에 놓았다. 나무 잉어가 물 위에 떴다.

"이 잉어의 머리가 가리키는 쪽이 언제나 남쪽입니다. 늘 남쪽만 가리킨다고 '지남어'라고 부릅니다."

이사부는 물 항아리를 옮겨가며 목각인형을 놓아 보았다.

과연 잉어의 입이 어디서나 남쪽을 가리켰다. 해암이 목각인 형을 돌려 반으로 나누었다. 그랬더니 그 속에는 조그만 쇠붙이가 똑같은 모양으로 들어 있었다.

"이 쇠의 입이 언제나 남쪽을 가리키게 되어 있습니다. 방향을 알려주는 쇠붙인데, 제가 드리는 선물입니다."

이사부는 두 손으로 지남어를 공손히 받았다. 다시 별을 올려다보며 해암이 말했다.

"어머니는 어린 나에게 해와 달과 별이 우리를 언제나 올바른 방향으로 인도한다고 하셨습니다."

해암의 목소리가 밤바람을 맞아 쓸쓸했다.

"왜에서 보던 별이 신라에서 그대로 보일까요? 중생은 서로를 죽이지만 하늘의 이치는 한결같겠지요? 탐하고 죽이는 모든 행위가 헛된 줄 알지만, 그 헛된 것을 좇는 중생의 삶이 어찌 다 헛되다고 할 수 있을까요?"

이사부는 순간, 해암의 영혼에 깃든 고뇌를 보았다. 백제와 신라와 왜에 정착하지 못한 그의 영혼과 부처님의 진리보다 피 흘리는 중생에 더 가까이 있는 자신의 몸이 곧 해암의 번뇌였다. 신라인을 죽이는 왜인이 잔인하지만, 해암에겐 그들도 미욱한 중생이었다.

해암의 그 번뇌가 이사부에겐 한 줄기 빛으로 와 닿았다. 소년처럼 말갛게 웃는 해암의 내면은 자신보다 훨씬 성숙했음을 알았다. 한 가지 뜻을 품고 사는 자신에게 해암과 같은 벗이 있다면, 순수하고 옳은 길을 위해 함께 고뇌할 벗이 있다면.

"서라벌에 노승이 한 분 계신다 들었습니다. 그분을 찾아 불도의 전파에 힘을 쓰고 싶습니다."

"제가, 스님을 가까이서 자주 뵙고 말씀을 들었으면 합니다."

해암은 다시 소년처럼 웃을 뿐이었다.

사흘째, 새벽 바다에 붉은 기운이 감돌았다. 해 뜨기 전의 붉은 어둠 저편에서 배들이 나타났다.

"왜선이오! 대마도 해적일 겁니다!"

쌍노의 얼굴이 창백해졌다. 이사부는 석부에게 무기를 점검하라 일렀다. 명령이 떨어지면 노잡이들도 일시에 활을 잡도록 준비했다.

"깃발을 올리세요!"

해암이 부르짖듯 말했다. 이사부는 내려두었던 왜와 백제의 깃발들은 다시 올렸다.

배들은 뿔피리를 불며 순식간에 다가왔다. 작은 배였으나 세 척이니, 선원의 수도 제법 될 것이었다. 배에 탄 왜인들이 보였다. 머리를 풀어 헤친 거친 모습에 모두 칼을 쥐고 있었다.

"제가 저들과 이야기를 해 보겠습니다."

해암은 왜의 말로 소리쳤다. 그러자 왜의 배에서 칼을 높이 들고 한 사내가 외쳤다. 왜의 말이 여러 차례 오갔지만 왜선의 움직임은 심상치 않았다.

해암이 등에 멘 바랑에서 목탁을 꺼냈다. 그는 목탁을 크게 두들기며 법문을 외우기 시작했다. 물이 일으키는 파도 소리와 해암이 일으키는 목탁 소리가 서로 목소리를 키웠다.

왜인들은 활과 칼을 내렸다. 쌍노가 긴장이 가시지 않은 목소리로 말했다.

"우리 스님께서 해적들을 쫓아주시려나 봅니다."

왜선은 더 이상 전진도 후진도 하지 않았다. 그런데 왜선 하나에서 우두머리인 듯한 자가 활을 겨누었다. 화살의 방향이 해암을 겨냥했다. 이사부가 활을 꺼내 들자 목탁을 두들기던 해암이 재빨리 말했다.

"안 됩니다! 쏘지 마세요!"

"놈이 스님을 겨냥하고 있어요."

"저자는 시험하는 겁니다!"

해암은 활을 겨눈 자를 보고는 염불 외우는 소리를 더 높였다. 왜선에서 화살이 날아왔다. 해암이 선 뱃전에 화살이 꽂혔다. 이사부는 손을 부르르 떨며 활을 내렸다. 이윽고 왜선들은 멀어져 갔다. 저들이 사정거리에서 멀어진 후에야 해암은 목탁을 거두었다.

"부처님 말씀으로 해적을 물리친 겁니까?"

석부가 묻자 해암은 고개를 저었다.

"불경이 아니라 저들이 믿는 바다신에게 비는 말입니다. 말하자면 자신들을 위한 주문을 외워 준 겁니다."

석부가 멀어지는 왜선을 보며 주먹질을 했다.

"그런데 왜 활을 쏘고 지랄입니까?"

"의심한 거지요. 적선에서 자기들 바다신의 주문을 외우니. 이쪽에서 활을 먼저 쏘았다면, 전투가 벌어졌겠지요."

이사부는 현명한 해암을 꼭 자기 사람으로 만들어야겠다고 생각했다.

육지가 가까웠다. 신라 땅의 흙냄새가 사정없이 날아왔다. 해암의 얼굴에 문득 회한의 빛이 스치는 것을 이사부는 보았다.

선소를 세우다

왕은 이사부를 치하했지만, 왕족 중에서는 백제의 배를 가져온 것이 불경하다는 이도 있었다. 왕은 이사부의 집으로 찾아와 아진공을 만났다. 아진공과 왕은 한때 왕위를 다투던 경쟁자이기도 했다.

"이사부에게 이찬의 관등을 내리고자 하오."

이찬은 신라의 관등 서열 중 두 번째에 해당하는 높은 관직이었다. 아진공은 왕에게 고개를 숙이며, 이찬의 관등으로 아들이 월궁의 권력에서 더 멀어질 것을 직감했다. 게다가 스님을 몰래 데려온 것을 보니 더더욱 그러했다.

이사부는 자색 공복을 입고 남당에 들었다. 왕족들이 그를 치하하며 이찬의 관등을 받은 것을 축하했다.

"선박 만드는 일을 이찬 이사부에게 맡기려 하오."

선박을 중요시하는 왕을 귀족들은 이해하지 못했지만 반대하지도 않았다. 월성 밖에서 선박을 만드는 일은 자신들의 권위에 별다른 위해를 가하지 않을 것이었다.

"어디에서 어떻게 선박 만드는 작업을 할 것인지 이찬이 책임지고 계획을 세우게."

배를 만드는 작업을 하기 위해선 큰 나무들과 넓은 터, 무엇보다 귀족들의 관심이 쏠리지 않는 땅이 필요했다. 서라벌 근처에서는 사소한 일들이 귀족들의 입방아에 오르내릴 수 있었다.

이사부의 심장은 이미 한 방향을 가리키고 있었다. 백성의 피로 붉게 물들었던 실직의 바다가 그의 가슴에 응어리져 있었다. 그는 해암을 찾아가 함께 실직으로 가자고 부탁했다.

"노승께서 이곳의 가엾은 중생을 제도하시느라 애를 쓰고 계시니 제가 미약한 힘이라도 보태고자 합니다."

"실직에도 스님의 제도를 기다리는 가난한 백성이 많소. 그들에게 부처님의 말씀을 전하고 나에게도 스님의 지혜를 전해 주시면 안 되겠습니까?"

이사부는 간곡히 청했지만 해암의 뜻을 움직일 순 없었다. 이사부는 낙담하며 말했다.

"제가 억지로 권할 수 없지요. 허나, 배를 만들어 바다로 나가는 데 스님의 지혜가 필요합니다. 머지않은 날에 꼭 저와 실직의 백성을 찾아주시기 바랍니다."

이사부는 해암을 기다리겠노라 거듭 부탁하고 길을 떠났다.

실직의 해안 구석구석을 돌아보며 이사부는 적당한 곳을 찾았다. 해안은 넓되 높은 산들이 둘러막아 주는 곳, 적의 침입을 빨리 확인하고 출항할 수 있는 곳, 선박 제조에 참여할 백성들이 모일 수 있는 곳. 이사부는 검바우 해안에 다시 섰다.

오십천강이 고성산을 안아 흐르는 곳, 넓은 평원인 갑자와 그 주변을 둘러싼 산들, 산꼭대기마다 망대를 세우고 주변을 장악하여 배를 만든다!

이사부의 머릿속에 하나씩 계획이 들어찼다. 그 계획 중 가장 어려운 일을 해결하기 위해 이사부는 안일공의 집을 찾았다.

"젊은 나이에 이찬의 관직에 오르심을 축하드립니다. 그래, 배 구경은 잘하고 오셨소?"

말투는 공손하나 안일공의 눈에는 경계하는 빛이 뚜렷했다.

"오십천강을 헤매고 다니시던데, 오십천은 수백 년 전부터 실직 백성의 애환이 담긴 강이오."

"예, 그래서 그 백성을 지키기 위해 오십천 하류에 선소(船所)를 만들려고 합니다."

"선소?"

안일공이 작은 눈을 치떠 이사부를 노려보았다.

"모래밭에 있는 안일공의 작은 선소는 상관하지 않겠습니다. 그 맞은편 넓은 모래밭에서부터 하류에 이르기까지 배를 만들기 위한 공사를 시작할 테니 많이 도와주시기 바랍니다."

"이런 배은망덕한! 새파란 애송이가 배를 만들겠단 뜻이 가상하여 쌍노까지 내주었더니, 감히 실직 왕족을 욕보이려는 겐가!"

이사부는 불쑥 치미는 화를 억누르며 말했다.

"실직에 왕족이 어디 있습니까? 옛 왕국의 위엄은 백성을 돌보지 못할 때 이미 없어졌습니다. 이제 신라가 배를 만들고 수군을 키워 실직 백성을 보살피겠습니다."

"관직을 등에 업고 실직의 땅을 함부로 농락하려는 게요?"

"농락하는 짓인지 백성을 살리는 길인지 두고 보면 아실 겁니다. 그러니 안일공께서는 여러 원로들에게 저의 뜻을 잘 전달해주시기 바랍니다."

말을 마치고 사랑채에서 나오자 안일공의 딸이 서 있었다. 석부가 안절부절못하며 그녀의 눈치를 살피고 있었다. 그녀는 이사부를 향해 묘한 웃음을 보이며 말했다.

"이찬께 차를 한잔 대접하고자 합니다."

하고는 이사부의 대답을 듣지 않고 앞장서 걸었다. 석부가 이사부에게 따라가라는 눈짓을 했다.

그녀의 처소에는 비단과 종이가 쌓여 있었다. 여인의 분내는 나지 않고 먹 냄새가 은근히 떠돌았다. 그녀는 서역에서 온 귀한 차를 직접 따라 주며 물었다.

"이찬께서 솔직히 말씀해보세요. 저희의 작은 선소를 빼앗고자 하십니까?"

"그런 뜻은 전혀 없소."

"맞은편의 넓은 모래밭에서 공사를 하는데, 우리가 그 앞에서 사사로이 배를 계속 만들 수 있겠습니까?"

이사부는 고개를 끄덕였다.

"그 점을 염려한다면, 그럼, 안일공의 선소를 우리에게 내어주시면 어떻소? 실직 백성이 안일공의 높은 덕을 칭송할 것이오."

그녀는 웃음을 터뜨렸다. 이사부는 속마음을 들킨 듯 얼굴이 붉어졌다.

"결국은 내놓으란 말이군요. 원로의 권력을 빼앗아 실직 땅을 신라 귀족의 손에 쥐고 싶다는 말로 들리네요."

"오직 배를 만들고자 할 뿐, 원로들과 권력 다툼을 할 생각은 추호도 없소."

"쌍노를 그냥 데려가실 순 없어요. 그 값을 후하게 쳐주셔야 할 거예요."

"쌍노에게 어찌 값을 매길 수 있겠소?"

"쌍노를 귀하게 대접해야 백성들이 이찬 어른의 뜻을 따를 거예요."

이사부는 다시 한번 그녀의 속뜻을 헤아려야 했다.

"그대 이름이……."

"아리솔이라 합니다. 실직 원로들은 이찬 어른을 받아들이지 않을 테니, 그 또한 각오하셔야 할 거예요."

"알고 있소."

"쌀 세 가마를 수레에 실어 보내세요. 쌍노를 데려가는 대신."

쌍노야 값을 칠 수 없이 귀한 사람이지만, 쌀 세 가마를 당장 구하기도 쉽지는 않을 것이었다.

"그 쌀로 노역하는 백성들 밥을 해 먹이겠어요. 그러면 되겠지요?"

과연 쌍노의 말대로 아리솔은 여걸이었다. 아리솔은 자리에서 일어서려는 이사부에게 대뜸 물었다.

"혼인은 안 하시나요?"

"예? 아, 예. 아직."

"실직 원로의 딸과 혼인을 하면 모든 일이 훨씬 쉬워질 텐데요."

남의 일처럼 아무렇지 않게 혼인 말을 꺼내는 아리솔이 당황스러웠다.

"잘 생각해보세요. 저와 혼인하면 실직 원로들을 등에 업고 못 할 일이 없어요. 물론, 적당히 하다 서라벌로 도망칠 생각이라면 안 됩니다. 실직에 뿌리를 내릴 생각을 하셔야죠."

"뿌리는 내릴 것이나, 아직 혼인은 생각이 없습니다."

아리솔의 속눈썹이 가늘게 떨리는 것을 이사부는 모른 척했다.

"뜻하는 바를 이루기 쉽지 않을 텐데요?"

"활을 쏘아 맞지 않으면 나 자신을 돌아보고 더욱 철저히 수련하는 수밖에 없지요. 내가 진심으로 행하면 원로들도 알아주실 겁니다."

이사부는 자리에서 일어났다. 등 뒤로 아리솔의 시선이 따갑게 느껴졌지만 그는 돌아보지 않았다.

이사부는 우선, 실직의 해안가에 왜군의 침입을 막는 성을 쌓았다. 부역하는 이들은 먹여주고 재워주겠다고 하자 인근의 가난한 사내들이 모여들었다. 사내 중 목수 일을 할 줄 아는 이들을 따로 뽑았다. 쌍노가 그들과 함께 오십천 상류의 나무를 베기 시작했다.

"소나무를 잘라 일이 년 물에 담갔다가 말려야 배를 만드는 재목이 됩니다."

굵은 소나무들을 베고 자르고 말리는 일을 오십천 상류의 갑자 평원에서 하였다. 갑자는 넓은 평지에 큰 소나무가 많았다. 실직의 귀족들이 장차 이곳에 능을 지으려 하여 아무도 갑자 평원을 침범하지 못하였다.

원로들이 마차를 타고 갑자로 몰려왔다. 그들은 잘린 소나무를 보고는 분노하여 외쳤다.

"서라벌의 새파란 왕족이 감히 유서 깊은 실직의 땅을 훼손하는구나. 신라 왕이 이 일을 책임지겠다 했는가?"

이사부가 그들 앞에 나서서 공손히 머리를 숙였다.

"갑자는 사유지가 아니니 여러 원로께서 널리 헤아려 주십시오. 신라에서 선박을 제조하는 일을 저에게 맡겼으니 이것은 곧 우리 실직의 임무입니다."

안일공은 뒷짐을 진 채 이사부를 노려볼 뿐이었다. 귀족들은 일꾼들에게 호통을 치며 물러나게 했다.

"이곳은 귀족의 능을 하려고 오래전부터 공을 닦은 터요.

하필 이곳에서 배를 만든다고 하시오?"

"왕께서 순장을 금하고 능을 작게 지으라 명하셨으니, 귀족들도 이 갑자의 땅에다 굳이 능을 지을 필요가 없습니다. 나라를 위하고 실직의 백성을 위한 일이니 여러 귀족께서 은혜를 베풀어 주십시오."

"이거 원, 말이 통하지 않는구먼! 월성에 전령을 보내 이 일을 명백하게 따져야겠네."

마차를 타고 돌아가는 귀족들의 얼굴엔 낭패감이 번지고 있었다. 그들은 큰소리를 치지만 결국 갑자 평원의 주인이 귀족에게서 백성으로 넘어가는 것을 인정할 수밖에 없었다.

오십천 상류에서 하류까지는 떼배를 타고 다녔다. 떼배가 닿은 오십천의 하류, 검바우 해안에 선소를 짓기로 하였다. 성을 쌓던 사내들은 이제 선소를 만드는 일을 했다. 나무를 가져와 배를 만들기 위해서는 넓은 장소를 효율적으로 정비하여 집을 지어야 했다.

이사부는 선소를 짓는 작업과 배를 만드는 기본적인 작업을 동시에 시작하였다. 각각의 일에 유능한 사람을 뽑되 그 신분은 가리지 않았다. 우두머리들은 이사부가 나름대로 인물의 됨됨이를 파악한 후에 지정하려 애썼다. 배를 만드는 일의 총책임직은 쌍노에게 맡겼다.

"이찬 어른, 실직의 남쪽 땅인 우진야의 벌목꾼들이 와서 일을 하고 싶다 합니다."

다른 지역의 가난한 벌목꾼들이 숙식을 해결해 준다 하니 찾아드는 것이었다.

“그들 중의 책임자를 정하여 놓고 우선 일을 시켜보게. 일꾼들이야 더 필요하니 실직의 벌목꾼과 잘 화합하면 받아주게.”

사내들은 배 만드는 일에 주력하고, 그 사내들을 먹이고 입히는 일은 아낙들이 하였다. 아낙들의 일도 분업화하고 제각각 책임자를 정하여 남자 못지않은 대우를 해주었다. 일만 부지런히 하면 선소에서는 배를 곯지 않는다는 말이 퍼져나가 백성들이 모여들었다. 검바우 해안에서 시작한 선소는 점점 그 범위를 넓혀 하나의 마을이 형성되어 갔다.

“실직에 유능한 대장장이들이 있는가?”

“그럼요. 실직에 철이 나는 곳이 있어 그 앞에 대장간이 모여 있지요.”

선소에서 모든 일이 이루어지려면 대장간도 필요했다. 이사부는 대장장이를 선소 안에 불러들여 대장간을 만들었다. 무디고 억센 연장들은 다시 날을 세우고, 용광로 속에서는 새 연장이 태어났다.

이사부는 대장간에서 실직의 모습을 보았다. 낡고 여린 자신의 몸을 뜨거운 불로 달구어 새롭게 날이 선 연장으로 태어나는 곳. 제가 만든 쇠붙이로 제 몸을 수없이 때려 영험한 칼과 낫과 도끼가 되는 곳. 이사부는, 뿌리까지 완벽하게 녹여 새로운 연장으로 거듭나야 할 존재가 바로 자기 자신임을 깨달았다.

군주가 되다

"쿠르르 쾅!"

천둥소리에 땅이 흔들렸다. 오십천을 따라 달리던 말들이 놀라 앞발을 쳐들었다.

"워! 워!"

말을 진정시키며 하늘을 올려다보았다. 구름 한 점 없으니 천둥 번개는 아니었다.

"쾅! 쾅! 쾅!"

소리는 숲속에서 나고 있었다.

"저쪽입니다."

위화랑이 숲을 향해 말을 달렸다.

"너희들은 여기 있거라."

호위하는 기마병들을 두고 태자 원종도 동쪽 숲을 향해 달렸다.

소나무 숲의 오르막을 달려가자 갑자기 평원이 나타났다. 언덕 아래에 잘라놓은 소나무들이 차곡차곡 쌓여 있었다. 노란 몸통이 드러난 나무들은 줄지어 누워 햇볕에 몸을 말리고 있었다. 베어낸 소나무에서 잎이 붙은 가지들을 따로 모아서

묶는 이들도 있었다. 나무 기둥을 세우고 지붕을 얹어 만든 넓은 마루에는 여인들이 부들을 엮고 있었다.

"저것은 강가에 자라는 부들 아닌가? 부들을 엮어 무엇에 쓰느냐?"

위화랑이 지나가는 아이를 붙들고 물었다.

"배의 돛으로도 쓰고 자리로도 쓸 거예요."

아이는 위화랑을 빤히 쳐다보다가 도망치듯 달아났다.

"나무 넘어간다아!"

하는 소리와 함께 우람한 소나무가 굵직한 파열음을 내며 쓰러졌다.

쿵쿵 울리는 괴성은 도끼질에 나무 넘어가는 소리였다. 원종은 눈앞의 광경을 보고 입이 벌어졌다. 평원은 잘 정돈된 일터였다. 한쪽에서 나무를 베고, 한쪽에서는 그 나무를 자르고 다듬었다. 사내들은 나무를 잘라 무언가를 만들고, 아낙들도 제각기 맡은 일이 있었다.

원종은 궁궐을 증축하며 사람들을 부렸던 기억이 났다. 한 끼 밥을 얻어먹기 위해 백성들은 종일 고된 노동을 했다. 힘든 일에 사람들은 지치고 비굴해지기 일쑤였다. 그런데 이곳 일터는 나무와 연장까지 살아서 움직이는 듯 생명력이 넘쳤다. 바쁘게 움직이는 사람들의 표정은 밝고 떳떳했다. 모두 햇볕에 새까맣게 그을렸지만, 그 얼굴엔 자부심이 보였다.

"이러니, 실직 원로들의 불만이 들어오지 않겠습니까?"

위화랑이 태자의 표정을 슬쩍 살피며 말했다.

실직의 관리로부터, 갑자의 백성들이 노역에 시달린다는 고변이 연달아 들어왔다. 게다가 노역하는 사내들을 모아 사나운 바다에 데리고 나가 위험한 군사 훈련까지 시킨다는 것이었다.

"서라벌이 손대지 못하는 실직의 땅에 이사부가 신라의 역사를 세우고 있구먼."

원종의 말투는 담담했으나 그 표정은 벅차오르고 있었다. 반듯하게 잘라놓은 나무를 작은 칼로 다듬고 있는 사내들에게 다가가 물었다.

"이곳 책임자는 어디에 있나?"

사내들은 귀족 차림의 그들을 올려다보고는 저쪽으로 피해버렸다. 소나무 잔가지 하나를 들고 달음질치는 아이에게 물었다.

"이곳 책임자가 누구냐?"

"이찬 어른이십니다."

아이는 동쪽에 줄 지어선 소나무 숲을 가리켰다.

"저 너머 강에 계실 겁니다."

평원에 동그랗게 노역장이 마련되어 있고 오십천 옆의 소나무는 거칠게 푸르렀다. 방풍림 역할을 하는 나무들은 베지 않아 원시의 모습으로 빽빽하게 줄지어 서 있었다. 두 사람은 평원을 가로질러 오십천이 흐르는 강가로 나왔다.

강가에선 떼배에 나무를 싣고 있었다. 껍질을 벗기고 손질한 나무를 떼배에 실어 강 하류로 이동하는 것이었다.

"잘 묶었나? 물에 빠지지 않게 단단히 묶게."

누군가의 고함이 들렸다. 먼저 출발한 떼배는 나무를 싣고 하류로 흘러가고 있었다. 그러다가 떼배가 무언가에 부딪혔는지 기우뚱하였다. 나무가 굴러 물에 떨어졌다.

"저런!"

떼배 위에 있던 사내들이 물에 뛰어들었다. 그들은 재빨리 물에 빠진 나무를 부둥켜안았다. 떼배에 다시 나무를 끌어올리고 사내들도 떼배 위에 올라섰다.

"저 물속에 박힌 바위를 뽑아내야 한다니까. 자꾸 걸리잖아!"

뒤쪽의 떼배를 출발시키며 늙은이가 투덜거렸다. 위화랑이 그에게 물었다.

"이찬은 어디에 계신가?"

늙은이는 귀족 복장을 한 그들이 못마땅하다는 듯 아래위로 훑어보더니 건성으로 말했다.

"저기 계십죠. 떼배 위에."

나무를 실은 떼배 두 척에 대여섯 명씩 사내들이 있었지만 모두 웃통을 벗고 머리를 동여매고 있었다. 벗은 어깨는 한결같이 검게 타 있어 누가 누군지 구분하기 어려웠다.

"꼭 만나시려거든 떼배를 따라 내려가 보십쇼. 이 길을 따라 하구로 내려가면 거기서 나무를 내립지요."

위화랑이 태자의 눈치를 보며 말했다.

"일꾼들이 무례합니다. 이찬이 일꾼들 기를 너무 살려주는 것 같습니다."

원종이 슬쩍 웃으며 했다.

"이상하군. 여기 일꾼들은 이찬을 우리에게 내놓지 않으려는 것 같아."

두 사람은 방풍림 뒤쪽에서 말을 타고 떼배를 뒤따랐다. 나무를 이동시키는 걸 보니 다른 작업을 하는 곳이 하구에 있단 말이었다.

떼배가 하구에 닿았다. 땅에는 노 대신 작은 바퀴 달린 떼배가 대기하고 있었다. 물을 따라 이동시킨 나무를 바퀴 달린 떼배에 싣고 넓은 바위 위로 끌고 갔다. 그 바위를 돌아가자 마을이 나타났다. 마을 전체가 하나의 부역장이었다.

위화랑은 떼배에서 내린 사내들을 뒤쫓아 비로소 눈에 익은 얼굴을 찾아냈다. 벗은 몸 여기저기는 긁히고 찍힌 상처투성이였지만 분명 그였다.

"이사부!"

위화랑은 저도 모르게 목이 메었다. 이사부가 돌아보았다. 노역장의 사내들 속에 던져놓으면 알아볼 수 없는 얼굴이 되어 있었다. 이사부가 눈을 크게 뜨고 달려와 그의 손을 덥석 잡았다.

"어쩐 일이십니까?"

목소리를 듣자 비로소 이 사내가 이사부라는 게 믿기었다.

"까맣게 타서 이 년 사이에 완전 딴사람이 되었군. 하지만 몸은, 이 단단한 근육을 보게나."

위화랑은 여전히 여인네보다 고운 얼굴이었다. 나무를 들고 가던 사내들이 위화랑의 하얀 얼굴을 힐끔거렸다. 이사부는 말을 타고 다가오는 원종을 보고 달려가 허리를 숙였다.

"태자마마!"

말에서 내린 원종은 만면에 웃음을 띠고 검게 탄 그의 어깨를 껴안았다.

"실직의 사내가 다 되었구먼."

이사부는 어느 집 안으로 들어가더니 얼른 저고리를 걸치고 나왔다.

"이곳이 바로, 배를 만드는 선소로군."

원종은 매끄럽게 통나무를 붙여 배의 몸체를 만드는 사내들 곁에 다가섰다.

"다들 예를 갖추시게, 서라벌에서 오신 태……."

이사부의 말을 원종이 제지했다.

"일하는 데 방해가 되고 싶지 않네. 그리고 여기 백성들은 어쩐지 귀족 복장의 우리를 좋아하지 않는 눈치야."

원종은 그래서 더욱 이사부가 믿음직스러웠다.

통나무를 연결한 배의 몸체는 나무 향을 풍기며 부드러운 선을 이루고 있었다. 저것이 배로구나 싶었다. 배 밑창은 통나무 세 쪽을 붙여 만드는데, 그 연결점은 암수의 몸처럼 홈을 파고 끼워 넣는 식이었다. 뱃전은 나무를 하나씩 쌓아 올려붙이는데, 그 연결점 역시 서로 잘 끼워 넣어 이음새가 표나지 않았다.

"정말로, 배를 만들고 있어!"

한 늙은이가 칼로 노의 끝을 다듬고 있었다. 작달막한 키에 다부진 어깨를 가진 그의 손에는 손가락마다 때 절은 삼베가 감겨 있었다. 끝나지 않는 노동의 연속에 살고 있는데도 사내의 눈은 맹렬히 빛났다.

"노를 잘 만드는가 보군."

원종이 한마디 하자 그는 쳐다보지도 않고 중얼거렸다.

"배에서는 이 노가 제일 중요합지요. 그래서 노는 딴 놈한테 안 맡기고 제가 다 손을 보고 마무리를 합니다."

위화랑이 매끄럽게 다듬어 놓은 노를 들어 올려 자세히 보았다.

"아, 이쪽으로 물을 미는 거로군."

사내가 위화랑을 히뜩 보고는 그 손에서 노를 빼앗더니, 자기 손에 든 노와 연결했다.

"노는 이렇게, 두 개를 연결해서, 연결한 요 뒷부분, 요기 구멍이 있지요? 요 구멍을 배에 있는 노좆에 꽂아서 쓰는 겁니다요."

훈계조의 설명의 들은 위화랑이 고개를 끄덕이곤, 사내의 표정을 살피며 노를 제자리에 놓았다.

햇볕에 몸을 말리고 있는 배들을 보았다. 몸체를 완성하여 건조하는 중인 듯한 자세가 늠름해 보였다.

"이것이 완성한 수군의 배인가?"

원종이 묻자 이사부는 겸연쩍은 웃음을 지었다.

"수군이 배들을 몰며 훈련을 하긴 하지만, 아직 수군의 전선은 아닙니다."

원종은 고개를 갸우뚱했다.

"밑이 넓은 배는 바다 위에서 활쏘기 연습을 할 때 쓰고, 좁고 긴 배는 풍랑 속에서 노 젓기 훈련을 할 때 씁니다. 그리고 훈련이 없을 때는 백성들이 몰고 나가 고기잡이를 하기도 합니다."

"왜? 수군의 전선은 아직 없는 것인가?"

"모두 수군의 배이기는 하나, 아직 가장 적절한 수군의 전선은 만들지 못했습니다."

위화랑이 짐짓 걱정스러운 투로 말했다.

"자네가 백성들을 모아 노역을 시키고, 위험한 바다에 데리고 나가 군사 훈련을 시킨다는 원망이 월성에 흘러들고 있네."

"옛 실직국의 원로들이 아직 신라에 마음을 내주지 않습니다. 태자마마께서 도와주시고, 또 선친께서 도움을 주지 않으셨다면 이만큼 벌이지도 못했을 겁니다."

이사부의 부친인 아진공은 이 년 전에 죽고, 그 식솔들도 가산을 정리하여 실직으로 왔다.

"보아하니, 인근의 백성이 많이 모인 것 같은데?"

"뱃일과 목수 일에 경험 있는 자들을 두루 모았습니다. 제 식솔과 같이 대접해주니 자신들의 기술을 발휘했습니다."

"사내들만 있는 것이 아니라 부녀자들도 모여 하나의 부락이 형성되었구먼.”

“예, 부들 돛도 만들고 삼베도 짜야 하고, 수군과 일꾼들 먹이고 입히는 게 다 중요한 일이니까요. 아직은 품삯을 따로 쳐주지는 못하고 살 곳과 끼니를 챙겨주는 정도입니다. 생무지들도 와서 기술을 배우겠다 하면 받아주었지요. 나중에 정식 수군의 배를 만들면 그때는 다들 품삯을 주겠다고 약조했습니다.”

이사부의 말을 듣던 원종은 해안의 산꼭대기에 높다랗게 쌓은 돌탑을 보았다.

“저것이 무엇인가?”

“망대입니다. 저기에 오르면 먼바다까지 다 보이니 적이 오는지 볼 수 있고, 오십천 상류의 갑자 상황까지 다 보이지요.”

원종과 위화랑은 망대에 올랐다. 돌을 동그랗게 쌓아 둥근 탑 모양으로 만들고 탑 안쪽에서 위로 올라갈 수 있게 계단을 만들어 놓았다.

“정녕 저 바다 건너까지 다 보이군.”

망대의 꼭대기를 올려다보던 위화랑이 물었다.

“꼭대기에 돌을 꼼꼼하게 박아놓았네그려. 그런데 저쪽의 새까맣고 납작한 돌은 글자를 새긴 것인가? 남(南)자 아닌가?”

원종도 검은 돌에 박힌 글씨를 보더니 비밀을 찾아낸 듯 웃었다.

"남쪽이란 말이군. 검은 돌이 남쪽을 가리키니, 저 하늘을 통해 별자리를 보고 방향도 알 수 있겠군."

"그러합니다."

망대에서 내려오자 말을 탄 군사가 달려와 고했다.

"군주님! 갑자 평원에 원로들이 모이셨다 합니다."

이사부의 낯빛이 살짝 흐려지는 것을 보고 원종이 말했다.

"아, 나를 만나러 왔을 게야. 같이 갑자로 가세나."

이사부는 말에 오르려는 그들은 물가로 이끌었다.

"실직의 배를 타보시지요."

서너 척의 배 중에서 선체가 가장 크고 모양이 날렵한 배에 올랐다. 머리가 백발인 늙은이와 젊은 사내가 노를 저었다. 그들은 양손에 각각 노를 잡고 힘껏 저었다. 상류로 물을 거슬러 올라가는데도 배는 제법 빠르게 흘러갔다.

"노 만드는 사내 보셨지요? 그자가 최근에 새로 만든 배입니다."

다른 배에 비해 선체가 크고 뱃전이 높았다. 거친 손으로 배의 매끄러운 몸체를 쓰다듬으며 배의 각 부위를 조목조목 설명하는 이사부를 원종은 흐뭇하게 바라보았다. 이사부는 분명 온 정신을 쏟아 배를 흠모하고 있었다.

배가 오십천 상류의 갑자에 닿자 원로 귀족들이 말을 달려왔다.

"태자께서 친히 걸음을 해주시니 감개무량합니다. 저기를 보십시오."

원로들은 넓은 갑자 평원을 손으로 가리키며 성급하게 고자질하듯 원종에게 고했다.

"갑자는 귀족들의 능이 들어설 만한 좋은 땅입니다. 그런데 월성에서 온 새파란 관리가 그 관등이 높은 것만 믿고 배를 만든다고 나무를 베더니, 이제 저 뒤쪽에 군사들의 궁터까지 만들었습니다."

"우리 실직은 예로부터 왕족이 백성을 아껴 함부로 노역을 시키지 않았습니다. 게다가 실직성의 군사들이 엄연히 있는데, 사사로이 수군을 만들 것이라 하며 사내들을 혹사시키고 있습니다."

원종이 말했다.

"내, 백성들을 둘러보니 부역이 고달프기보다는 같이 일하며 기술을 배우고 익힘에 별다른 불만이 없는 듯 보였소."

원로들은 서로 얼굴을 마주 보며 헛기침을 했다.

"그렇다 하더라도 이찬이 사사로이 군사를 키우는 것은 장차 큰 문제가 될 수 있습니다."

원종이 그 말에 일리가 있다는 듯 고개를 끄덕였다.

"그렇소. 군사를 양성하는 책임은 관에 있으니, 실직의 병권을 가진 자가 아니면 함부로 할 수 없지."

귀족들은 원종에게 자신들의 뜻을 헤아려주어 감사하다며 고개를 숙였다.

"내 오늘 직접 실직에 와서 상황을 보았으니, 이 문제를 매듭짓겠소. 왕께서 이찬을 월성으로 부르셨으니, 곧 여러 원로의 걱정에 대한 해답을 드리겠소."

원로들은 원종을 성안으로 모셔 대접하고자 했으나 원종은 사양했다.

"정녕 왕께서 저를 찾으십니까? 물심양면으로 도와주셨거늘 왜 갑자기 저를 소환하십니까?"

"지체할 시간이 없으니 속히 떠날 채비를 하게."

어쩔 수 없음을 깨달은 이사부는 여기저기 뛰어다니며 일을 지시했다.

"쌍노! 이리 와 보시게."

노를 만들던 사내가 달려왔다.

"오늘 안으로 새 연장을 가져올 테니 잘 확인하여 받아 두게. 무딘 낫과 칼은 모아 두었지? 대장간에 잘 손보라고 하게."

그리고 석부를 불러 군사들의 훈련을 단속하라 일렀다.

"한 이틀 파도가 높을 것이라 하였으니 해상 훈련은 조심하시게."

이사부는 몇몇 아낙도 불러 특별히 지시했다.

"내 월성을 오가는 길이 며칠 걸릴 텐데, 일꾼들의 끼니는 넉넉한가? 수군의 주먹밥이 더위에 상하지 않게 조심해주시게."

"성에서 옷가지를 모아 준다고 하였다지? 고쳐서 일꾼들이 입을 수 있도록 수고해주시게."

선소 안의 살림까지 두루 살피는 모습을 보고 원종은 혀를 내둘렀다.

'어느 관리가 군사의 주먹밥과 해진 옷에까지 신경을 썼던가!'

아직 젊은 나이의 이사부는 몇 년 사이에 백성의 살림까지 다 아는 노련한 관리가 되어 있었다. 이사부는 관사로 가 옷을 갈아입고 나왔다. 보아하니 이 마을의 집들은 그저 살림을 사는 집이 아니라, 일하기 용이하도록 그 쓰임새가 따로 있었다. 마을을 빠져나오는데 빨래를 하던 아낙들이 일행을 보고 일어나 허리를 숙였다. 위화랑이 그들 중 한 늙은 아낙을 알아보았다. 이사부의 집에서 살림을 돌보던 아낙이었다.

왕은 들어서는 이사부를 보고 깜짝 놀랐다. 귀족들 역시 시커멓게 탄 이사부를 얼른 알아보지 못했다.

"실직에서 배를 만드는 일은 잘 되어 가고 있는가?"

왕의 한마디에서 이사부를 향한 신뢰가 느껴졌다.

"허나, 그로 인해 실직 원로들의 원성이 자자합니다. 실직은 신라 땅이 된 지 오 년밖에 되지 않았습니다. 귀족들은 아직 신라에 고개를 숙이지 않는데, 거기서 백성들을 동원하여 일을 벌이는 것이 염려되옵니다."

"이찬의 높은 관등을 내렸으나, 실직의 원로들을 설득하지 못하지 않았습니까?"

귀족들의 말을 듣고 왕은 이사부를 가만히 바라보았다.

"이찬, 그대는 이 일을 어찌 감당하려는가?"

이사부는 머리를 숙여 인사한 뒤 눈을 내리깔고 대답했다.

"신 또한 원로 귀족들을 거스르고자 한 적은 없습니다. 다만, 왜군의 침입이 잦은 동쪽 변방입니다. 저는 오히려 귀족들을 배 만드는 일에 참여하게 하여 그들도 이익을 보게 만들고 싶습니다."

왕이 다시 물었다.

"그대가 원로들의 마음을 돌릴 수 있겠는가?"

"옛 실직국에 대한 자부심이 강한 원로들입니다. 그들 역시 백성의 안위를 저버리지는 못할 것입니다."

귀족들은 여전히 걱정스러운 말투였다.

"그게 말처럼 쉬운 일이겠소? 게다가 사사로이 군사까지 키우고 있으니!"

그러나 월성의 귀족들은 실직에 별 관심이 없었다. 그들은 이사부의 세력이 커지는 것을 견제하고자 할 뿐 실직의 상황을 알지 못했다. 이 회의에서 귀족들은 그 해결방안을 찾을 수 없고, 모든 것은 실직에서 알아서 행할 바였다.

"내, 이 문제를 해결할 방도를 찾았소. 배를 만들어 신라 수군을 양성하고, 또한 실직 귀족들의 원성도 해결할 방안이오."

모든 이들의 눈이 왕에게 쏠렸다.

"장차 신라의 각 지역을 주, 군, 현으로 나누어 다스리는 것에 대해 지난 화백회의에서 만장일치를 보았소. 그 처음으로, 실직에 실직 주를 설치하여 이사부를 군주로 삼겠소."

귀족들이 놀라서 눈이 휘둥그레졌다.

"서라벌 근처도 아직 주를 설치하지 못하였는데, 실직을 먼저 주로 삼다니요? 변방에 왕의 덕을 가장 먼저 내리신단 말씀입니까?"

"또한 군주로 삼으시면, 모든 병권을 군주에게 주신다는 말씀인데, 이 또한 염려스럽습니다."

왕은 너그럽게 말했다.

"비록 변방이나 신라의 수군을 실직에서 처음으로 양성하고 있소. 그러니 이사부가 군주가 되어야 수군을 잘 키워 서라벌을 왜군으로부터 막아줄 것이오."

더 이상 부당하다고 나서는 귀족이 없었다. 군주라는 큰 직책에 놀라기는 하였으나, 귀족들은 서라벌의 변방인 실직 군주가 자신들의 입지를 방해하지 못하리라 여겼다.

"이사부로 하여금 변방에서 우리 서라벌을 지키게 함이 그 첫 번째요, 군주라는 관직으로 실직 원로들의 동의를 얻기 위함이 그 두 번째니, 그대들이 듣기에 어떠하오?"

왕은 애초부터 작정하고 이사부를 군주로 내세운 것이었다. 많은 귀족이 보는 앞에서 이사부는 만장일치로 실직 주의 군주로 임명되었다.

활은 몸이요
화살은 정신이다

새의 날갯짓을 따라 노을이 조각조각 떨어져 내렸다. 어둠이 느리게 번져 왔다.

"획! 탁!"

군더더기 없이 간결한 소리. 텅 빈 공간을 완벽하게 채우는 소리였다. 다시 화살이 날아갔다.

"탁!"

화살이 과녁에 맞는 소리가 명확했다.

군사들이 훈련을 마치고 돌아간 뒤, 누군가 어둠을 읽으며 활을 쏘고 있었다. 다시 화살을 쏘았을 때, 석부가 그의 어깨를 쳤다.

"웬 놈이냐?"

석부의 손을 뿌리치고 도망가려 했지만, 석부의 억센 손에 그의 목덜미가 붙잡혔다. 활을 든 이는 키가 작고 몸도 여린 소년이었다.

"이 녀석! 연습장도 아니고 감히 시합장에서 과녁을 쏘아 맞혀? 간 큰 놈이구나."

으름장을 놓긴 하지만 석부의 목소리에서 기대감을 숨길

수 없었다. 어둠 속에서 보일 듯 말 듯한 과녁 한가운데를 척척 맞히다니, 쓸 만한 놈을 건졌다고 생각하며 녀석의 얼굴을 보았다.

"엇, 너는!"

석부는 깜짝 놀라며 녀석의 목덜미를 던지듯 놓았다.

"퍼리, 네가 감히!"

"수군 대장이 아는 녀석인가?"

몇 걸음 뒤 어둠에 묻혀 있던 이사부가 모습을 드러냈다. 이사부를 본 퍼리는 그 앞에 무릎을 꿇었다.

"잘못했습니다, 잘못했습니다요."

석부는 퍼리를 노려보며 분한 기운을 숨기지 못했다.

"선소에서 오갈 데 없는 이들을 받아 먹여 주고 기술을 가르쳐 준다고 하니, 감히 이런 놈이 기어드는 겁니다. 대장간에서 봤을 때 분명히 떠나라고 일렀건만."

이사부는 퍼리의 손에 들린 화살을 가져가 살펴보았다. 군사들이 쓰는 화살이 아니었다.

"이 화살은 어디서 났느냐?"

어둠 속에서 겁에 질린 두 눈을 굴리며 퍼리는 떠듬거리며 말했다.

"제가, 제가 만들었습니다."

"이놈, 거짓말 마라. 어디서 훔쳤느냐?"

석부가 윽박지르자 퍼리는 어깨를 움츠렸다.

"훈련용 화살에는 화살 끝에 깃을 단 것이 없다. 깃을 달아야 화살이 더 잘 나가지만, 깃털을 그만큼 확보하지 못해 깃이 없는 대나무 화살을 쓰고 있지."

이사부는 횃불을 화살 끝에 가져와 깃털을 자세히 살펴보았다.

"이 깃털은 꿩의 털도 독수리 털도 아니고, 까마귀의 털이구나. 까마귀 깃털을 꽁무니에 붙인 화살은 처음 보는구나. 이걸 정말 네가 만들었느냐?"

퍼리는 이사부의 발 앞에 머리를 박듯이 하며 울음 섞인 목소리로 말했다.

"제가 어찌 감히 군주님 앞에 거짓을 고하리까? 군주님께서 제 목숨을 살려주신 것을요."

"네 목숨을 살리다니?"

고개를 든 퍼리의 눈빛이 어둠 속에서 빛났다. 두려움에 떨던 목소리에는 자랑스러움이 묻어났다.

"수년 전, 검바우에 해적이 침입했을 때 군주님께서 제 목숨을 구해주셨어요. 부모가 해적에게 잡혀가는 걸 뒤늦게 알고 제가 백사장에 나왔을 때……."

이사부는 그때를 떠올리자 온몸의 피가 빠르게 도는 듯했다. 검바우에서 처음으로 해적을 본 그날이었다. 도망치던 해적이 해안의 백성을 잡아가며 방패로 삼았을 때, 울부짖으며 달려 나온 아이가 있었다. 이사부가 말을 달려 나가 그 아이를 구했었다.

"오! 네가 그때의 그 아이구나!"

이사부가 펴리의 어깨를 덥석 잡아 일으켰다. 겨우 목숨을 건졌던 어린아이가 이렇게 당당한 소년으로 자랐다니! 석부가 여전히 소년을 노려보고 있었지만 이사부는 소년에게 화살을 돌려주었다.

"다시 활을 쏘아 보거라."

이사부의 말에 펴리는 석부의 눈치를 보면서 일어나 활을 잡았다.

"과녁이 보이느냐?"

"예."

어둠 속에서 과녁은 그 형체만 짐작할 수 있었다. 펴리는 활시위를 당겼다. 조금도 망설이거나 당황하지 않고 명중시켰다. 믿기 어려운 실력이었다.

"내일부터 수군에 들어와 훈련을 하거라."

"안 됩니다, 군주 어른! 이 녀석은 안 됩니다."

석부가 거칠게 막아서자 펴리는 주눅이 들어 어깨를 움츠렸다.

"군주님께서 목숨을 살려주셨건만 이놈은 그 은혜도 모르고 살인을 저질렀습니다."

"아니에요! 아니라구요!"

소년이 필사적으로 외쳤다. 석부는 소년을 노려보며 말했다.

"이놈은 귀족을 죽이고 도망쳤다가, 얼마 전에 선소로 숨어들었습니다. 의지할 곳이 없어 밥이나 얻어먹으러 왔겠지요. 쫓아내야 합니다."

"전 살인하지 않았어요. 그 귀족 집안에서 제 누이를 순장했어요! 하나뿐인 제 누이를 죽인 건 그 귀족이라고요! 저는 사정사정하다가, 흐흑!"

"그래서 그 귀족을 죽였단 말인가?"

이사부가 엄중한 목소리로 물었다.

"아니에요. 쫓겨나며 돌을 던진 것뿐이에요. 죽이려고 한 건 아니에요."

"노비 주제에 감히 귀족에게 돌을 던져? 네 돌에 눈을 맞아 오랫동안 앓다가 돌아가셨다!"

훌쩍거리며 고개를 떨어뜨리는 퍼리를 보고 이사부는 가슴이 저려왔다. 돌팔매질 한 번으로 사람을 죽인 소년이었다.

"몇 살이냐?"

"열여섯 살입니다."

"다시 활을 쏘아 보거라."

화살을 잡은 퍼리의 어깨가 가늘게 떨렸다. 화살이 손을 떠나는 순간 어깨가 흔들렸다. 화살은 과녁을 빗나갔다. 이사부가 돌아서며 말했다.

"무술을 익히기 전에 먼저 예(禮)를 알아야 하고, 무예를 익히기 전에 먼저 덕(德)을 밝혀야 한다. 이 말이 무슨 뜻인지 알겠느냐?"

"먼저, 사람이 되어야 한다는 말씀입니까?"

"잘 알아듣는구나."

이사부는 퍼리를 그대로 두고 성큼성큼 걸어갔다. 석부가 퍼리의 멱살을 쥐었다.

"네놈을 알아본 순간 단칼에 베고 싶었다만, 다른 놈들처럼 굶주린 배를 채우러 왔겠지 싶어 며칠은 봐주었다. 선소를 떠나거라."

석부가 씩씩거리며 다가오자 이사부는 잠시 하늘을 올려다 본 후 말했다.

"오랜만에 자네와 검을 겨루어 보고 싶군. 어떤가?"

석부가 고개를 숙였다.

"달이 밝으니 바닷가로 나가세."

검은 파도가 몰려와 하얀 이를 드러내고 울었다. 끊임없이 쏟아지는 울음을 들으며 두 사람은 검을 맞대었다. 군사들의 궁술과 검술은 이사부와 석부가 직접 가르치고 있었다.

이사부가 먼저 내리쳤다. 석부가 검을 막은 뒤 내찔렀다. 이사부가 검을 차단한 뒤 부드럽게 베었다. 군사들이 훈련할 때 쓰는 기본동작으로 예를 갖춘 후, 둘의 검은 재빨라졌다. 평소 쇠도끼를 솜방망이처럼 휘두르는 석부였다. 넓은 어깨에서 나오는 괴력으로 검을 치면 상대는 검을 놓치기 일쑤였다.

"챙! 챙!"

달빛이 깨지는 소리가 쉼 없이 울렸다. 몇 번의 칼날이 예리하게 맞부딪혔다. 검이 일으키는 바람 사이로 파도 소리가 날을 세웠다.

석부의 검이 비스듬히 내려치자 이사부는 칼끝을 피한 후 재빨리 석부의 목 아래를 겨누었다. 석부는 검을 모래밭에 꽂았다. 이사부는 검을 칼집에 넣은 후 모래밭에 앉았다. 석부의 거친 숨소리가 바람과 마주쳤다.

"좀 후련한가?"

"예."

"내 안의 업장이 소멸할 때까지 검을 휘두르면 분별과 시비가 끊어진다 하였네."

"제가 아버지처럼 따르던 분께서 그놈이 던진 돌에 맞아 허망하게 돌아가셨지요. 저놈은 개 맞듯이 맞고 쫓겨나 어디 가서 죽었겠거니 했는데."

"몇 년 만에 어린놈이 가히 신궁의 솜씨로 찾아왔으니 놀랐겠군."

"예? 신궁이라니요? 그 정도의 솜씨는 아니었습니다. 흥, 지 애비를 닮았겠지요."

"그 아비가 무예에 능했는가?"

"귀족의 사병이었는데 활을 잘 쏘고 손재주가 뛰어나 활을 만들어 쓰곤 했습니다."

"아비의 재주를 닮아 다행이군."

이사부는 밀려오는 파도를 바라보며 말했다.

"나 역시 신분은 왕족이라 선친께선 내게 거는 기대가 크셨지. 헌데 선소의 백성들과 함께 일하며 예전의 가치들이 모두 허황된 것이었다는 생각이 들더군. 백성이 일하지 않으면 아무것도 할 수 없는 게 귀족이고 나라 아닌가? 왕족들이 하는 권력의 다툼이란 게, 이곳에서 자네와 내가 검술을 행하는 것보다 나을 게 없다네."

"허나 엄연히 신분이 있습니다. 천한 놈이 어찌 감히 모시던 귀족을 죽인단 말입니까?"

"자네 말이 옳네. 어찌 감히 천한 자가 귀족을 죽일 생각이나 할 수 있겠나? 그 아이가 진정 귀족을 죽일 엄두나 내었겠는가?"

석부가 끙, 하고 앓는 소리를 했다.

"귀족의 딸이 소중하듯 퍼리에겐 누이의 목숨이 소중했겠지. 부모가 죽고 하나뿐인 혈육이 순장을 당하는데, 어찌 그것을 견디겠나? 피붙이의 마음에 귀천이 어디 있겠나? 선소에서 일하는 백성의 목숨이 귀족의 목숨과 똑같이 소중하지 않은가?"

어둠 속에서 석부의 눈에 힘이 들어가고 얼굴 근육이 떨리고 있었다.

"허나 저놈은 어릴 때부터 사람에 대한 적개심을 먼저 배웠으니……."

"제가 던진 돌이 얼마나 정확한지 몰랐던 게지. 화살이 과녁을 잘못 잡은 것이네. 자신이 과녁으로 삼고 활을 쏘아야 할 대상이 진정 무엇인지 깨닫게 해준다면, 사람을 구하는 인재가 될지 모르지."

"진정 그리 생각하십니까?"

석부가 따지듯이 이사부를 보았다.

"나라의 법도 때문에 신분이 있기는 하나, 사람은 누구나 똑같이 귀하네. 또한 몸으로 행하는 선소의 모든 노동이 귀족들이 하는 일만큼 귀하다고 여기네. 몸이 마음을 움직여 한 뜻을 품는 것, 활을 쏘고 칼을 쓰는 일도 매한가지 아닌가?"

"군주님!"

석부가 울먹이며 벌떡 일어섰다. 이사부 앞에 고개를 숙이며 다짐하듯 말했다.

"군주님, 실로 그리 생각하신다면……."

그때였다.

"타닥!"

이사부와 석부의 발 앞에 화살 두 개가 연달아 날아와 꽂혔다. 두 사람은 움찔했다. 얕은 발걸음 소리 하나가 재빨리 멀어져 갔다. 이사부는 모래밭에 꽂힌 화살을 뽑아 들었다. 검은 까마귀의 깃털이 달린 화살이었다. 석부가 화살을 쳐들고 벌떡 일어났다.

"저 새끼가!"

"허허, 잘 가르쳐 보세. 보기 드문 실력이네."

수군 이백 명을 모아 훈련하고 있었다. 성안의 군사 중 수군이 되고자 하는 이는 모두 받아 주었다. 수군이 되려고 왔으나 죽어도 헤엄이 안 되는 자들은 육군으로 돌렸다. 펴리는 함께 훈련하는 군사 중 단연 돋보였다.

몇 번의 달이 기울고 차오른 후, 이사부는 다시 퍼리와 궁터에 섰다.

"먼저 사람이 되라 하신 가르침, 처음에는 천한 신분에 사람을 죽인 놈이라 안 된다는 말씀인 줄 알았습니다."

"너는 천하지 않고 살인을 한 것도 아니다."

퍼리의 표정에 부끄러운 듯 기쁨이 드러났다.

"훈련하면서 알게 되었어요. 제 화살의 끝, 칼날의 끝이 감정에 휘둘리면 안 된다는 가르침이었다는 걸요."

스스로 깨달은 퍼리가 대견했다. 훈련을 마친 군사들이 돌아간 후, 어두워지는 시간이었다.

"자, 과녁이 더 멀어졌다. 쏘아 보거라."

퍼리는 활을 잡았다. 시위를 당기는 순간 퍼리의 눈동자는 과녁을 서늘하게 보았다. 찰나의 어둠을 뚫고 화살이 날아갔다. 과녁에 명중했다. 다시 쏘아 명중하고 세 번째 화살은 빗나갔다.

"활은 몸이요 화살은 곧 정신이니, 몸과 정신이 하나 되어야 모든 것이 선명해진다."

"오직 맞히겠다는 일념으로 몸과 마음이 하나 되었는데도……."

"그 일념을 버리거라. 네 몸이 과한 뜻을 버려야 진정 네가 곧 화살이 된단다."

"군주님은, 언제부터 몸과 마음이 하나 되셨습니까?"

이사부는 잠시 가슴에 손을 얹었다가 말했다.

"그 말은 내 스승님께서 내게 주신 말씀이다. 나도 모든 순간에 그렇게 되는 건 아니다. 선소의 백성들을 보고 어느 날 깨달았지. 저들이야말로 노동하는 몸에 다른 뜻이 없으니 그 몸이 곧 정신을 품었구나, 하고."

이사부는 문득 퍼리의 활을 가져와 시위를 당겼다. 군더더기 없이 쏘아 맞히고, 쏘아 맞히고, 다시 쏘아 명중했다. 퍼리는 놀라 입이 벌어진 채 이사부를 동경의 눈으로 바라보았다.

"제가 어찌하면 그리 쏠 수 있습니까?"

"네 몸의 일이니, 너 자신을 돌아보아라."

"그 말씀도 스승님의 말씀이신가요?"

"입을 닫아라. 말은 꾸미기가 쉬운 법이다."

이사부는 다시 퍼리를 보았다.

이 아이는 나이보다 일찍 활로써 세상을 분별할 수 있게 될 것이다. 활로 세상에 대한 분노를 다 삭인 후면 신궁이 될 것이다.

이사부는 흐뭇했다. 예전의 스승님도 나를 보고 흐뭇하신 적이 몇 번이나 있으셨을까.

바람이 부는 날, 배를 띄웠다. 수군의 배 열다섯 척이 동해로 나가 첫 훈련을 했다.

"노를 저어라!"

각 배의 대장들은 깃발로 명령을 전달하고 북을 쳐서 공격

신호를 울렸다.

쌍노는 수군의 첫 해상 훈련에 함께 노를 저으며 감격한 표정이었다. 바람을 만지고 파도를 살핀 후 쌍노가 조심스럽게 말했다.

"더 나가면 파도가 높아지니 여기서 배를 돌리십지요."

"배를 우로 돌려라!"

깃발을 흔들어 명을 전한 후 배가 줄지어 우로 돌았다. 배들이 동그랗게 반원을 그리며 방향을 튼 뒤 바다에 띄워둔 부표를 겨냥했다.

"공격하라! 활을 쏘아라!"

북소리가 파도보다 높게 차올랐다. 물 가운데서 흔들리는 부표를 향해 활을 쏘았다. 그러나 파도에 흔들리는 배 위에서 활을 제대로 겨냥하기 어려웠다. 활을 쏘려고 일어섰다가 엎어지기 일쑤였다.

"활을 제대로 쏘아라! 귀한 화살이다! 화살을 물에 빠뜨리는 놈은 벌을 받을 것이다!"

석부가 외치며 보란 듯이 우뚝 서서 활을 쏘았다. 퍼리도 다른 배에서 가볍게 서서 화살을 날렸다. 퍼리의 몸은 배와 함께 흔들렸고, 활은 퍼리의 몸과 함께 흔들리며 화살을 날려 명중시켰다. 그러나 다른 군사들은 절반도 활을 제대로 쏘지 못했다. 순간에 표적을 포착하고 몸이 흔들리기 전에 시위를 놓아야 한다. 이사부는 파도 위에서의 전투가 어려움을 다시 한번 실감했다.

"공격을 멈추고 전진하라!"

파도가 더 높아지기 전에 훈련을 끝내야 했다. 썰물을 타고 나올 때는 빨랐지만 물살을 거슬러 돌아가기는 힘이 들었다.

"노를 저어라! 전진하라!"

육지로 다가가던 중 갑자기 거대한 파도가 배를 덮쳤다. 파도를 제대로 타지 못한 배 한 척이 전복되었다. 수군은 모두 헤엄을 칠 줄 알았지만 파도 속에서 빠져나오기가 쉽지 않았다.

"밧줄을 던져라!"

쌍노가 물에 빠져 허우적거리고 있었다. 퍼리가 활을 내려놓고 물에 뛰어들었다. 퍼리는 쌍노를 붙들어 허리에 밧줄을 둘러 주었다. 쌍노는 밧줄을 움켜쥐고 물 밖으로 끌려 나왔다. 퍼리는 물속에서 다른 수군을 끌어냈다. 퍼리는 한 명을 옆구리에 끼고 와 배에 올려주고 다른 사람을 구하러 돌아가기를 반복했다.

"각 배는 인원을 확인하라! 이탈자를 확인하라!"

모든 배에서 이상이 없다는 깃발을 흔들었다.

"퍼리, 이제 나와라!"

퍼리가 이사부의 명을 듣고 헤엄쳐 왔다. 그러다가 한순간 작은 파도가 그의 몸을 삼켰다. 그는 다시 물 위로 떠오르지 않았다. 석부가 칼집과 화살통을 풀어놓고 물에 뛰어들었다. 곧 석부마저 보이지 않았다. 다른 배들은 뭍으로 향하고 이사부의 배만 바다를 떠돌았다.

"석부! 퍼리!"

군사들이 애타게 두 사람의 이름을 불렀다. 석부의 머리가 쑥 올라오고 그 옆에 퍼리의 얼굴도 보였다 잠겼다 했다. 밧줄을 던져 두 사람을 배에 끌어 올렸다. 퍼리는 정신을 차리지 못했다. 석부가 퍼리의 배를 꾹꾹 누른 후 뺨을 때렸다.

"이 새끼! 정신 차려!"

뺨을 두 대 맞고 퍼리가 물을 울컥울컥 토했다. 쌍노가 그 모습을 보고 키득키득 웃으며 눈물을 흘렸다.

수군의 첫 전투

우산국의 해적이 바다에서 백성들을 노략질하려다 수군에게 쫓겨나는 횟수가 늘고 있었다. 이사부는 망대를 점검하고 해적이 나타나면 수군이 나가도록 체계를 갖추었다.

원로들과 회의장에 있을 때, 적의 침입을 알리는 북소리가 울렸다. 석부가 달려와 고했다.

"군주님! 큰일 났습니다! 왜선이 대거 들어오고 있습니다!"

이사부는 원탁에 앉아 있다가 벌떡 일어났다.

"오화리 산성의 망대에서 처음 보았고, 죽곶도와 광진산 망대에서도 보입니다. 스무 척가량이고, 대장선은 세 척으로 보였습니다."

스무 척이라면 근해를 떠도는 해적선이 아니라 군사들을 태운 전선이다.

이사부는 수군의 상황을 머릿속으로 굴려보았다. 이백여 명의 수군이 지난 일 년 동안 바다에서 살았다. 실직 주의 남쪽에 있는 우진야 현(지금의 울진)의 해안에 대마도의 해적들이 침입했을 때 이사부가 수군을 끌고 가 도망치는 적의 후미를 공격하여 격퇴한 적이 있다.

이사부의 생각을 눈치챈 석부가 말했다.

"군주님. 아직 이릅니다. 해상에서 싸우기엔 적의 수가 많습니다. 만약 해상에서 크게 패한다면, 해안으로 올라온 적과 누가 싸우겠습니까?"

원로들도 일단 산성 안으로 피신하는 것이 급선무라고 주장했다. 그러나 산성 안에서 적들을 맞을 것이라면 배를 만들고 수군을 양성한 이유가 무엇인가.

"해안에 군사들을 모으시오. 적선이 들어오는 방향을 보고 배에 오를 것인지 결정하겠소!"

수군 대장 석부에게 명하고 이사부는 갑옷을 입었다. 산성에 군사들을 배치한 후 군주의 호위병들을 이끌고 해안으로 내려갔다. 망대에서 적선의 방향을 확인하고 깃발이 올라왔다. 세 개의 깃발이 모두 검바우 해안을 가리키고 있었다.

"검바우로 향한다. 해안에서 성으로 향한 길의 백성들을 모두 대피시켜라!"

적들은 언제나 밀물을 타고 들어와 썰물에 나갔다. 왜선은 작지만 높은 파도에도 좌초되지 않을 만큼 항해술이 뛰어났다. 그들은 장검을 쉽게 쓰고 활 솜씨가 탁월하다. 칼과 창의 날은 신라의 것보다 길고 날카롭다. 그리고 무엇보다, 극도로 잔인하다.

"이 해안에서 적들을 쫓아내야 한다!"

멀리서 다가오던 적선이 선명하게 눈에 들어왔다. 적선의 깃발이 보였다. 그런데 왜의 상징인 붉은 기와 검은 기가 없는 배들이 보였다.

"깃발이 다르다. 왜선이 아닌가?"

쌍노가 이사부 곁에 와 긴장된 목소리로 말했다.

"몇 척은 우산국의 배입니다! 저기, 누런 깃발을 보십시오."

과연 휼날리는 황색기에 우(于)자가 적혀 있었다. 해안가에 군사를 일부 배치하여 석부에게 맡기고 이사부는 수군을 이끌고 배에 올랐다. 길게 늘어선 적들의 오른쪽을 쳐서 적들을 검바우 해안으로 몰아넣을 심산이었다.

돛을 단 왜의 대장선 한 대가 남쪽으로 다가왔다. 검바우 맞은편에 죽곶도라는 섬이 있었다. 죽곶도와 해안 사이는 물이 얕아 썰물이 되면 바닥이 드러나곤 했다.

죽곶도 뒤편에서 이사부는 왜장선이 다가올 때까지 기다렸다.

"내가 신호를 보내면 일제히 화살을 쏜다."

왜장선이 눈앞에 나타나자 이사부는 활시위를 당겼다. 화살 끝에 기름 뭉치를 감아 불을 붙이려는 순간 이사부는 멈칫했다.

왜선에 한 여인이 나타났다. 흰옷을 입고 머리를 높이 묶은 그녀는 배 앞머리의 제단 위에 올라섰다. 목에 걸렸던 것을 풀어 하늘에 바치듯이 높이 올린 후 정성스럽게 두 손을 모아 절을 했다. 목에 걸었던 그것은 염주처럼 보였다.

"신녀인가 봅니다. 왜놈들이 대장선에 신녀나 중을 데리고 다니면서 제사를 지낸다고 들었습니다."

옆에 선 부하 장수가 재빨리 고했다.

"미친 종자들 아닙니까? 사람 죽이러 오는 새끼들이 염불을 외우다니요!"

이사부는 활을 잡은 팔에 힘을 주었다.

"불을 붙여라!"

왜장선의 돛을 향해 이사부는 불화살을 날렸다. 커다란 돛의 한가운데 불이 붙었다. 그것을 신호로 군사들이 왜선을 향해 화살을 날렸다. 왜선들은 검바우 쪽으로 물러났다.

"깃발을 들어 검바우에 공격신호를 보내라!"

이사부의 호령에 검바우 뒤에 대기하던 군사들이 활을 쏘았다. 해안가로 다가오던 왜선에서도 화살이 날아왔다. 양쪽에서 오가던 화살이 뜸해지자 두어 척의 배에서 적들이 내렸다. 석부가 군사들을 이끌고 달려 나가 그들과 맞섰다. 밀려오는 물가에 왜군의 시신이 흔들렸다.

그때 우산국의 깃발을 내건 배를 보았다. 방패를 들고 서 있는 적장, 이사부는 그 적장을 알아보았다. 적장은 귀까지 가려지는 검은 모자를 쓰고 있었다.

"쌍노, 적장이 예전에 왔던 자 아닌가?"

그러나 쌍노는 이사부의 곁에 보이지 않았다. 이사부의 심장이 적장에 대한 분노로 크게 뛰기 시작했다.

왜장이 우산국의 배를 타고 왔다. 왜와 우산국이 정녕 한 통속인가?

우산국의 배는 서둘러 뒤로 물러났다. 수군의 사기가 높아져 도망가는 적선을 뒤쫓으며 공격했다. 적들의 배는 절반이 불이 붙거나 뒤집히고 살아남은 적들은 전속력으로 후퇴했다. 그때 이사부는 우산국의 배가 이상함을 느꼈다. 배에 사람의 기척이 전혀 없었다.

"큰일 났다! 적을 놓쳤다!"

적들은 배에서 내려 헤엄쳐 육지로 나왔을 것이다.

"저 배에 불을 질러라! 북쪽 길을 뒤쫓아라!"

적의 수가 많지는 않으리라!

육지에 적이 발을 붙이지 못하게 하려고 했건만, 교묘한 적들을 놓치고 말았다. 이사부는 용의주도하지 못했던 자신을 탓하며 배에서 내려 오르막을 내달렸다. 이사부는 깨달았다.

해전을 치러야 한다! 왜군은 항해에 뛰어나지만 해전에는 강하지 않을 수 있다. 저들은 빠르게 들어와 약탈하고 빠져나가는데, 육지에 내리면 잔인하게 백성을 도륙한다. 그러므로 왜선을 파괴하여 육지에 내리지 못하게 하는 것, 그것이 가장 안전한 방법이다.

이틀이 지나도 도망친 왜군은 발견되지 않았다. 다만 광진산 뒤쪽에서 실직성으로 향하는 산길에서 나무꾼 서넛이 칼에 맞아 죽은 것을 발견했다는 보고가 왔다.

실직성 북문 앞에서 마침내 그들을 발견했다.

"저기 보십시오!"

성의 북문 입구에 한 무리의 사람들이 보였다. 열댓 명의 백성이 왜군에게 잡혀 있고 신라 군사들과 대치하고 있었다. 말을 탄 군사 둘이 왜장에게 달려 들었지만 왜장의 칼에 목이 달아났다. 검은 모자를 쓴 왜장이었다.

"북문을 닫아라!"

이사부는 소리쳤다. 그러나 북문이 열리고 군사들 일부가 달려 나왔다. 북문 위의 군사들 틈에 금빛 옷을 입은 귀족이 서 있었다. 안일공이었다.

안일공이 목이 갈라지는 소리로 외치고 있었다.

"살려주시오, 내 딸을 살려주시오!"

성안으로 미처 들어가지 못한 안일공의 딸과 집안의 하인들이었다. 왜장의 칼에 죽은 군사들은 안일공의 사병이었다. 검은 모자를 쓴 왜장이 비단옷을 입은 한 여인의 목에 칼을 겨누었다.

"멈추라!"

이사부가 달려가 활을 겨누었다. 아리솔이 왜장의 앞을 막고 서 있지 않다면 명중할 수 있는 거리였다. 적들이 서 있는 언덕 아래의 숲은 실직과 하슬라(지금의 강릉)의 경계였다. 하슬라는 고구려 땅이었다.

"왜군의 목숨을 살려 보내 줄 테니 백성들을 풀어 주라!"

왜장이 이사부 쪽을 향해 무어라고 소리치는 순간이었다. 아리솔이 왜장을 밀치고 허리에 찬 칼을 뽑았다. 왜장과 몇 번 칼을 부딪쳤으나 아리솔은 왜장의 상대가 되지 못했다. 아리솔은 칼을 떨어뜨리고 쓰러졌다. 왜장은 칼을 높이 들며 괴성을 내질렀다.

순간, 이사부는 화살을 날렸다. 화살이 왜장의 눈에 가 박혔다. 왜장의 머리에서 모자가 떨어졌다. 백성들은 납작하게 땅에 붙었고, 이사부의 수하들이 숲으로 달아나는 왜를 뒤쫓았다. 삼십여 명의 적 중 절반이 화살을 맞아 쓰러지고 절반은 검은 수풀 속으로 사라졌다. 얼굴에 화살을 꽂은 왜장의 몸도 숲이 삼켜버렸다. 하슬라 지역을 침범했다가는 고구려와 갈등이 일 수 있었다.

"검바우 해안에서 도망친 왜선이 모두 몇 척이냐?"

"대장선 하나와 작은 전선 한 척입니다."

아마도 그 배는 하슬라의 해안으로 가 살아남은 저들을 실을 것이다.

"아군의 피해는?"

"이십여 명이 다치긴 했지만 모두 목숨은 건졌습니다."

"허나 육지로 도망친 적들이 백성을 십여 명 죽였다. 해전을 치러야 해. 저들은 육지에서 더 강하다."

수군의 완벽한 첫 승리였다. 이사부는 수군을 치하하고 성으로 향했다. 백성들이 모두 나와 만세를 부르며 사로잡은 왜군을 향해 돌을 던졌다.

원탁에 둘러앉은 원로들 사이엔 긴장감이 감돌고 있었다. 실직의 역사에 이와 같은 전투는 없었다. 왜군의 대부분은 뭍에 발을 내리지 못하고 죽거나 도망쳤다. 다만 안일공의 사병 몇이 목숨을 잃었다.

"안일공께서 내 명을 거역하여 십여 명의 목숨을 잃었습니다. 어찌 생각하시오?"

"관군이 아니었소. 내 사병이니 내 딸을 구하기 위해 저들의 목숨은 얼마든지 버릴 수 있소."

아리솔은 쓰러지며 머리를 바위에 부딪쳐 피를 흘리긴 했으나 큰 위험은 없노라고 했다. 이사부는 원탁을 내리쳤다.

"사병도 실직의 백성이요, 똑같이 귀한 목숨이오! 원로들의 사병은 군주의 명을 무시해도 되오? 해안의 백성들은 헐벗고 굶주리며 수군을 양성하여 오늘 대승을 거두었소! 실직의 원로들은 제 식구 목숨 하나를 위해 숱한 이들의 목숨을 버려도 괜찮다고 보시오?"

원로들은 고개를 떨어뜨리고 누구 하나 입을 열지 못했다.

"그대들의 안전은 사병이 아니라 관군이 지킬 수 있습니다! 대문을 닫아걸고 사병을 희생하여 그대들의 안전을 얻을 수 없어요! 진정 실직의 백성을 생각하는 실직의 원로라면!"

이사부는 매의 눈으로 원로들을 둘러보았다.

"사병을 내놓으시오!"

원로들 사이의 술렁거림을 모른 체하고 이사부는 밖으로 나와 버렸다.

"군주님!"

아리솔이 이마에 붉은 띠를 두른 채 서 있었다.

"상처는 괜찮으시오?"

아리솔이 붉은 띠를 풀었다. 하얀 이마에 흉터가 나 있었다.

"제가 이 흉터를 얻고 군주님을 도왔다는 걸 잊지 마십시오."

"날 돕다니 그 무슨 말이오? 오히려 그대를 구하겠다고 사병들이 희생되었소."

"사병들의 목숨은…… 송구합니다."

"나에게 미안할 게 뭐 있소? 사병의 가족들에게 미안해하시오."

"대신, 그것을 빌미로 원로들에게 사병을 내놓으라 호통치지 않으셨습니까? 늙은 귀족들이 군주님 앞에서 고개도 들지 못했지요?"

아리솔은 이사부에게 한 걸음 다가왔다.

"또한 제가 대담하게 왜장에게 칼을 휘둘러, 군주님께 활을 쏠 시간을 드리지 않았습니까? 그러니 제게 두 가지 빚을 지셨습니다."

"왜장에게 덤비다니, 너무 위험했소."

"군주님을 믿었으니까요."

이사부는 곧 고개를 끄덕였다.

"내가 그대에게 빚을 진 것이 맞겠소."

"빚을 무엇으로 갚으실까요?"

"무엇이든, 내 후하게 쳐서 갚겠소."

아리솔은 묘한 웃음을 짓고 돌아섰다.

어둠이 내리고, 검은 수평선에서 밀려오는 물결이 차갑게 울었다. 수군의 배들을 잘 묶어두었는지 점검하러 들렀다가 쌍노를 보았다. 쌍노는 바닷가에 멍하니 앉아 있었다. 자신의 손으로 만든 수군의 배들이 오늘 승리를 거두었다. 누구보다 감개무량할 쌍노였다.

"자네, 뭐 하는가?"

쌍노가 천천히 고개를 돌려 이사부를 올려다보았다. 옅은 달빛이 비탄에 잠긴 쌍노의 얼굴을 비추었다.

"군주 어른."

쌍노의 목이 꽉 잠겨 있었다. 털썩 무릎을 꿇는데, 흡사 그의 모든 것이 무너져 내리는 듯했다.

"무슨 일인가?"

"그 신녀, 우산국 왜장선의 그 신녀……."

작은 키에 흰옷을 입었던 여인, 그 여인은 어찌 되었을까? 죽었는가, 살아서 돌아갔을까?

"그 신녀가, 제 딸년입니다요! 왜놈들이 잡아간 제 딸년입니다요! 흐흐흑! 죽은 줄 알았는데, 놈들이 우산국에 팔아먹었나 봅니다, 흐흑!"

쌍노의 머리가 땅에 닿고 굽은 등이 물결처럼 흔들렸다. 가녀린 한 여인의 운명 앞에 이사부는 위로의 말을 찾을 수 없었다. 거친 파도가 이사부의 가슴에서 산산이 부서졌다. 흐느껴 울던 쌍노의 어깨가 뭉개지듯 쓰러졌다.

우산국이 보인다

실직의 남쪽 해안에 쌓은 요전 산성에 올랐다. 망대로 향하는 가파른 길을 뒤따르던 늙은이가 풀썩 주저앉아 버렸다.

“이런! 무릎이 좋지 않은 걸 미처 생각지 못했소.”

이사부는 늙은이를 자신의 말에 태우고자 했으나 그는 오히려 말을 겁냈다.

“아이고! 아, 아닙니다. 평생 말이란 걸 타본 적도 없습죠. 걸어갈 수 있습니다.”

이사부는 석부를 힐끗 보았다. 석부는 헛기침을 한번 하며 부하들을 둘러보았다. 부하들은 망대를 보수할 돌과 나무를 지고 있었다. 어쩔 수 없다는 듯 허리에 찬 도끼를 내리며 석부가 말했다.

“업히쇼!”

바위 같은 석부의 등을 앞에 두고 늙은이는 당황했다.

“아니, 아닙니다요!”

“업히쇼. 그게 우리를 돕는 길이오.”

석부의 재촉에 늙은이는 석부의 등에 몸을 기댔다. 석부는 늙은이를 가볍게 업고 오르막길을 뛰어올랐다.

요전 산성의 높은 곳에 망대가 있었다. 하늘과 바다가 한 빛으로 푸르고, 수평선 근처만 안개가 흐물흐물했다.

"아니, 오늘 같은 날이 딱 잘 보일 거라더니, 뭐요? 안 보이지 않소?"

석부가 늙은이를 내려놓고 투덜거렸다. 늙은이는 눈을 게슴츠레하게 떴다가 힘을 주었다가 하며 얼굴의 주름을 움직이더니 말했다.

"어제의 비 때문에 아직 안개가 사라지지 않은 겁니다."

"그럼 우산국은 날이 흐리단 말이오?"

이사부의 말에 늙은이는 고개를 저었다.

"아닙지요. 우산국은 아마 해가 났을 겁니다. 저 안개의 모양과 색깔을 보니, 이쪽의 비구름이 우산국 쪽으로 밀려가다가, 우산국의 햇빛에 밀려 저기서 사라지고 있는 형세입니다. 곧 안개가 걷힐 겁니다."

늙은이의 목소리는 확신에 차 있었다.

이사부는 늙은이의 얼굴을 다시 보았다. 퀭하게 시든 얼굴에서 커다란 두 눈은 당당했다. 핏발이 살짝 서기는 했으나 눈빛이 밝고 눈동자가 선명했다. 시력이 좋아 멀리까지 보고 날씨를 잘 예측한다고 하여, 이름인지 별명인지 그는 백리안으로 불렸다. 실직에는 대대로 바다에 나가 고기를 잡는 소부족이 살았는데, 이 늙은이가 그 부족장의 후예라고 했다. 어부들이 며칠 걸리는 바다에 나가기 전에는 꼭 이 늙은이에게 와서 날씨를 물었다.

"백리안. 우산국을 선명히 본 적 있소?"

"자주 보았습죠. 날이 맑은 날이면 다른 데선 안 보여도 여기선 곧잘 보입지요."

"우산국의 배가 이곳으로 오는 것도 본 적이 있소?"

"여러 번 보았습죠. 여기 뿔피리가 있지 않습니까? 우산국의 배든 왜의 배든 보이면 이 뿔피리를 불었지요. 소인이 젊을 때 말입지요."

이런 인재를 몰라보았구나, 이사부는 속으로 한탄했다.

"저기 보십시오. 안개가 걷힙니다!"

석부가 소리쳤다.

하늘이 안개를 빨아들이듯 하얀 기운이 푸른 하늘 속으로 스며들었다. 그리고 새파란 섬이 하나 나타났다.

"보십쇼. 저 섬이 우산국입니다"

안개를 걷고 홀연히 나타난 푸른 섬. 섬의 자태가 선명하게 보이진 않았지만, 섬의 몸이 옆으로 퍼지지 않고 깎아지른 절벽으로 이루어진 듯했다.

"우산국을 다녀온 이가 있소?"

"섬의 둘레가 절벽이라 배를 붙이기도 어렵고 섬사람들이 워낙 사나워 신라인은 섬에 내리지도 못합니다."

"신라인이 아니라면?"

"왜인들이야 드나들지요. 왜는 본토에서 출항해 신라까지 오기 거리가 머니, 저 우산도를 경유하는 경우가 많다 들었습죠."

이사부는 무릎을 쳤다.

"그대는 우산국 가까이 가 보았소?"

백리안의 눈빛에 작은 광채가 지나갔다.

"고기를 잡으러 나갔다가 풍랑을 만나 우산국 쪽으로 떠밀려 갔습죠. 정신을 차려보니 온통 기암괴석으로 둘러싸인 커다란 섬이 눈앞에 있었습죠. 낭떠러지 위쪽에 사람들이 보였는데 우리를 알아보고는 돌을 던졌습죠. 노도 잃고 삿대도 없던 터라 아들놈과 저는 손으로 물을 저어 도망쳤습지요. 분명 웃음소리가 들려 쳐다보니 왜장의 복장을 한 놈이 화살을 쏘았어요. 아들놈이 맞았습니다. 어떻게 실직의 해안까지 왔는지……. 땅에 발을 디디고 아들을 부축하는데, 아들은 죽어 있었습죠."

다시 바다를 보는 백리안의 눈가가 촉촉했다.

"그 후론 여기에 올라오지 않았습니다."

그의 둘째 아들이 대장장이라 백리안은 대장간의 일을 돕고 있었다. 이사부는 그의 손을 두 손으로 움켜잡았다.

"백리안, 이제부터 대장간엔 나가지 마시오. 불똥이라도 튀어 그 귀한 눈이 상하면 큰일 나오. 이제는 이 망대에 올라 바다를 보고 하늘을 살피는 일을 해주시오."

"하오나, 소인이 이제 늙어……."

"그대에게 딱 맞는 뚜껑 없는 가마를 맞추라 하겠소. 병사 둘이서 그대를 가마에 싣고 오르면 되오. 몸을 아끼시오. 그대의 몸은 이제 신라 수군의 재산이오."

백리안의 눈에서 굵은 눈물이 한 방울 흘러내렸다. 그러다가 그가 문득 눈가를 사납게 훔치며 눈을 부릅떴다.

"아니, 저것은!"

이사부는 백리안의 눈길을 따라 보았다. 우산국의 바다에서 뭔가가 보일 듯 말 듯했다. 물결 위에 작은 점들이 늘어서 하나의 선을 이루었다.

"저것이 무엇이오?"

숱이 다 빠진 백리안의 눈썹이 바람에 흔들렸다.

"배들이 출항을 하였습니다."

배라고? 그렇게 생각하니 배들이 늘어선 것 같이 보였다. 과연 백리안은 소문대로 신기에 가까운 시력의 보유자였다.

"저 방향이라면…… 남쪽으로…… 남쪽으로 향합니다."

"실직의 남쪽이라면, 우진야 현으로 향하는가?"

"지금으로선 어디로 향하는지 알 수 없지만, 우진야 현에서는 그 방향을 정확히 가늠할 수 있을 겁니다."

이사부는 석부에게 명했다.

"우진야에 망대가 있는가?"

"해안가에 있긴 하지만 여기선 보이지 않습니다."

백리안이 이번에는 눈을 게슴츠레 뜨고 배의 방향을 짐작하려 애썼다.

"둘 중 하나겠지요. 신라의 어느 해안을 노략질하러 가는 거거나, 그게 아니면……."

"그게 아니라면?"

"대마도지요. 대마도의 해적들이 우산국을 노려 몇 번 큰 싸움이 있다고 들었습죠. 저 정도의 배들이라면, 군사가 대거 움직이는 게지요."

이사부는 속히 산성에서 내려와 석부를 우진야 현으로 보냈다. 우진야 현에서는 지난번에 이사부가 수군을 데리고 가 대마도 해적을 격파한 이후로 실직에 호의적이었다.

이사부는 성으로 가서 귀족과 관리들을 모았다. 만약 우진야 현에 적들이 침입한다면 실직의 수군이 지원군으로 가야 함을 알렸다.

"그런데 적이라 함은, 우산국을 말씀하십니까?"

원로가 물었다. 이사부는 우산국과 왜의 관계를 언급하고 귀족들의 의견을 물었다. 귀족들도 우산국과 왜군은 바라보는 관점이 비슷했다.

"우산국이 수시로 우리 신라를 노략질하려 들고, 왜군이 신라를 공격하기 위한 거점으로 우산국을 이용하고 있으니!"

이사부는 드디어 답을 찾았다. 수군을 양성하고 배를 많이 만들어도 망망대해 어디 있는지 명확하지 않은 왜의 본토를 치기는 어렵다는 점이 원통했다. 그러나, 왜를 섬멸할 수는 없으나 왜의 침입을 막는 법을 알았다.

'우산국과 대마도를 쳐야 한다!'

그런데 우산국과 대마도가 사이가 좋지 않으니, 우산국을 이용하여 대마도를 칠 궁리를 해봄 직하다. 그렇다면 우리 신라는! 이사부는 확신에 차 말했다.

"그러니, 우리는 우산국을 쳐야 하오!"

"예? 우산국을? 가 본 적도 없는 우산국을 말씀입니까?"

우산국은 물길이 사납고 인성은 더욱 사나워 감히 접근하기도 어렵다는 말들이 나왔다. 그러나 대체로 언젠가는 우산국을 쳐야 할 것이라는 데 의견이 모아졌다. 안일공이 좌중의 논의를 듣기만 하다가 말했다.

"군주의 말씀이 옳으시오. 우산국을 신라에 복속시킨다면, 왜가 우산국을 경유할 수 없으니, 왜가 더 이상 신라를 넘보기가 쉽지 않을 것이오!"

"지금 당장은 어려울 것이오. 그러나 차근차근 계획을 세워 반드시 우산국을 쳐야 하오."

안일공이 머리를 숙이며 말했다.

"또한 원로 귀족들이 사병을 대부분 내놓았으니, 수군 양성에 더욱 힘써 주시기 바랍니다."

이사부는 너그러운 미소를 보였다.

"내가 미흡한 나이에 실직으로 와, 배를 만드는 데만 마음이 급급하여 원로들의 뜻을 헤아리지 못하였소. 이제 원로들이 실직을 위하는 마음을 잘 알았으니 원로께서도 많이 도와주시기 바랍니다."

어두워지기 전, 우진야 현에서 석부가 보낸 전령이 왔다.

"군주님! 수군 대장의 명을 받고 왔습니다."

"우산국의 배들이 우진야 현에 들었느냐?"

"아닙니다. 우진야 현을 지나 남쪽으로 갔으니 아마 대마도로 향하리라 하였습니다. 수군 대장이 우진야 현의 삿갓봉에 망대를 세우면 이곳의 망대와 소통할 수 있으니, 삿갓봉에 망대를 세우고 오겠다고 하셨습니다."

우산국이 만약 대마도와 전투를 벌인다면, 그 결과가 신라에도 영향을 미칠 것이었다.

다음 날, 이사부는 퍼리와 함께 쌍노의 처소를 찾았다. 퍼리는 이사부의 호위 대장이 되었다. 쌍노는 한동안 병을 핑계로 선소에 나오지 않았다. 적의 배에 신녀로 있는 딸을 본 후, 관사에 머물지 않고 예전의 검바우 해안 움막집에 누워 있었다. 퍼리가 움막집을 들여다보며 말했다.

"나와 보십시오. 군주님께서 오셨습니다."

쌍노는 마지못해 움막에서 기어 나왔다. 산발을 한 반백의 머리카락이 얼굴을 온통 덮고 있었다. 흙빛이 된 두 뺨은 움푹 들어가고 핏기 잃은 입은 툭 튀어나왔다.

이사부는 짐짓 단호하게 말했다.

"우산국을 칠 것이네."

쌍노가 무언가를 쏘아보듯 눈을 들었다.

"우산국을 치고 자네 딸을 구해 와야지. 그 전에 자네가 쓰러지면 안 되니 정신 똑바로 차리게."

쌍노의 두 눈에 물기가 고였다. 쌍노는 이사부 앞에 무릎을 꿇고 울음을 삼켰다.

선소로 오자 우진야 현으로 갔던 석부가 돌아와 있었다.

석부는 다급히 고했다.

"군주님! 우산국이 대마도를 쳤다 합니다!"

이사부는 깜짝 놀랐다.

"우산국이 승리했단 말인가?"

"예, 그러합니다!"

사납기로 악명 높은 대마도를 속국으로 삼다니, 우산국은 결코 만만한 상대가 아니었다.

"우산국의 새 왕이 우해왕인데, 우해왕이 대마도를 점령하고 대마도 왕의 딸을 부인으로 삼아 데려갔답니다."

우산국이 대마도를 친 것이 신라에는 악재인가 호재인가. 이사부의 생각을 읽은 듯 퍼리가 조용히 말했다.

"차라리 잘되지 않았습니까? 우리가 우산국만 치면 대마도는 자연히 신라의 속국이 됩니다."

석부가 퍼리를 노려보았다. 네가 감히 끼어들어 말할 자리가 아니라는 눈빛이었다. 퍼리는 고개를 숙이고 뒤로 한발 물러났다.

이사부는 요전 산성에 올라 우산국을 보았다. 반드시 쳐야 할 푸른 섬이 거기 있었다.

하슬라

안일공이 북쪽 성문 가의 오동산을 내놓겠노라고 했다. 오동산은 실직국의 후원과 같은 역할을 하던 산이었다.

이사부가 안일공의 집을 찾았다. 술잔을 마주 놓고 안일공은 오동산의 역사를 언급하며 말했다.

"실직궁 뒤쪽의 오동산은 백 년 넘도록 오동나무가 자라온 산인데, 이 오동나무로 궁과 귀족들 집안의 귀한 가구들을 모두 만들어 왔지요. 배를 만드는 좋은 자재가 될 겁니다."

우산국의 배를 본 쌍노도 말했었다.

"우산국에는 오동나무가 많아서 배를 만들기에 좋다 합니다. 소나무보다 가볍고 잘 휘지 않아 다듬기도 좋습죠."

오동산의 오동나무들은 지금도 원로들이 집안의 경사가 있을 때 하나씩 베어 가구를 만든다고 하였다.

"귀한 나무를 배를 만드는데 내놓겠다 하니, 원로들의 희생에 크게 감복하였습니다."

이사부는 드디어 안일공을 비롯한 원로들의 마음도 배를 향하고 있음에 안도했다.

"군주님의 성심이 원로들의 마음을 움직이신 게지요. 또한……."

안일공이 겸연쩍은 웃음을 지으며 다음 말을 망설였다.

"아리솔이, 실직 백성을 아끼시는 군주님의 뜻에 따라야 한다고 원로들을 설득하였습니다."

이사부는 그 말의 속뜻을 헤아리며 술잔을 잡았다.

오동산으로 향하였다. 안내를 하겠다던 안일공은 보이지 않고 아리솔이 이사부 앞에 나타났다. 연못가의 이팝나무 흰 꽃이 하염없이 물 위로 날리는 오월이었다. 물푸레나무와 왕버들도 긴 역사를 간직한 위엄 있는 자태였다. 나무 그림자가 푸르른 연못을 지나 오동산 입구에 섰을 때였다.

"카르릉! 카르릉!"

사나운 짐승 소리가 온 산을 울렸다. 대나무를 촘촘하게 꽂아 만든 우리 속에 낯선 짐승들이 보였다. 아리솔이 당황하며 짐승 우리로 달려갔다.

"쉿! 앉아!"

이사부는 처음 보는 두 마리의 짐승이 신기해서 다가갔다. 몸집은 큰 개만 했지만, 얼굴은 개보다 고양이를 닮았다. 카르릉거리는데 이빨이 잘고 팔다리의 근육을 보니 새끼 같았다.

"죄송합니다. 낯선 사람이 오면 이렇게 짖어대서, 제가 미리 군주님을 향해 짖지 않도록 훈련을 시켰는데도 야생의 짐승이라 쉽지 않네요."

"훈련을 시키다니요?"

"군주님의 신발을 안고 이 앞을 지나쳤어요. 그럼 이 녀석들이 신발의 냄새를 맡고 군주님을 알아보거든요."

이사부는 고개를 갸웃거리며 웃었다.

"그리 영특하단 말이오? 개도 고양이도 아닌데 대체 무슨 짐승이오?"

"사자라는 짐승입니다. 멀리 서역에서 양나라로 들여온 짐승인데, 이번에 서라벌에 오는 상인이 구해 왔답니다."

실직은 산세가 험하여 귀족들 집안에서 덩치가 큰 개를 보초로 키우고 있었다. 이사부는 사자라는 낯선 짐승을 자세히 보기 위해 우리 앞으로 다가섰다.

역삼각형의 단단해 보이는 얼굴에 눈은 크고 맑았다. 펑퍼짐하면서도 또렷한 코끝은 밤송이 같고, 송곳니를 숨기고 꼭 다문 입은 앙증맞았다. 황금색 몸에 연한 밤색 점무늬가 있었다.

"아직 새끼라 그렇지 자라면 사람의 몇 배로 몸집이 크고, 짐승 중에서 왕이라 불린답니다."

두 놈이 이사부를 호기심 어린 눈으로 쳐다보았다.

"두 놈 중 이놈이 크군요."

"큰 놈이 수컷이고 작은 놈이 암컷이랍니다."

이사부는 수사자 새끼와 눈을 맞추며 머리를 쓰다듬었다. 사자는 앞발을 세우고 얌전히 앉아서 기분이 좋은 듯 눈을 감고 찡긋하는 표정을 지었다.

"신기하네요. 여인에게도 무뚝뚝하신 군주께서 짐승에겐 다정하시군요."

"이놈의 이름이 무엇이오?"

"금룡입니다."

녀석에게 어울리는 이름이었다. 아리솔은 목에 건 작은 피리를 불어 녀석들을 훈련하고 있노라고 했다.

금룡과 작별하고 아리솔과 함께 오동산에 올랐다. 그윽한 향기에 올려다보니 굵은 나무들 위쪽에 연보랏빛 꽃송이가 달려 있었다. 한 줄기 햇빛이 비추자 땅에 떨어진 오동나무 꽃들에서 보랏빛 안개가 피어나는 듯했다.

"오동나무는 베어내면 그 위에 싹이 자라고, 그 싹이 자라 나무가 된 후 다시 벤 자리에 싹이 나고. 그렇게 두 번 베어낸 자리에서 자란 나무가 가장 좋다고 해요. 이곳의 오동나무들은 거의 두 번 벤 자리에서 자란 나무들이라 더 가볍고도 견고하며, 곧고도 부드럽다 하였어요."

연보랏빛 향기가 바람을 타고 뺨을 어루만졌다. 그때였다.

"쿠아아앙! 크르르릉!"

섬뜩한 괴성에 오동나무 잎들이 일시에 흔들렸다. 이사부는 순간적으로 허리에 찬 칼을 뽑으며 아리솔을 자신의 등 뒤로 보냈다.

"군주님!"

안일공의 집안에서 대기 중이던 펴리와 군사들이 달려왔다. 모두 활을 꺼내 들고 오동나무 숲을 조심스럽게 달렸다.

낮은 산마루에 섰을 때 다시 그 괴성이 들렸다.

건너편 산 중턱에 우람하게 서 있는 것은 호랑이였다. 호랑이는 산 아래를 향해 풀쩍 뛰어내렸다. 동시에, 사람의 소리인지 짐승의 울음인지 알 수 없는 비명이 골짜기를 울렸다. 잠시 후, 숲에서 기어 나오는 피투성이의 사람을 보았다.

"호랑이가 사람을 잡았구나!"

이사부는 활을 잡았다. 호랑이 뒤편의 늙은 소나무를 향해 화살을 쏘았다. 화살 꽂히는 소리에 놀란 호랑이가 몸을 돌려 사라졌다. 군사들이 달려가 피투성이의 사람을 부축했다. 호랑이의 포효는 북쪽으로 멀어져 갔다.

"한 사람은 죽었습니다!"

죽은 이는 그 형체도 알아볼 수 없도록 처참했다. 살아남은 사람도 생명이 위중했다.

"하슬라의 깊은 산중에 호랑이가 산다고 하는데 간혹 실직으로 내려옵니다. 사냥꾼들이 꼭 떼를 지어 다니는데, 어찌 두 명이 나섰다가 변을 당했는지, 쯧쯧!"

"하슬라의 호랑이란 말이지요?"

이사부는 진작부터 하슬라에 들어갈 실마리를 찾고 있었다. 하슬라의 넓은 해안에서 배를 만든다는 사실을 알고 나서부터였다. 하슬라의 해안에도 좋은 오동나무들이 많아 배를 만들기 적당하다고 들었다. 하슬라의 호랑이가 또 내려오면 그 호랑이를 잡는다는 핑계로 하슬라로 들어가 성주를 만나보리라 마음먹었다.

그런데 기회는 의외로 다른 데서 빨리 찾아왔다. 실직과 하슬라의 국경 해안에 해적이 침입한 것이었다.

"수군 대장은 수군을 이끌고 해안으로 가, 하슬라와의 경계 앞에 대기하게."

이사부는 봉대에 올라 해적의 상황을 살폈다. 왜의 깃발을 단 배들이 해안에 닿아 하슬라 마을을 습격했다.

"놈들이 실직 땅으로 넘어오도록 유인해야 해. 그래야 우리가 해적을 치는 명분으로 하슬라에 들어갈 수 있어."

석부의 지휘 아래 수군은 왜선을 공격했다. 해안가에 숨어 있던 왜군이 신라군을 향해 활을 쏘며 달려오기 시작했다. 이사부는 명령했다.

"후퇴하라! "

"예? 다들 성으로 향하고 놈들은 몇 되지도 않습니다."

"그러니 놈들을 유인하는 걸세. 국경을 넘도록 만들게."

이사부는 수십 명의 왜군이 적은 수로도 목숨을 사리지 않는 근성에 혀를 내둘렀다. 적들은 포기하지 않고 끝까지 따라와 피를 보려 했다.

"군주님! 놈들이 경계선을 넘었습니다."

"이때다, 공격하라!"

적은 수의 해적은 신라군의 적수가 되지 못했다.

이사부는 당당히 군사를 이끌고 하슬라의 해안으로 들어갔다. 실직을 침범한 적들을 물리치기 위해서였으니 명분이 섰다. 하슬라 성으로 향했던 정찰병이 달려와 보고했다.

"하슬라 군사들이 일차로 패한 후, 성문을 굳게 닫고 응하지 않고 있답니다. 성 밖에 남은 군사들은 하슬라의 가우리 장군이 이끌고 골짜기에 숨어 있습니다."

이사부는 언덕 아래의 우묵한 골짜기에 있는 하슬라의 장수 가우리를 만났다.

"속히 성주께 전하게. 내가 지원군이 될 테니 성안과 성 밖에서 일시에 공격하면 적을 섬멸할 수 있네."

적의 화살에 상처를 입은 가우리는 감격스러운 표정으로 이사부에게 고개를 숙인 후 전령을 성으로 보냈다.

얼마 후 함성을 지르며 하슬라의 군사들이 성으로 향했다. 성 위에서는 성벽을 기어오르는 적군을 향해 돌을 날리고 있었다. 이사부가 이끄는 군사들이 적의 측면을 치기 시작했다.

하슬라군과 신라군에 쫓긴 왜군은 성 아래의 평지에 내몰렸다. 아군의 피해를 최소화하기 위해 적을 언덕 아래의 움푹한 곳에 모았다. 사방에서 일시에 화살을 쏘아 대니 적들은 비명을 지르며 죽어갔다. 적장 두 명의 목을 창끝에 매단 후 아군은 승리의 함성을 질렀다. 하슬라군과 신라군은 일제히 함성을 지르며 성 아래에 대열을 정비했다.

"성주님!"

가우리가 성 위를 올려다보았다. 성 위에 빛나는 우윳빛 옷을 입은 성주가 나왔다. 머리에 금관을 쓰고 금빛으로 빛나는 청룡도를 짚고 선 성주는 백발의 여인이었다. 하슬라의 군사들이 성주를 향해 허리를 숙여 절했다. 의외였다. 오래전에 잃어버린 나라의 옛 왕족이 백성을 잘 다스릴 리가 없다. 그런데도 늙은 성주를 백성들은 그들의 자존심으로 내세우고 있었다.

성주의 얼굴이 이사부를 향했다. 성주 옆에 섰던 장수가 급히 달려와 이사부에게 예를 갖추었다.

"성주님께서 실직의 군주께 감사의 예를 갖추고자 하시니 성안으로 드시지요."

이사부가 석부만 데리고 하슬라의 장수를 따라 성안으로 들었다. 성주의 처소 앞에는 우람한 체격의 호위무사들이 칼을 차고 서 있었다. 문을 열자 분 냄새가 은은하게 일렁거렸다.

긴 머리를 묶어 뒤꽂이를 찌르고, 작은 금관과 기다란 귀걸이를 한 성주의 자태는 고아했다. 화장을 정갈하게 하고, 젊은 시절엔 미모를 자랑하였을 얼굴에 가느다란 주름을 만들며 이사부를 향해 웃어 보였다.

"실직 주의 군주 이사부입니다."

이사부는 나이 많은 성주에 대한 예의로 먼저 고개를 숙였다. 성주는 합장하며 허리를 숙였다.

"하슬라를 도와주셔서 감사하오."

목소리는 보기보다 젊고 카랑카랑했다. 마주 앉은 이사부의 찻잔에 차를 따라준 후 성주는 웃음을 거두고 물었다.

"젊은 군주가 야심가로 보이는군요. 지원을 청하지도 않았는데, 하슬라를 도운 이유가 무엇이오?"

성주는 만만치 않은 상대였다. 이사부는 이 자리에서 담판을 지어야겠다고 생각했다.

"하슬라가 고구려 땅이 되었는데도 자치국의 모습을 가진 점이 의아했는데, 오늘 성주님을 뵈니 그 연유를 알겠습니다."

"고구려는 감히 하슬라인을 다스릴 수 없소. 하슬라는 오백 년 전 예국에서부터 시작하여 지금까지 한 부족의 국가로 자급자족하며 살고 있소."

이사부는 빙긋 웃으며 말했다.

"그래서 해적들이 쳐들어와 백성을 죽여도 고구려는 모른 척하는 겁니까?"

성주의 얼굴에서 자신만만한 웃음이 걷혔다.

"성주님 덕분에 하슬라가 지금 이 정도의 명맥은 유지하고 있습니다. 허나, 고구려에 복속되어 있으면서도 고구려의 도움을 받지 못하는 이 상황이 얼마나 오래가리라 생각하십니까?"

성주의 입술이 바르르 떨렸다.

"새파랗게 젊은 군주가 나를 여인이라 얕잡아보고 감히 능멸하려는 게요? 실직의 원로들을 몰아낸 방법으로 나를 몰아내려고 왔소?"

성주의 목소리가 높아졌다. 이사부는 그 눈을 똑바로 쳐다보며 말했다.

"감히 성주님을 몰아내다니요? 천만에요. 저는, 고구려를 이 땅에서 몰아내고자 왔습니다."

한때 신라의 속국이었다가 지금은 고구려 땅이 된 하슬라의 운명을 성주는 씁쓸하게 돌이켜볼 것이다.

"해적이 끊임없이 변방을 쳐들어오는데, 지금 실직과 하슬라는 같은 운명입니다. 신라와 고구려 왕실은 적들을 물리칠 수 없으며, 오직 실직과 하슬라만이 할 수 있습니다."

수치심으로 일그러지던 성주의 미간이 다시 펴졌다.

"원하는 것이 무엇이오?"

"같이 배를 만들고 수군을 키워 왜와 우산국의 해적들을 이 땅에서 몰아내는 겁니다."

"고구려를 몰아내고 하슬라를 신라 땅으로 만드는 게 먼저겠지."

성주는 이사부의 속을 들여다보듯 말했다.

"만약 하슬라가 신라의 땅이 된다면, 하슬라는 하슬라의 원로가 자치적으로 통치할 수 있소?"

성주의 미묘한 표정의 변화에서 마음이 움직이고 있음을 짐작했다.

"약조할 수 있습니다. 지금 실직도 신라 왕실로부터 그 어떤 간섭도 받지 않습니다."

이사부는 그만 자리에서 일어나 고개를 숙였다. 몸을 돌리는데 성주가 덧붙여 물었다.

"고구려는 어떻게 물리칠 작정이오? 하슬라에서 전쟁을 일으켜 백성을 죽이는 짓은 용납 못하오."

"저도 그 방책을 궁리 중입니다. 어쩌면 호랑이가 도와줄지 모르지요."

돌섬에 닿다

비로소 전선의 모양이 완성되었다.

배 밑은 왜선보다 넓게 하되 나무판을 연결해 양쪽으로 벌어지게 쌓아 올렸다.

"배 양쪽이 서로 벌어지지도 당겨지지도 않게 멍에를 붙여야 해. 멍에가 제일 중요해. 멍에는 배의 대들보야."

배 밑을 만든 후 배 양쪽에 멍에를 단단하게 박아 넣은 뒤에 그 위에 뱃전을 올렸다. 배의 앞쪽인 이물에는 둥근 통나무를 그대로 박아 강한 파도에도 부서지지 않도록 견고하게 만들었다. 배의 뒤쪽인 고물에도 자연목을 그대로 쓰고 배의 방향의 잡는 키를 아래로 달았다.

"선체는 소나무와 오동나무를 섞어 만들었는데, 이 노만은 반드시 참죽나무로 만들었습죠."

쌍노가 노를 쓰다듬으며 자랑스럽게 말했다. 노와 키와 돛대는 가장 단단하고 휘지 않는 참죽나무를 썼다.

대장선은 시범적으로 한 대를 만들었다. 일반 전선보다 선체가 크며 양쪽 난간 사이에는 방패를 세웠다. 대장선은 돌격선의 기능을 해야 한다는 이사부의 의견을 받아들여 고심한 끝에 방패선을 만든 것이었다.

우산국 가까이 시험 운항을 떠났다. 노를 젓는 노잡이들의 팔에는 정맥이 푸르게 튀어 올랐다. 천천히 항해하여 우산국이 보이는 바다 한가운데서 밤을 맞았다.

"배가 서 있어야 하니 닻을 내릴까요?"

"수심이 깊어 닻이 바닥에 닿지 않을 것이니 닻을 내릴 필요가 없다. 교대로 잠을 자고 화로를 점검하라."

밤바람이 거세지자 배가 흔들리고, 구토증으로 고통스러워하는 수군이 속출했다. 아침이 되자 물결이 정해지고, 밝은 빛 아래 우산국이 선명했다.

"저 섬이 우산도구나!"

"예. 실직서 보면 늘 안개에 싸여 제 모습을 보기 어려웠지요."

해안의 절벽을 이루는 기암괴석은 섬의 역사를 장엄하게 말해주고 있었다. 원시의 숲은 그 누구도 들여놓지 않겠다는 듯 완강해 보였다.

"우산도가 가장 동쪽에 있는 섬이냐?"

"아닙니다. 여기선 보이지 않지만, 동쪽으로 더 나가면 독섬(지금의 독도)이라고 하는 작은 돌섬이 있는데, 그 독섬이 가장 동쪽에 있지요."

"독섬?"

"우산국 말로 돌을 독이라고 한답니다. 그래서 돌섬을 독섬이라 부른답니다."

우산국을 저만치 두고 지나쳐 꾸준히 노를 젓자 동해의 작은 섬이 보였다.

돌로 이루어진 작은 섬 두 개였다. 하늘에서 툭 떨어져 광활한 동해 가운데 박힌 섬이었다. 그 형상은 구름이 다듬은 듯 자유롭고 바람이 깎아낸 듯 거침이 없었다. 물 밖의 봉우리는 작아도 물속의 뿌리는 태초의 땅끝에 닿아 수만 년의 파도를 버티었을 것이다.

"신라 땅의 가장 동쪽 섬이구나."

왜선이 신라를 향해 나오면 저 독섬이 가장 먼저 나타나겠구나! 신라로 가는 왜선 앞을, 독섬은 그 뿌리를 흔들며 막아서고 싶지 않았을까.

이사부는 뭉클하였다. 제 몸을 깎는 파도의 날을 세워 왜선을 위협했을 독섬이 애틋하게 느껴졌다.

그때였다. 갈매기 떼가 바람을 일으키며 머리를 치고 지나갔다. 서늘한 기운이 뺨을 스쳤다.

"바람의 방향이 갑자기 바뀌었습니다!"

하늘에서 찬바람이 몰아치고, 물살이 거칠게 뱃전을 때렸다.

"키잡이는 배의 방향을 돌려라!"

"깃발을 올려라! 배를 돌려라!"

며칠 후에 태풍이 올 징조가 보인다고 했다. 그러나 자연의 기운을 인간이 모두 예측할 순 없는 법이다.

"실직으로 향한다. 배를 돌려라!"

석부의 외침에 쌍노가 달려와 이사부의 팔을 붙들었다.

"군주님! 저를 보내주십쇼! 우산국이 눈앞에 있습니다. 여기까지 오기가 쉽지 않으니, 저 혼자 우산국에!"

"이 사람아! 어찌 공사를 구분하지 못하는가? 군사들이 함께 나왔거늘!"

쌍노는 이사부의 바짓가랑이를 붙들었다.

"정찰선 한 척만 내주십쇼. 제 딸년이 우산국에 있습니다!"

그때였다. 배가 물 위로 솟아올랐다가 앞으로 기울어졌다. 파도가 일렁이나 싶었더니 커다란 물고기 떼였다. 전선들 밑으로 휘몰아쳐 나가는 것은 고래 떼였다. 바다의 상황을 먼저 알아챈 물고기들이 피신을 시작한 것이었다.

"전속력으로 노를 저어라."

수군들은 당황한 속에서도 힘을 다해 노를 저었다.

"저기 보십시오! 사람입니다!"

떼배 한 척이 파도를 따라 뒤집힐 듯 위태로워 보였다. 손바닥만 한 떼배 위에 세 명이 타고 있었다. 수군의 배를 보고 살려달라고 손을 흔들었다.

"저들을 구해야 한다."

정찰선 한 척이 떼배를 향해 다가갔다.

"수군은 실직을 향해 전속력으로 노를 저어라!"

파도가 더 높아지기 전에 실직까지 안전하게 가야 했다. 떼배의 사람들을 구하는 것을 확인한 후에야 대장선도 실직을 향해 노를 젓기 시작했다.

배에서 이상한 기운이 느껴진 것은 그때였다. 대장선의 돛대가 소리를 내며 기울기 시작했다.

"찌그덩!"

발밑에서 무언가 갈라지는 소리가 들렸다. 다음 순간 돛대 두 개가 왼쪽으로 쓰러졌다. 배가 기울었다. 넘어간 돛대는 뱃전을 부수고 하늘을 향하며 빛나던 꼭대기를 바다에 처박았다.

"배가!"

쌍노가 얼굴이 새하얗게 질려 이리저리 뛰었다. 뭐가 잘못된 것일까, 쌍노는 얼굴이 굳어버렸다.

뱃전이 지나치게 무거웠을까? 방패를 세운 것이 잘못이었나?

"쩌억!"

하는 소리와 함께 뱃전에 금이 갔다. 대장선에는 이십여 명의 수군이 타고 있었다.

"전선을 갈아타라!"

이사부는 다급하게 소리쳤다. 배가 왼쪽으로 기울며 난간에 세워 둔 방패가 넘어졌다. 대장선에 올리기 위해 새로 만든 빛나는 방패가 하나씩 바닷속으로 떨어졌다. 뱃전 한가운데서 금이 가고 있었다.

"당황하지 마라! 천천히 전선에 올라라!"

전선들이 다가와 대장선에 있는 수군을 태우기 시작했다. 파도가 세찼지만 수군은 서두르지 않고 전선으로 옮겨

갔다. 대장선에 남은 이는 이사부와 석부, 그리고 퍼리와 쌍노였다.

“군주님, 빨리 옮겨 타십시오.”

“명령이네. 수군 대장, 쌍노를 데려가게.”

“안 됩니다요! 내 손으로 만든 배를, 버릴 수 없습니다요!”

석부가 쌍노를 억지로 끌어내린 순간, 넘어진 돛대가 걸쳐져 있던 왼쪽 난간이 부서져 나가며 뱃전이 둘로 갈라졌다.

대장 배에는 정찰선보다 작은 예비선이 한 대 실려 있었다. 이사부와 퍼리는 그 배를 붙들었다. 거대한 파도가 솟아 올라왔다. 배가 기울며 파도를 뒤집어썼다.

“군주님!”

석부의 목소리가 멀어졌다. 다행히 퍼리와 이사부는 예비선에 올라탔다. 이사부를 태운 배는 휘몰아치는 파도에 독섬 쪽으로 떠밀렸다. 부서진 대장선의 절반이 저만치서 소용돌이에 휘말리고 있었다.

소용돌이가 있었구나!

서쪽으로 몰려가는 파도와 소용돌이가 거세게 만난 것이었다. 독섬이 멀지 않아 보였다.

“독섬으로 가서 풍랑을 피하자!”

퍼리와 이사부는 이를 악물고 노를 저었다. 독섬 주변은 파도가 거세 자칫하다가는 오히려 돌에 부딪혀 배가 부서질 것만 같았다. 두 개의 섬 사이의 안쪽에서 파도의 세력이 조금 주춤했다.

"저쪽으로 배를 대자."

퍼리는 기진맥진해 있었다. 두 번 나아가면 한 번은 물살에 밀려 뒤로 밀려났다. 수없이 노를 저어 겨우 독섬에 닿았다. 배에서 막 내린 순간이었다.

"사람이에요!"

하는 목소리에 놀라 고개를 들었다. 독섬에 사람이 있었다. 열두어 살쯤 되어 보이는 소녀가 보이고, 그 뒤로 한 사내가 나타났다. 등 뒤로 차가운 물살이 달려들었다.

"어디서 왔소?"

사내의 억양이 낯설었다.

"우리는 신라, 실직에서 왔소. 이 섬에 사시오?"

사내는 어이없다는 듯 말했다.

"독섬에 사람이 살겠소?

사내의 등 뒤에 동굴이 있고 입구에 조그만 화로가 보였다.

"이리 와서 몸이나 말리쇼."

이사부와 퍼리는 서로를 부축하며 동굴 쪽으로 올라섰다. 동굴은 제법 높은 곳에 있어 파도가 거세도 물이 들지 않았다. 이사부는 부녀 같은 두 사람을 잠시 살핀 후에 물었다.

"어디에 사시오?"

"우산국 살지."

사내의 퉁명스러운 말에 계집애가 말했다.

"우리는 미역이랑 전복을 따러 왔다가 파도가 높아져서 못

나가고 있어요. 아버지 말이, 태풍이 올지 모른대요."

태풍. 수군은 무사히 실직을 향해 가고 있을까? 쉬지 않고 노를 저으면 어두울 무렵 당도할 수 있을 텐데.

이사부는 동굴 밖을 바라보았다. 파도가 바위를 부술 듯한 기세로 달려들었다. 물결 위에 통나무 조각이 맥없이 떠도는 것이 보였다.

대장선이 부서졌다. 이사부는 입술을 깨물었다. 배의 양쪽 난간에 세운 방패, 그 무게 때문이었을까?

"저 배를 타고 여기까지 왔소?

사내가 작은 배를 눈으로 가리키며 물었다.

"아니오. 큰 배를 타고 왔는데 배가 부서졌소."

"운 좋은 줄 아쇼. 독섬 주변은 언제나 파도가 높아서 배를 못 대지. 딱 저 길, 두 섬 사이로 들어와, 몇 개의 돌이 혹처럼 솟은 사잇길, 여기만 얕고 물살이 약해 들어올 수 있거든. 누가 가르쳐 줬소?"

"아니오. 정말 운이 좋았소."

사내가 이사부의 복장을 살피고 경계하는 눈빛을 보였다.

"행색을 보니 어부는 아니고, 뭐 하러 여기까지 왔소?"

"실직의 군사인데, 정찰을 나왔다가 파도에 휩쓸렸소."

그때 거대한 파도가 동굴 입구를 때렸다. 바닷물이 화로를 덮쳤다.

"태풍이 온다!"

사내의 목소리가 떨리고 있었다. 네 사람은 동굴 안쪽으로 들어갔다. 동굴은 깊지는 않았으나 다행히 안쪽의 지형이 높았다. 그러나 바닷물이 달려들 때마다 수위가 점점 높아졌다.

"차라리 동굴 밖의 더 높은 곳으로 가는 게 낫지 않습니까?"

퍼리의 말에 사내가 고개를 저었다.

"비바람에 날려가 버릴걸."

물은 세차게 동굴 입구를 향해 달려들었다. 네 사람은 동굴 끝까지 내몰렸다. 물은 종아리까지 차올랐다. 소녀와 사내를 안쪽에 세우고 퍼리와 이사부가 그들을 감싸며 밀려오는 물살을 맞았다. 천둥 번개가 섬을 때렸다.

"윽!"

물이 온몸을 때릴 때마다 퍼리의 입술 사이로 신음이 빠져나왔다. 파도는 온몸을 때리며 달려들었다. 허벅지까지 차오른 물이 금세 허리까지 올라왔다.

"아버지, 이렇게 죽는 거 아냐?"

소녀가 훌쩍거렸다. 두려움에 떨며 몸은 점점 차가워져 갔다. 이사부는 소녀를 들어 올렸다. 한 팔로 소녀를 안고 다른 팔로 동굴 벽을 짚고 등 뒤에서 몰아치는 파도를 맞았다. 천둥이 칠 때마다 소녀가 부르르 떨며 이사부를 껴안았다. 이사부는 소녀를 사내의 어깨 위에 앉히고 두 팔을 활짝 벌려 세 사람을 감쌌다. 물살이 등을 칠 때마다 이사부의 몸이 흔들렸다. 네 사람은 서로를 격려하며 버티었다. 밤새 그렇게 서서 바닷물을 온몸으로 받았다.

새벽이 되어서야 바람 소리가 사그라들었다. 동굴 안에 차오른 물이 천천히 빠져나갔다. 그들은 감각이 없는 팔다리를 움직이고 서로의 몸을 주물렀다. 이윽고 바닷물이 제자리로 돌아간 후에야 그들은 동굴 밖을 내다보았다.

동해에 해가 떠오르고 있었다. 해는 손아귀에 잡힐 듯한 가까운 거리에서 떠올랐다. 뜨거운 불덩이가 물 아래서 일렁이다 한순간 쑥 치솟아 올랐다. 태풍이 지나간 바다는 평온해지고 있었다. 밤새 어두운 동굴에서 떨었던 사람들의 불안까지 햇빛이 따뜻하게 말려 주었다.

"온몸에 멍이 들었어요."

밤새도록 파도를 맞은 이사부의 팔다리를 본 피리가 깜짝 놀랐다.

이사부는 피리와 함께 독섬을 둘러보고 꼭대기에 올랐다. 광활한 바다 한가운데, 신라의 땅 끝에서 새로운 세상을 보는 감동이 가슴에 휘몰아쳤다.

서쪽으로 우산국이 안개 속에 흐릿했다. 이사부는 동쪽 수평선에 보일 듯 말 듯한 점을 가리켰다.

"저곳은 왜의 섬이겠구나."

어느 틈에 곁에 다가온 사내가 말했다.

"그렇소, 여기서 제일 가까운 왜의 땅이 다케라는 곳인데, 거기 성주가 아주 악랄한 놈이라, 할 줄 아는 짓이라곤 배를 몰고 나와 해적질을 하는 것이라지. 우산국 왕도 저놈을 어쩌지 못하오."

보이는 섬도 다케의 섬들 중의 하나라고 했다.

"우산국에 왜인이 살고 있소?"

"왜놈들? 사오십 명쯤 되려나?"

이사부는 우산국 사람들이 왜를 미워한다는 사실을 알았다. 그들은 왜와 한통속이 아니며, 오히려 왜의 겁박을 받고 있는지도 몰랐다.

"우해왕이 대마국의 공주를 부인으로 삼았다던데, 그렇다면 왜와 친밀한 사이 아니오?"

"흥, 왜놈의 공주인지, 어쨌든 그 부인의 성격이 포악하여 백성들은 불만이 많소."

이사부는 이 사내가 무지렁이가 아니라 나름의 판단력과 지혜를 지닌 인물이라는 생각이 들었다.

"전복과 미역을 따러 독섬에 오는 우산국 사람들이 많소?"

"이삼십 명쯤 되지. 내가 그 사람들을 데리고 있는 우두머리요. 간혹 우리가 독섬에 와서 폭풍을 만나면 꼼짝없이 여기 갇히는 경우가 더러 있어, 동굴에 화로와 부싯돌을 갖다 놨지."

이사부는 독섬의 꼭대기 주변에 큰 돌이 흩어져 있는 것을 보았다. 그는 퍼리와 함께 돌을 쌓아 올렸다.

"이것은 봉대요. 왜군이 쳐들어오면 누구든 여기에 불을 피워 적의 침입을 알리면 되오."

"흥, 누구에게 알린단 말이오?"

사내는 대답 대신 일을 해야 한다며 언덕을 내려갔다.

우산국에 대한 몇 가지 의문이 풀리었다. 온통 바다뿐인 이곳 동해에서 우산국과 독섬은 수만 년의 세월을 견뎌 왔다. 왜 역시 우산국이 견뎌내야 할 시련이었을 것이다.

배를 댄 곳으로 내려오자 그 부녀가 보이지 않았다.

"어푸!"

하며 물속에서 그들이 머리를 내밀었다. 그들의 옆구리엔 반짝이는 전복과 소라가 가득 담긴 소쿠리가 있었다. 소녀가 퍼리를 향해 손짓했다.

퍼리가 웃옷을 벗고 부녀를 따라 물속에 들어갔다. 잠시 후 퍼리는 손에 커다란 전복 몇 개를 들고 고개를 내밀었다.

"와! 물속에 전복이랑 소라가 쫙 깔렸어요. 게다가 이 사람들은 물속에서 숨도 쉬지 않고 잘 버텨요."

퍼리가 두 번 더 물 밖으로 고개를 내민 뒤에야 부녀가 소쿠리에 전복을 가득 담아 올라왔다. 자연이 주는 것을 고맙게 받아먹고 사는 순박한 사람들이었다. 우산국 사람들은 사나워 대적하기 어렵다 들었는데, 백성들은 그저 순수할 뿐일지도 몰랐다.

부녀는 일을 한참 더 한 후에 떼배를 타고 우산국으로 돌아갈 것이라 했다. 이사부와 퍼리는 바다를 향해 배를 내어 밀었다. 사내가 양팔에 소쿠리 두 개를 꼭 안은 채 달려왔다.

"가져가쇼. 간밤에는 고마웠소."

물속에서 따 온 전복과 소라, 미역을 죄다 배에 들이부었다. 소녀가 바위 위에 서서 손을 흔들었다. 펴리가 소녀를 보며 중얼거렸다.

"제 누이가 꼭 저만 할 때 죽었지요. 나중에 우산국에 가면, 다시 만날 수 있을까요?"

이사부는 대답하지 못했다. 혹여 저 사내와 우산국에서 적으로 마주 서지 않기를 바랄 뿐이었다. 햇빛 아래서 전복 껍데기가 눈부시게 빛났다.

멀리서 다가오는 배들이 보였다. 신라의 전선이었다. 이사부는 독섬을 돌아보았다. 바람이 다듬어 놓은 두 개의 봉우리가 햇빛을 받아 반짝이고 있었다.

태풍이 지나간 자리

“군주님, 얼마나 걱정했는지 모릅니다!”

석부의 목소리가 감격에 젖어 있었다. 그리고 퍼리를 보고 윽박질렀다.

“이 새끼, 넌 살아 있을 줄 알았어. 넌 꼭 내 손에 죽을 테니 그 전에 함부로 죽으면 안 돼.”

군주가 돌아왔다는 말에 안일공과 아리솔이 달려왔다.

“군주님, 태풍 속에서도 꼭 돌아오시리라 믿었습니다.”

눈가가 젖은 안일공의 진심이 느껴져 이사부는 부끄러웠다. 아리솔은 이사부의 아래위를 훑어보고는 냉담하게 말했다.

“하늘이 제 소원을 들어주셨군요.”

이사부는 멋쩍게 웃었다.

“멀쩡하게 살아서 돌아오게만 해주면, 더 이상 이 사내를 탐내지 않으리라 빌었지요.”

말을 맺는 아리솔의 표정이 쓸쓸해지는 것을 이사부는 모른 척했다.

“태풍에 선소는 무탈한지 모르겠소.”

서둘러 발걸음을 옮기는 이사부를 뒤따르며 아리솔의 목소리가 가라앉았다.

"선소는…… 가서 보십시오."

아리솔의 말에 이사부는 불안한 마음이 치솟았다.

선소를 찾은 이사부는 숨을 멈칫했다. 태풍이 선소를 휩쓸었다. 모든 것이 무너지고 부서져 있었다. 전선들은 누군가 갈가리 찢어놓은 듯 거친 나뭇조각으로 흩어져 있었다. 그나마 서너 척은 배의 모양을 유지한 채 떠밀려 무너진 담벼락에 처박혀 있었고 몇 척은 흙을 잔뜩 실은 채 산 위로 밀려가 있었다. 배를 수리하던 언덕 아래에는 태풍에 밀려온 배와 마을의 잔해가 쌓여 있었다. 이사부는 비틀거리는 다리에 힘을 주고 버티었다.

무너진 집터 앞에서 아낙네들이 눈가를 훔치고 있었다. 미처 피하지 못하고 집에 누워 있던 늙은이 몇이 죽었다고 했다. 서라벌 이사부의 집에서 따라온 식솔 중 나이 많은 아낙은 물에 휩쓸린 어린애를 구하고 죽었다. 그리고, 쌍노가 사라졌다. 바다를 향하던 삶들이 바다로 인해 무너졌다.

"군주님! 흐흐흑!"

백리안이 달려와 이사부 앞에 무릎을 꿇었다.

"제가 태풍 올 날을 정확하게 알리지 못한 탓입니다. 저를 죽여주십시오. 흐흑!"

백리안이 제 가슴을 쥐어뜯으며 울었다. 백리안이 예상한 것보다 며칠 먼저 태풍이 닥쳤다.

"그대 잘못이 아니오. 자연의 일을 어찌 인간이 알 수 있겠소. 오히려 만반의 준비를 하지 못한 나의 잘못이 크오."

대장선이 두 동강 난 데 대한 책임도 자신에게 있는 것만 같았다. 선소의 모든 백성이 자신을 믿고 따랐지만 그는 이들을 지켜주지 못했다.

'내가 대장선을 두 동강 내고 독섬의 동굴로 도망친 사이, 선소는 태풍을 온몸으로 맞았구나!'

이사부는 자책으로 심장이 찢어지는 것만 같았다. 바다에 식구를 잃고 집을 잃어버린 백성들 앞에 고개를 들 수가 없었다.

이사부는 반쯤 무너진 관사 안으로 들어섰다. 그가 지내던 방은 겨우 형체를 유지하고 있었다. 이사부는 부서진 탁자 앞에 앉았다. 이 관사를 지을 때 제 일처럼 나섰던 백성들의 모습이 선연히 떠올랐다. 나무를 베고 돌을 나르며 희망에 차 있던 그들 중 누군가는 이제 이 세상에 없다. 이 탁자를 만든 늙은이도 죽었다. 실직에 와서 그가 행한 모든 것이 무너져내렸다. 그는 고개를 떨어뜨리고 소리 없이 흐느꼈다.

"군주님! 군주님!"

검은 파도가 입을 벌리고 달려드는 순간이었다. 이사부는 눈을 번쩍 떴다. 그는 부서진 탁자 위에 쓰러져 있다가 고개를 들었다.

"군주님! 군주님!"

석부와 퍼리의 목소리에 이사부는 정신이 들었다. 주변은 어둑어둑해지고 멀리 보이는 바다에는 보랏빛 운무가 내려와 있었다. 이사부는 비틀거리며 일어났다. 부서진 돌담을 밟을 때마다 자신의 몸이 짓밟히는 듯했다. 이사부를 보고 퍼리가 달려왔다.

"군주님! 누가 찾아오셨는데, 아무래도!"

퍼리는 긴장한 낯빛으로 목소리가 떨렸다.

"나를 찾아왔다니, 누가?"

"군주님, 저기."

퍼리는 손으로 바다 쪽을 가리키다 그 손짓이 경망스럽다는 듯 얼른 손을 내렸다.

"서라벌에서 오셨다 합니다."

퍼리의 말이 공손하면서도 들떠 있었다.

바다를 향해 누군가 서 있었다. 어둠이 그의 뒷모습을 반쯤 가렸으나 이사부는 그 모습을 본 순간 가슴이 덜컥 내려앉았다. 보통의 키에 마른 몸집. 적당히 넓은 어깨는 당당하고 허리는 고집스럽게 꼿꼿한데, 삼베옷이 가린 두 다리는 가늘어 보였다. 대충 묶어놓은 머리는 엉성한 백발이었다. 이사부는 두어 걸음 다가갔다. 등을 보이고 선 사내의 삼베옷과 사내가 짚고 선 지팡이가 보였다. 그는 울컥하며 외쳤다.

"스승님!"

그는 달려갔다. 등을 보이고 섰던 사내가 돌아섰다. 그 얼굴을 본 이사부는 걸음을 멈추었다.

"이사부야."

스승이 이사부를 불렀으나 그 목소리는 낯설었다. 스승의 모습은 초췌했다. 수련으로 단련된 스승의 몸은 본래 살집은 없었으나 단단했다. 걸음걸이 하나며 말 한 마디조차 무쇠같이 강하고도 날렵했다. 그 목소리는 동굴처럼 깊고 눈매는 위엄 있어, 감히 그 눈을 마주 보는 이가 드물었다.

그랬던 스승의 얼굴은 쇠약하고 눈빛은 갈 곳을 잃어 방황하는 새와 같았다. 스승의 눈길은 이사부의 등 뒤로 무너진 선소를 훑어보고 있었다.

"스승님!"

이사부는 스승의 발 앞에 무릎을 꿇었다.

"저것이, 네가 수년 동안 나를 거역하고 이루어 놓은 것들이냐?"

"스승님! 흐흑!"

이사부의 이마가 모래밭에 닿았다.

언젠가 수군을 단련시킨 후, 그 모습을 스승님께 보이고 싶었습니다. 그러나 지금 그 모든 것이 태풍 앞에 쓰러졌습니다. 스승님께서는 어찌하여 하필 이때 찾아오셨나이까?

반가움 속에 서러운 하소연이 목구멍을 때렸다.

"바다를 건너 왜를 치고자 하더니, 그 바다 앞에서 무너졌구나. 과녁이 무엇인지 명확히 알지도 못한 채 함부로 화살을 날리면, 무지한 욕망의 화살 끝은 결국 너 자신에게 돌아오는 법이다."

스승은 거침없이 이사부를 나무랐다. 숨기고 싶은 모습을 스승에게 들켜버렸다. 이사부는 고개를 들지 못한 채 스승의 질책을 가슴으로 받았다. 스승의 신랄한 말들이 서럽지는 않았다. 오히려 스승의 목소리가 예전만큼 날카롭지 못하고, 그 표정이 엄중하지 않은 점이 마음에 걸렸다.

스승은 지팡이를 꼭 움켜쥐고 서 있었다. 지팡이에 의지해야 하는 스승의 연약한 육신이 안쓰러웠다.

"내가 오지 말아야 할 곳에 괜히 왔구나."

이사부는 눈물을 흘리며 스승을 올려다보았다.

"아니옵니다. 아니옵니다, 스승님. 저를 버리지 않으시고 찾아주시어 감개무량합니다."

"이제 너를 내 마음에서 버릴 수 있겠구나."

"스승님!"

자신에 대한 실망으로 스승이 자신을 온전히 버리려 하는가?

이사부는 무릎에 힘을 주고 일어났다. 지팡이를 움켜쥔 스승의 손을 꼭 잡았다.

"스승님, 어디서 오신 길이신지요? 서라벌을 떠나 자연에 귀의하셨다는 소식은 들었으나 꼭 다시 뵐 날이 있으리라 믿었습니다."

메말라 있던 스승의 눈이 이사부를 가만히 보자 비로소 눈동자가 촉촉이 젖었다.

"서라벌에 들렀다가 젊은 스님을 만났다. 그 스님이 네 이야기를 하시더구나."

"아, 해암! 해암 스님을 만나셨습니까?"

스승은 천천히 고개를 끄덕였다. 그러고는 지팡이를 멀리 짚으며 천천히 바다를 거닐었다. 이사부는 묵묵히 그 곁을 걸었다. 어둠이 내리는 바다를 가만히 바라보며 스승은 말했다.

"바다가 어둠처럼 고요해지겠느냐? 모든 것을 있는 그대로 받아들여야 평정이 차오른다. 그러지 못하고서야 어찌 네가 칼을 들어 백성을 구하겠느냐?"

이사부는 서라벌에서 스승의 가르침을 받던 시절을 떠올렸다. 먼 옛날과 같은 그 시절이 한순간 그리웠다.

한참 만에 이사부를 바라보는 스승의 눈길이 어둠 속에서 따스해 보였다.

"허나, 네 스스로 너의 과오를 분별하면 되었다. 바다가 너에게 분별력을 가르쳐주었으니 자책에서 벗어나 네 길을 굳건히 가거라."

"스승님!"

이사부는 스승의 깊은 속을 비로소 헤아렸다. 하필 자신이 처참한 모습일 때 찾아오신 것이 아니라, 나락으로 떨어지는 자신의 정신을 잡아주신 것이다.

"아직도 네가 갈 길은 멀 것이다. 잃어버린 것에 집착하지 말고, 분별하고 또 분별하여 백성을 구하거라."

바람 한 줄기에 지팡이를 쥔 스승의 팔이 흔들렸다. 이사부는 스승을 부축하려 하였으나 스승은 이사부의 손을 조용히 물리쳤다.

이사부는 스승을 산성의 처소로 모시고자 했으나 스승은 굳이 비어 있는 움집에서 하룻밤을 보내겠노라고 했다. 이사부는 스승이 잠드는 것을 본 후 움막 밖에 모닥불을 지폈다. 이것이 어쩌면 스승께서 자신에게 주는 마지막 가르침일지 모른다는 생각이 들었다. 석부와 퍼리가 찾아왔으나 그들을 물리고 이사부는 그림자처럼 앉아 스승이 잠든 움막을 지켰다.

문득 고개를 들어 하늘의 별자리를 찾아보았다.

'해암, 그대가 스승님을 뵈었군요.'

인연은 모두 필연이라던 해암의 말이 떠올라 이사부는 고개를 끄덕였다.

얼마나 시간이 흘렀을까. 이사부는 자신을 흔드는 손길에 퍼뜩 고개를 들었다.

"군주님!"

퍼리였다. 이사부는 벌떡 일어나 움집 안을 살폈다. 스승의 흔적은 없었다.

아, 스승님!

그는 무작정 산길을 내달렸다. 언덕에 올라가 좌우를 살펴보았지만 스승의 모습은 보이지 않았다.

"송구합니다, 군주님. 제가 그분께서 떠나시는 길을 배웅하였습니다."

퍼리가 머리를 조아렸다.

"새벽녘에 움집에서 나오시기에 군주님을 깨우려 했는데, 그분께서 말리셨습니다. 감히, 거역할 수가 없었습니다. 송구합니다."

"스승님께선 어디로 가신다더냐?"

"서쪽 산길로 가셨습니다. 행선지를 여쭈어보았으나 가는 길은 알 수 없다 하셨습니다."

퍼리가 가까운 곳에서 이사부를 지키다가 스승을 배웅한 것이었다. 이사부는 스승이 간 서쪽을 향해 큰절을 올렸다.

"감히 말씀드리건대, 군주님의 스승님이 되실 만한 분이셨습니다."

조심스럽게 말하며 퍼리는 고개를 숙였다.

이사부는 낮에는 선소를 재건하는 백성들 속에서 땀을 흘리고, 밤이면 궁터에서 보냈다. 어둠 속에서 활을 쏘고 또 쏘았다. 퍼리와 석부가 번갈아 왔다가 말도 붙이지 못하고 물러났다. 이사부는 자신을 책망하고 또 책망하였다. 그리고 며칠의 밤은 검을 휘둘렀다. 번번이 베는 것은 자신의 과오였다. 분별하지 못한 자신을 베고 또 벴다. 시퍼런 칼날 위에 선 듯 선연하게 간결해져야 했다.

이윽고 시린 새벽, 그는 시간과 공간이 소멸한 듯한 속에서 자신을 발견했다. 어둠처럼 고요한 내면으로 모든 것을 받아들일 평정이 차올랐다.

'스승님, 부끄럽지 않은 제자가 되겠습니다!'

다짐한 후, 이사부는 선소의 백성들 앞에 고개를 숙였다.

서러움이 그들을 더욱 단단하게 만들었다. 태풍과 왜군을 막기 위한 성벽을 더욱 견고히 쌓았다. 선소에서 바다에 이르기까지 긴 목책을 설치했다. 배를 끌고 나갈 자리를 고르게 하는데 석공들이 동원되었다. 배는 선소 안쪽의 안전한 자리까지 옮길 수 있게 되었다.

배를 수리해야 하는데, 쌍노가 없었다.

"파도에 휩쓸린 전선을 구하느라 정신이 없었는데, 어느 순간에 보니까 없었습니다. 살아 있다면 벌써 나타났겠지요."

석부는 고개를 떨어뜨리며 쌍노가 죽었을 것이라 했다. 이사부의 생각은 달랐다.

이사부는 말을 몰아 요전 산성으로 향했다. 요전 산성은 실직 땅에서 우산국을 가장 잘 볼 수 있는 곳이었다. 산성 입구에 있는 백리안의 처소를 찾았다.

"몸이 불편하다더니 괜찮으시오?"

이사부의 방문에 놀란 백리안이 맨발로 달려 나왔다. 백리안은 하얀 귀밑머리를 날리며 이사부와 함께 산성의 봉대에 올랐다.

"저 때문에 군주께서 큰 곤욕을 치르셨으니 다시 뵐 면목이 없습니다."

수평선에 눈을 둔 채 이사부가 물었다.

"우산국을 치려면 어느 계절이 가장 적당하오?"

파도가 달려와 바위를 치는 소리가 세차게 들려왔다.

"군주께서도 아시겠지만, 바닷물은 동서로 움직이고 바람은 남북으로 불지요. 밀물과 썰물이 달이 뜨는 곳에서 밀려왔다 밀려가고, 바람은 여름엔 남풍이 겨울엔 북풍이 불지요. 바람이 좋고 물결이 동쪽으로 밀려갈 때면, 굳이 노를 젓지 않아도 우산국 쪽으로 배가 흘러갑니다."

이사부는 백리안을 쳐다보았다.

"게다가 우산국은 맑은 날보다 흐린 날이 많은데, 그나마 맑은 날이 많은 달을 찾자면, 아무래도 6월경이 적당하지요."

"6월이라…… 아프지 말고 육신을 잘 보살피시오. 우산국을 치러 갈 때 그대가 같이 가야겠으니."

이사부를 보는 백리안의 퀭한 두 눈에 물기가 돌았다. 실직은 잃어버린 것에 집착하지 않고 순한 본성으로 새롭게 차오르고 있었다.

어느 날 저녁, 이사부는 궁터에서 활을 쏘는 퍼리를 보았다. 활을 든 그의 자세는 더 명확해졌다. 소년이던 퍼리는 키가 훌쩍 자랐다. 자신의 굴레가 억울하고 세상에 궁금한 게 많았던 퍼리는 모든 관심을 자신에게 가져왔다. 입을 열어 묻지 않아도 스스로의 몸을 통해 체득했다. 그리하여 그 몸이 정신을 담고 정신이 몸을 담고 있었다.

이사부는 멀찍이서 퍼리를 지켜보았다. 화살을 걸어 시위를 당기기까지 망설임도 서두름도 없었다. 쉬지 않고 열 발을 쏘았다. 화살이 바람을 가르는 소리와 화살촉이 과녁에 가 닿는 소리의 합이 어둠 속에 차올랐다. 과연 신궁에 가까웠다.

'스승님이 퍼리의 저 모습을 보셨으면 좋았을 텐데.'

어쩌면 스승님은 퍼리가 그럴 만한 인재임을 알아보셨을지도 모른다는 생각이 들었다. 활을 내린 퍼리가 이사부에게 다가왔다.

"스승님께서 네 궁술을 보셨다면 좋아하셨을 텐데."

퍼리는 기쁜 표정을 숨기려는 듯 고개를 숙였다.

"군주님의 스승님께서 저에게 한 말씀을 주셨습니다."

"그래? 무어라 하시더냐?"

"더 이상 자기 자신을 과녁으로 삼아 활을 쏘지 말라 하셨습니다."

이사부는 스승의 안목에 가슴이 뜨끈해졌다. 세상을 향해 품었던 원망을 자기 안으로 돌려 스스로를 다스리고 있는 퍼리였다. 스승은 퍼리의 본성을 한눈에 간파하시고 퍼리를 구원하는 말씀을 주신 것이다.

"그래서 실력이 더 좋아졌구나."

"군주님께 스승님이 계셨듯이, 저에겐 군주님이 계십니다. 저를, 저를 군주님의 제자로 삼아주십시오."

퍼리의 목소리가 떨리고 있었다.

"너의 실력이 나를 능가할 테니 굳이 내 제자가 될 이유는 없겠구나."

이사부는 퍼리의 어깨를 토닥이고 돌아섰다.

선소에서는 새 배를 만들고 배를 수리하기에 여념이 없었다. 비록 쌍노는 없었지만 수년간 선소에서 쌍노와 함께한 목수들이 쌍노 몫까지 다하겠다며 열심히 일했다.

겨울이 따뜻하게 지나가고 봄이 왔다.

여름이 되면 우산국으로 가리라. 쌍노, 기다리고 있게나.

닿지 못한 섬

유월!

물살은 급히 동으로 밀려가고 바람은 남서풍이 불었다. 배를 띄우기에 안성맞춤이었다.

선소의 백성들이 검바우에서 제를 올렸다. 우산국을 정벌하러 떠나는 수군의 가족이 모두 나와 절을 했다. 남편과 자식이 무사히 돌아오기를 기원하는 여인들의 얼굴엔 깊은 주름이 패어 있었다.

"닻을 올려라! 노를 저어라!"

정찰선 두 대가 먼저 출발하고 전선이 줄지어 출항했다. 대장선과 전선 이십여 척이 실직에서 바다로 나아갔다.

"돛을 달아라!"

대장선에는 마포 돛, 전선에는 작은 부들 돛이 펼쳐졌다. 이사부는 쌍노를 생각했다.

살아 있는가, 쌍노. 내가 우산국으로 간다네.

바람이 배를 우산국으로 밀어주었다. 물결과 한 몸이 되어 배는 동해로 나아갔다. 물이 동으로 밀려갈 땐 날렵하게 물을 타고, 물의 방향을 거슬러 갈 때는 배의 방향을 비스듬히 세워 노를 저었다.

우산국이 보이기 시작할 무렵, 얌전하던 물결이 갑자기 거칠어졌다. 백리안이 조용히 고했다.

"키를 돌려 배의 방향을 동으로 향하고, 노를 젓지 마십시오."

오는 물살을 그대로 받아 배가 견디게 해야 하는 때도 있었다.

밤이 되자 물결은 검은 세상이 되어 배를 빨아당길 듯 다가왔다. 별들이 바다에 떨어졌다.

세상은 검게 흔들리는 바다뿐이었다. 간혹 물속에서 빛이 흔들리는 것을 보았다. 물밑에 은은한 불을 켜고 지나가는 것은 해파리였다.

"빛해파리입니다. 몸에서 절로 빛이 나지요."

빛해파리가 일렁이는 근처에서 수군은 교대로 쪽잠을 잤다.

새벽녘, 천천히 배를 움직였다.

안개에 싸였던 우산국이 모습을 드러냈다. 우산국은 섬의 둘레가 깎아지른 절벽이었다. 울긋불긋한 돌들이 층을 이루고, 돌벽 위의 원시림은 속세의 침입에 저항하듯 검푸른 향을 풍겼다.

"이쪽으로는 접근하여 배를 댈 수 없고 오른쪽으로 돌아가야 산성이 보일 겁니다."

이사부는 정찰선을 먼저 보내 섬의 동쪽을 돌아보게 하고 전투 준비에 돌입했다.

정찰선이 섬을 돌아간 지 얼마 되지 않아 황급히 돌아왔다.

"해안에 적들이 깔렸습니다!"

하는 말과 동시에 화살이 빗발쳤다. 정찰선 두 대 중 한 척의 군사들이 화살을 맞고 쓰러졌다. 절벽 위에 적들이 나타났다. 우산국 사람들은 절벽 위의 수풀 속에서 이사부의 전선이 다가오기를 기다리고 있은 듯했다.

"방패를 세워라!"

전선들은 일렬로 늘어섰다. 대장선이 재빨리 방패를 줄지어 세우고 우산국을 향해 다가갔다. 섬 위를 향해 수군이 일제히 화살을 쏘았다. 그러나 아래에서 위를 보고 쏘는 화살은 적중도가 떨어졌다.

그때 높은 바위 위에 줄지어 나선 우산국 사람들을 보았다. 이사부는 백리안을 불렀다.

"저들이 우두머리 같은데, 자세히 봐 보시오. 저들 중 우해왕이 있겠소?"

그들은 대부분 누런 삼베옷 같은 것을 입었으며, 푸르죽죽한 것을 가슴에 대고 있는데, 아마도 갑옷 용도의 보호대 같았다. 손에는 긴 창을 들고 허리에 활을 차고 있었다.

"가운데 있는 이가 머리에 금빛 투구를 쓰고 있으니 분명 저이가 우해왕일 겝니다."

"노를 저어라!"

이사부는 대장선을 전진시키며 화살을 걸었다. 우해왕을 겨냥하진 않았다. 그는 산 채로 대면하여 항복을 받아내야 했다. 우해왕의 오른쪽에 선 이를 겨냥해서 화살을 날렸다. 명중했다. 갑옷을 입은 이가 아래로 떨어지자 놀란 적들이 화살을 쏘아댔다. 대장선의 방패에 화살 부딪히는 소리가 연달아 났다.

"후진하라!"

신라의 전선에 화살이 닿지 않자 우산국의 배 몇 척이 해안에서 출발했다. 정찰선 같은 소형 전선들이었다. 이사부는 대장선을 앞에 내세웠다. 물살은 우산국을 향해 흘러들고 있었다. 적들이 다가왔을 때 이사부가 소리쳤다.

"돌진하라!"

이사부의 배가 적선을 그대로 들이받았다. 배가 심한 충격으로 흔들리며 적선 두 척이 뒤집혔다.

"총공격하라!"

전선은 빠르게 해안을 향해 돌진했다. 적들은 배를 버리고 허둥대며 도망치느라 화살도 제대로 쏘지 못했다.

신라군의 배가 우산도 가까이에 가자 파도가 더 거세졌다. 섣불리 배를 대려다간 자칫 바위에 배가 부딪칠 위험이 있었다. 게다가 적들은 해안에서 죽기 살기로 활을 쏘고 있었다.

"후진하라!"

해안에서 신라군의 배가 멀어지자 전투는 잠시 소강상태를 맞았다.

"물살의 흐름이 언제 바뀌겠소?"

"지금이 썰물이라 물이 들지만 날이 곧 어두워지면 날물이니 우산국에 접근하기는 더 어렵습니다."

물의 흐름이 바뀌기 전에 우산국에 배를 대야 했다. 대장선이 진격하여 닻을 내리려 하자 다시 해안에 적이 나타났다.

"군주님! 제가 적진을 뚫고 나가겠습니다!"

석부가 소리쳤다. 이사부는 순간적으로 판단이 서지 않았다. 누군가가 먼저 나서서 저들을 막아주기만 한다면, 다른 배의 군사들이 내리기 쉬울 것이다. 그러나 당장 석부의 배가 위험했다.

망설이는 사이 석부의 배가 해안으로 진격했다. 거센 파도에 배가 기우뚱거리며 해안을 향해 성큼 다가섰다. 석부가 한순간 이사부를 돌아보았다. 그의 동의를 구하는 표정이었다. 다음 순간 수군들이 배에서 내려 물로 뛰어들었다. 그러나 곧바로 수군을 향해 화살이 날아왔다. 석부도 배에서 뛰어내렸다.

"후퇴하라! 뒤로 물러나라!"

외치며 이사부는 자신의 판단이 이미 늦었음을 알았다. 배에서 내린 수군 몇이 허우적거리며 우산국 땅을 밟았으나 그들은 화살을 맞았다. 석부의 배가 후퇴했다.

다행히 석부와 몇몇 수군은 헤엄을 쳐서 다시 배에 올랐다. 석부의 배에는 수군이 몇 명 남지 않았다. 석부가 대장선 옆으로 다가와 무릎을 꿇었다.

"군주님! 제 잘못으로……."

"아니네. 나의 실책이네. 대열을 정비하게."

이사부의 가슴이 무너져내렸으나 군사들에게 실의를 안겨 주어서는 안 되었다.

해가 지고 핏빛 노을이 물 위로 내려왔다. 한순간 어두워지며 물결의 방향이 바뀌었다. 이사부는 우산국의 오른쪽에 있는 작은 섬 쪽으로 후퇴했다. 섬을 바람막이로 삼아 물결이 사납지 않은 쪽을 골라 닻을 내렸다. 첫 전투는 패하였다.

전선의 우두머리들이 대장선으로 건너왔다.

"소장의 독단으로 군사를 잃었으니 제 목을 치시옵소서!"

고개를 떨어뜨린 석부의 어깨를 이사부는 조용히 두들겨 주었다.

"나의 실책이네. 자네 탓이 아니야."

상륙조차 하지 못하였으니 전투는 예상보다 훨씬 힘들 것이었다.

"우산국에 상륙하기 힘들다면, 저들을 바다로 불러내야지."

이사부는 내일 새벽의 공격 계획을 세워 장수들에게 전달했다.

"정찰선은 좌우를 살피고. 군사들이 피로할 테니 교대로 눈을 붙이게 하라."

사나운 깔따구와 모기떼에 밤새 시달렸다. 드러난 팔다리를 쉴 새 없이 물어뜯고 입을 벌리면 입안에까지 달려들었다. 섬의 물것들은 육지에서 온 낯선 이들의 피를 마음껏 빨아댔다.

날이 밝기 전 이사부는 전선을 이동시켰다. 작은 섬을 벗어나자 우산국의 산성이 보였다. 산성 아래쪽에만 작은 모래사장이 있어 배를 대기 쉬웠다. 우산국의 배도 필시 저 근처에 정박해 있을 터였다.

"정찰선을 보내 저들의 배를 발견하는 대로 모조리 불 질러라."

정찰선이 조심스럽게 해안으로 다가갔다. 커다란 바위섬 뒤로 정찰선이 사라졌다 싶더니 곧 불길이 보였다. 우산국의 배를 찾아 불을 지른 것이었다. 잠시 후, 불이 난 배에서 북을 치는 소리가 났다. 적들의 공격이 있을 것이었다. 이사부는 전선을 일렬로 늘어서게 했다.

"보이지 않는 곳에 숨겨 둔 배들이 더 있겠지. 자, 우해왕! 바다로 나오거라."

"저들이 배를 움직입니다!"

우산국의 배는 크기는 작았으나 물결을 건너뛰듯 빠르게 노를 저어 다가왔다.

이사부는 적선들 한가운데 있는 대장선을 보았다. 덩치가 큰 장수가 금빛 투구를 쓰고 있었다. 이사부는 부하에게 실직의 깃발을 높이 들게 하고 앞으로 나서서 외쳤다.

"그대가 우해왕인가? 나는 실직의 군주 이사부이다. 그대들을 왜군의 압박에서 벗어나게 하고자 우리가 왔다. 항복하여 백성과 함께 살길을 도모하라!"

우해왕이 대답 대신 활을 겨누어 당겼다. 화살이 배의 이물에 날아와 꽂혔다.

"적들이 전투 준비를 합니다. 노잡이들이 일제히 활을 잡습니다."

석부가 말하는 순간, 이사부는 우해왕의 배에서 흰 빛깔이 나풀거리는 것을 보았다. 흰옷을 입은 여인이 이물의 널판 위에 올라섰다. 하늘을 향해 두 손을 모으고 절을 하였다.

"백리안! 분명 신녀요. 저 배를 자세히 보시오."

백리안이 두 눈을 부릅떠 적선을 노려보았다. 한 사내가 신녀에게 칼을 건네주었다. 작달막한 사내의 움직임이 눈에 익었다.

"군주님, 싸, 쌍노입니다! 저자는 분명 쌍노가 맞습니다!"

백리안이 다급하게 말했다. 신녀는 제 몸이 칼이 된 듯 허공을 찌르며 칼춤을 추었다. 이윽고 큰 키에 우람한 체구의 적장이 창을 높이 들고 외쳤다.

"겁쟁이 신라놈들아. 나는 우산국의 우해왕이다!"

포효하는 그 소리에 이사부는 흠칫 놀랐다. 그 목소리만으로도 우해왕의 성정을 가늠할 수 있었다. 우해왕은 양쪽 허리에 칼을 차고 손에는 거대한 창을 들고 서 있었다.

"대마국도 나에게 무릎을 꿇었다. 대마국 왜인의 침략에 쩔쩔매는 너희 신라인을 내가 겁낼 것 같으냐?"

이사부가 앞으로 나서서 힘껏 외쳤다.

"조그만 섬나라 우산국이 감히 신라를 대적하겠느냐?"

이사부는 준비해 두었던 화살을 걸고 기름덩이에 불을 붙여 쏘았다. 우해왕이 탄 배에 불화살이 떨어졌다. 그것을 신호로 각 배의 장수들이 일제히 불화살을 쏘았다.

그때 우해왕이 탄 대장선이 전진해 왔다.

"전속력으로 배를 저어라!"

대장선이 빠르게 앞으로 나아갔다. 우해왕은 배 앞쪽에 나서서 창을 높이 쳐들었다. 우산국 배에서 화살을 쏘기 시작하며 움직임이 느려졌다.

"방패로 앞을 가려라! 적선의 오른쪽을 들이받는다! 전속력으로 노를 저어라."

우해왕의 배는 이사부가 탄 대장선보다 작았다.

"쿵!"

대장선이 우해왕의 배를 들이받았다. 적선의 오른쪽 뱃전이 부서지고 군사들이 물에 빠졌다. 우해왕이 쓰러질 듯하다가 창으로 몸을 지탱했다.

"적선에 올라라!"

이사부가 칼을 뽑아 들고 우해왕의 배로 뛰어올랐다. 앞을 막아서는 군사를 가차 없이 베며 소리쳤다.

"쌍노! 어디 있는가? 쌍노를 찾아라!"

금빛 투구를 쓴 우해왕이 이사부 앞을 막아섰다. 우해왕은 우람한 몸집에도 날렵해 보였으며, 햇빛에 단련된 구릿빛 피부는 단단해 보였다. 검다 못해 짙푸른 눈썹 아래 두 눈이 부리부리하고 큰 코와 두터운 입술은 진중해 보였다.

"그대가 우해왕인가?"

우해왕은 대답 대신 긴 창을 사납게 휘둘렀다. 몸집이 작은 사내는 들기도 어려울 큰 창이었다. 이사부의 칼과 우해왕의 창이 계속 부딪쳤다. 배가 기우뚱했다. 뱃전이 부서진 우해왕의 배에 물이 차올랐다.

"왜 우산국을 침략하는 것인가?"

"너희가 왜와 협력하여 신라 백성을 괴롭힌 탓이로다!"

우해왕의 창과 이사부의 검이 팽팽하게 맞섰다. 이사부가 우해왕의 눈을 노려보며 말했다.

"왜를 물리치고자 할 뿐, 우산국 백성을 죽이고 싶진 않다. 항복하라!"

그때 누군가가 외쳤다.

"군주님! 배가 가라앉습니다."

우해왕의 눈썹이 불안하게 흔들리는 순간, 이사부는 우해왕의 창을 힘껏 쳤다. 우해왕이 창을 떨어뜨리고 넘어졌다.

"항복하면 살려주겠소!"

우해왕의 목에 칼을 겨누는 순간이었다.

"군주님!"

하는 비명에 고개를 돌렸다. 쌍노였다. 다가온 적선 위에서 쌍노와 신녀의 목에 적들이 칼을 겨누고 있었다.

"쌍노!"

이사부가 한눈을 파는 사이 우해왕이 이사부를 밀어버리

고 적선으로 나는 듯 뛰어올랐다. 물에 가라앉는 배에서 이사부는 쌍노의 이름을 부르짖었다.

"군주님, 어서 이쪽으로!"

석부의 전선이 다가와 이사부를 끌어올렸다.

"저 배를 쫓아라! 쌍노를 놓치지 말아라!"

이사부는 우해왕이 탄 배에 불화살을 쏘았다.

그러나 적선은 빠르게 도망쳤다. 쌍노가 탄 배에 불길이 치솟았다. 일렁이는 불꽃 속에 쌍노와 신녀의 모습은 보이지 않았다. 우해왕도 보이지 않았다. 적선은 활활 타올랐다.

우산국의 배들은 절반이 부서지거나 불에 탔다. 살아남은 적들은 해안을 달려 언덕 뒤로 사라졌다. 전투는 소강상태에 들어갔다.

전열을 가다듬고 수군의 상황을 살폈다. 아군의 피해는 거의 없어 어제의 굴욕을 씻었다는 생각으로 수군의 사기도 높았다.

얼마 뒤, 우해왕이 산성 위에 나타났다.

"군주님! 저기 보십시오."

산성에서 좀 떨어진 바위 절벽 위에 일렁이는 사람의 모습이 보였다. 백리안이 두 눈에 힘을 주었다.

"왜군입니다!"

왜의 갑옷을 입을 장수들이 이사부에게도 선명히 보였다.

"그런데, 저기 바위 끝에 매달린 것이……."

왜장들이 서 있는 바위 끝에서 아래로 매달린 하얀 것이 보였다.

"쌍노와 그 딸입니다."

바위 끝에 누군가가 꿇어앉아 있었는데, 그는 쌍노였다. 바위 끝에 밧줄로 묶어 대롱대롱 매달아 놓은 것은 신녀, 쌍노의 딸이었다.

"군주님, 놈들이 신녀와 쌍노를 이용해 우리를 유인하려는 술책입니다."

석부가 다급히 말했다. 유인책이라 하더라고 저들을 구해야 했다. 이사부는 바위 끝에서 수면까지의 높이를 가늠해보았다.

매달아 놓은 밧줄을 끊으면 신녀는 바다에 떨어질 것이다. 신녀가 저 정도 높이에서 떨어져 살 수 있을까.

이사부는 마른침을 삼킨 후 석부에게 물었다.

"저 바위 뒤쪽으로 헤엄쳐 가서 적의 눈에 띄지 않고 바위 위로 오를 수 있겠는가?"

"예?"

"날랜 군사 몇을 데리고 저 바위 위로 올라가게. 저들이 우리 배에 눈길을 주고 있을 때 자네가 급습하게."

그때였다. 우해왕이 성의 망대에서 크게 외쳤다.

"음하하하! 실직의 군주 이사부야! 너희 신라인은 신의가 없어 배신하기를 좋아하니, 너희 보는 앞에서 신라의 배신자를 처단하겠다."

이사부는 석부에게 명했다.

"저들이 눈치 못 채게 배에서 내려 조용히 헤엄쳐 가게. 어서!"

이사부는 우해왕이 잘 보이는 곳으로 배를 전진시키며 외쳤다.

"누가 배신자란 말이냐? 우해왕이야말로 사람을 이용하고 버리기를 좋아하는구나! 활을 쏘아라!"

적의 이목을 집중시키기 위해 화살을 날렸다. 그 사이에 석부가 군사 몇을 데리고 배에서 내려 늘어선 배들 뒤쪽으로 헤엄쳐나갔다.

"저 섬나라 대마국도 내 앞에 무릎을 꿇었거늘! 도망치려다 잡힌 신녀 부녀의 목을 칠 것이다!"

우해왕의 외침 속에 쌍노의 울부짖음이 가느다랗게 들려오고 있었다.

"살려주신다 하지 않으셨습니까? 살려주십시오! 제 딸을 살려주십시오."

"배신자에겐 응징이 있을 뿐이다!"

우해왕의 말이 끝나기 전에 이사부가 외쳤다.

"계속 활을 쏘아라!"

적들의 시선을 집중시키고 있을 때 석부는 물에서 나와 바위 밑에 섰다. 들키지 않고 돌벽을 올라가야 했다.

"신녀의 목을 치겠다."

왜장 서너 명이 언덕에 서서 우해왕의 명이 떨어지면 신녀의 목을 칠 준비를 하고 있었다.

"목을 쳐라!"

하고 외치는 순간이었다.

칼을 든 왜장의 가슴에 화살이 가 꽂혔다. 퍼리였다. 퍼리가 우산국 땅의 작은 바위에 올라 화살을 날렸다. 석부가 부하들을 데리고 돌벽을 기어오르고 있을 때, 석부와 함께 헤엄쳐 간 퍼리가 반대 방향의 바위에 올라가 화살을 날린 거였다. 왜장들도 당황하여 활을 들었다. 파리는 다시 화살을 날린 후 바위 아래도 몸을 숨겼다. 왜장의 화살이 퍼리를 겨냥해 날아갔다.

퍼리가 왜장들의 시선을 끈 사이 석부와 부하들이 바위 끝에 올라섰다. 칼을 빼 달려들어 왜장을 베었다. 석부는 신녀를 매단 줄을 끊었다. 석부의 부하들도 쌍노를 데리고 물에 뛰어들었다.

"전진하라!"

북소리와 함께 전선이 앞으로 나아갔다. 이사부는 기름 묻힌 화살을 걸었다.

"불화살을 쏘아라!"

우해왕이 서 있는 성을 향해 불화살을 쏘았다. 성의 망대에 불이 붙었다.

"군주님! 해안에 적이 보이지 않습니다. 상륙할까요?"

우산국 군사들은 한동안 산성에 숨어 꼼짝도 하지 않을지 모른다. 그렇다면 상륙하여 산성 아래는 포위할 수 있다. 그러나 저 깊은 숲속에 매복이 있다면 산성을 정복하지 못하고 수군만 희생될 것이다.

어제의 희생을 떠올리며 이사부는 상륙을 명할 수 없었다.

"군주님, 수군 대장이 옵니다!"

석부가 신녀를 끌어안고 헤엄쳐 왔다. 신녀를 먼저 배 위로 끌어 올렸다. 군사 둘이서 축 늘어진 쌍노도 데리고 왔다.

"이보게, 쌍노! 정신 차리게."

군사들이 쌍노의 배를 누르고 고개를 돌려 등을 두들겼다. 몇 번을 반복하자 쌍노가 기침을 하며 물을 토해냈다. 쌍노가 눈을 뜨며 힘없이 중얼거렸다.

"꽃내야, 아이고, 꽃내야."

신녀는 정신을 차리지 못했다. 석부는 물을 끓이라 하고 신녀를 선실 안에 반듯하게 눕혔다. 석부는 꽃내의 가슴을 누르고 입에다 공기를 불어 넣었다. 정신을 차린 쌍노가 엉금엉금 기어 다가왔다.

"꽃내야, 꽃내야, 제발 눈을 좀 떠보아라, 흐흑!"

꽃내는 미동도 없었다. 그녀를 살리기 위해 안간힘을 쓰던 석부가 포기한 듯이 고개를 돌려 이사부를 보았다. 석부의 눈에 후회의 빛이 서렸다. 그때 꽃내가 기침을 했다.

"꽃내야, 꽃내야!"

쌍노가 딸의 어깨를 부둥켜안았다. 꽃내가 천천히 눈을 떴다. 물에 젖은 꽃내는 앙상하게 뼈가 드러난 몸매였다. 핏기 없는 얼굴엔 광대뼈만 튀어나왔고, 기다란 목 아래에 가슴은 납작했으며 가는 허리 아래의 둔부도 왜소했다. 쌍노에게서 딸이 열아홉 살이라 들었지만, 꽃내는 열서너 살 먹은 소녀로 보였다.

"아비를 알아보겠냐?"

꽃내의 입에서 알아듣지 못할 신음이 흘러나왔다. 석부가 얼른 마른 옷을 가져와 꽃내를 덮어주었다. 수군들 사이에서 안도와 기쁨의 숨결이 번져갔다.

다음 날, 다시 해안에 상륙을 노렸으나 쉽지 않았다.

"저들을 다시 바다로 불러내야겠다."

대장선이 바다로 물러났을 때였다. 백리안이 이사부의 팔을 다급히 잡아당겼다.

"군주님, 잠시 와보십시오."

백리안이 배 뒤쪽으로 이사부를 이끌고 가 손으로 가리켰다.

"저길 보십시오."

백리안은 멀리 보이는 독섬을 가리켰다. 그러나 거리가 멀어 섬의 형체가 보일까 말까 했다.

"독섬에 망대가 있나 봅니다. 연기가 나고 있어요. 분명 누군가 망대에 불을 피웠어요. 그리고, 저쪽을 보십쇼!"

백리안의 손끝을 따라 자세히 보니 수평선 끝에서 어른거리는 것이 있었다.

"왜선입니다. 독섬에서 저 왜선을 보고 망대에 연기를 피우는 겁니다. 우산국 사람들끼리 연락을 하는지도 모르지요."

이사부는 자신이 만들었던 독섬의 망대를 떠올렸다.

하필 이때 왜선이 오는가!

이사부는 장수들을 모았다. 수평선에서 흔들리고 있는 배의 흔적을 보고 장수들은 긴장하였다.

“늘어선 배들을 보십시오. 몇 척의 해적선이 아니라 전선들입니다.”

“만약, 이곳에서 우리가 저 왜선과 맞붙는다면 승산이 있겠소?”

이사부의 말에 장수들은 서로 얼굴을 쳐다보았다.

“군주님, 지금 우리가 승세를 잡았다 해도, 수군이 물에서 보낸 지 나흘입니다. 왜군을 맞서 싸울 여력은 없습니다. 불리하지요.”

석부의 말끝에 백리안이 조심스럽게 말했다.

“물살이 우산국 쪽으로 밀려오고 있으니, 왜선은 반나절이면 이곳에 당도할 겁니다.”

이사부는 굳게 닫힌 우해왕의 산성을 돌아보았다.

‘우산국 땅을 밟아보지도 못하고 물러나야 하는가?’

우산국까지 오기가 얼마나 힘들었던가를 생각하면 결코 쉽게 돌아설 수 없었다. 그러나 이사부는 첫 전투 때 자신의 실책으로 수군이 죽은 것을 떠올렸다. 나흘 동안 땅에 내리지 못하고 흔들리는 배에서 고통스러워하는 수군에게 목숨을 걸고 계속 싸우라고 명할 수 없었다.

이사부는 자책하며 괴로웠으나 군사들 앞에서 당당하게 말했다.

"수군은 자랑스럽게 싸웠다. 왜선과 맞서 싸워도 우리 수군이 이길 것이나, 무리한 전투를 할 필요는 없다. 오늘은 절반의 승리를 안고 물러나지만, 반드시 우산국을 정벌하고 왜군을 격퇴하는 날이 올 것이다."

전선은 대열을 갖추어 우산국을 떠나 실직으로 향했다. 쌍노는 꽃내의 손을 한시도 놓지 않았다. 석부가 그들 부녀의 곁을 묵묵히 지켜주었다.

재회

"우산국 땅을 밟아보지도 못하고 왔으니 명백한 패전입니다. 이사부에게 그 죄를 물어야 합니다!"

귀족들은 왕 앞에서 목소리를 높였다. 고개를 떨어뜨린 이사부는 참담할 따름이었다.

"이사부가 실직에서는 동해왕으로 불린다던데, 왕이라니요? 군주의 직책을 이용하여 불측한 생각을 하고 있음이 틀림없습니다. 모두가 말리는 일을 그렇게 고집하더니, 쯧쯧!"

"군주직에서 물러나야 합니다!"

왕과 태자는 곤혹스러운 표정을 짓고 있었다.

귀족들 앞에서 수모를 당하는 것이야 어찌 보면 당연했다. 애초에 수군과 배를 만들어 왜를 치겠다고 했을 때도 반대한 귀족들이었다. 이사부가 속으로 흐르는 눈물을 참으며 입술을 깨무는 이유는 죽은 수군과 그 가족 때문이었다. 자신의 검이 냉철하지 못해 오히려 백성을 죽게 하였다는 죄책감이 그를 괴롭혔다.

귀족들은 왕 앞에서 침을 튀기며 분노와 질타의 말을 쏟아냈다. 그것은 갈수록 왕권 강화의 의지를 보이는 지증왕에 대한 반발이기도 했다. 이윽고 왕이 이마에 깊은 주름을 만들며 물었다.

"이사부를 파면시키면 실직에는 앞으로 누가 가야 하겠소?"

목에 핏대를 세우던 귀족들이 서로 얼굴을 마주 보며 입을 닫았다.

"누가 이사부를 대신하면 좋겠소?"

귀족 중 그 누구도 실직으로 가려 하지 않는 것을 왕은 잘 알고 있었다.

"당장 실직의 군주 자리를 공석으로 하더라도, 이사부를 파면하는 것은 어쩔 수 없을 듯합니다."

그 말을 한 이가 태자 원종이라 이사부는 내심 놀랐다. 태자가 귀족의 의사를 받아들이자 하니, 귀족들의 화가 누그러들었다. 다시 논의하기로 하고 귀족들은 돌아갔다.

그제야 이사부는 고개를 들었다.

"신 이사부, 수군의 목숨을 앗아간 죄가 크고 신라 왕실의 수치가 되었으니, 그 죄를 달게 받겠나이다."

"우산국은 가보니 어떠하던가? 세세히 말해보게."

태자 원종의 말에 이사부는 마른침을 삼킨 후, 우산국의 거친 절벽과 원시의 숲, 그리고 우해왕에 대해 자세히 보고했다. 우산국 사람들이 배를 다루는 솜씨가 뛰어나며 전투에 용맹함에 대해서도 고했다. 왕은 천천히 고개를 끄덕이며 말했다.

"자네 스승이 당부하고 갔네. 우산국을 알지 못하니, 이사부가 첫길에 우산국을 복속시키지는 못할 것이라고."

아, 스승님!

이사부는 참았던 설움이 복받쳐 올라 목구멍이 쓰라렸다.

"태백산으로 들어가니 다시 보기 어려울 것이라 하며, 자네를 마지막으로 부탁하더군."

태풍에 무너져내린 선소에 왔던 스승의 모습이 떠올랐다. 고고한 무인의 기상도 병마를 피해 가지는 못한 듯했다.

"하오나, 귀족의 반발이 심하니 이사부를 계속 실직 군주로 삼을 순 없습니다."

태자가 다시 강력하게 말했다. 왕이 원종을 힐끗 보더니 이사부에게 물었다.

"그래, 이제 어찌할 셈인가?"

"내년에 다시 우산국으로 가 반드시 복속시키겠나이다!"

태자는 귀족들이 의기투합하여 왕권에 맞서게 할 빌미를 제공해선 안 된다며 왕에게 거듭 고했다. 왕은 태자의 말을 듣고 있다가 불쾌한 기색을 보이며 자리에서 일어났다. 왕이 나간 후 태자는 이사부와 탁자에 마주 앉았다.

"군주직에 연연하지 않습니다. 배를 계속 만들고 수군을 정비할 수 있게만 해주십시오."

자신을 지지해주던 태자의 태도가 변한 것이 내심 서운하였다.

"꼭 실직으로 가야 하겠나? 서라벌에서 자네가 할 일이 있네."

"서라벌에서요?"

"병부를 설치하고자 했으나 귀족들의 반대로 무산되었네. 귀족에 대항하기 위해선 뭔가 다른 힘이 필요해. 자네가 필요하네. 그러니 실직의 일은 당분간 다른 이에게 맡겨두고 서라벌에서 나를 도와주게."

태자는 귀족 세력을 견제하기 위해 은밀한 계획을 세우고 있으며, 그 일에 이사부를 쓰고자 하는 것이었다.

"자넬 만나고자 하는 사람이 있으니 위화랑을 따라가 은밀히 그를 만나보게."

알 수 없는 태자의 말을 되짚으며 월궁에서 나오니 문밖에 위화랑이 기다리고 있었다.

"살아서 나왔구먼."

짓궂게 웃는 위화랑의 얼굴에도 어딘지 긴장된 빛이 보였다.

"누가 저를 만나려 한단 말입니까? 혹시……."

이사부는 목소리를 낮추며 한 조각 희망을 품고 물었다.

"혹시 스승님께서 아직 서라벌에 계십니까?"

"아니네."

기와 담장이 늘어선 귀족 동네를 빠져나와 위화랑은 남산 쪽으로 향했다. 말을 타고 오르기 힘든 중턱 즈음에 이러러 위화랑이 멈추어 섰다.

"저 수풀 아래 굴이 보이지? 저 안에서 기다리고 계시네. 이 일은 누구에게도 발설해선 안 되네."

"도대체 누구길래……."

위화랑은 획 돌아서 내리막길로 향했다.

굴 입구에서 이사부는 헛기침을 했다. 순간 이사부는 동굴 속에서 피어나는 은은한 향내를 맡고 다시 스승을 떠올렸다. 동굴 안으로 비스듬히 사라지는 햇빛 한 줄기를 따라 몇 걸음 걸었다. 촛불을 켜 놓고 벽을 향해 앉은 이가 보였다. 그 자세는 수련하던 스승의 모습과 유사했으나 그는 스승이 아니었다. 그가 고개를 돌려 이사부를 보았다. 이사부는 저도 모르게 부르짖었다.

"해암 스님!"

해암이 일어나 천천히 다가왔다. 합장하는 해암의 두 손을 움켜쥐며 이사부는 울컥하였다.

"해암!"

"작년에 이곳에서 귀인을 만나 군주님 이야기를 들었지요. 군주님의 스승님이라 하셨습니다."

아, 스승님! 이사부는 스승이 떠나면서 자신에게 해암을 보내주었음을 깨달았다.

"우산국에 다녀오신 이야기, 들었습니다."

해암은 이사부와 함께 동굴 밖으로 나왔다. 해암은 키가 더 크고 어깨가 넓어졌으되 몸은 마르고 단단하게 단련된 듯했다. 눈매는 더 깊어졌으나 소년처럼 웃는 그 표정은 여전했다.

"우산국 땅을 밟아보지도 못하고, 아까운 수군의 목숨을 잃었습니다."

해암은 고개를 끄덕이며 말했다.

"모든 것은 공이요, 공으로 눈앞에 현상이 일어나는 것이니, 집착을 버려야 합니다."

허공을 꿰뚫는 선명한 음성이었다.

"허나, 저는 배와 수군에 집착하고 백성에 집착할 수밖에 없습니다. 그것이 오히려 제가 이 시간을 지탱할 수 있는 이유입니다."

"집착이 실패를 낳았으니, 어찌하시려고요?"

그 말이 이사부의 가슴을 때렸다.

"눈앞의 현실에 집착하지 않고 미래를 보는 혜안을 주십시오, 스님."

해암이 문득 씁쓸한 웃음을 지으며 말했다.

"그 말씀을 태자께서도 하시더군요."

이사부는 그제야 원종이 자신과 해암을 만나게 한 데에 다른 뜻이 있음을 깨달았다.

"태자께선 귀족 세력에 맞서는 철학으로 불교를 내세우려 하십니다. 이미 백성들 사이에선 불교가 보이지 않는 뿌리를 내리고 있으니까요."

해암이 이사부를 보는 두 눈에 힘이 들어갔다.

"그러나 불교는 그렇게 이용될 수 없습니다. 백성들 사이에서 저절로 간절한 소망이 되었을 때, 그 소망을 힘으로 억누를 수 없게 되었을 때, 비로소 귀족들도 불교를 인정할 수 있게 될 겁니다."

이사부는 태자의 생각을 짐작할 수 있었다. 불교를 신라의 통치 철학으로 내세워 각각의 조상신을 모시는 귀족들을 통합할 뜻을 품고, 이사부가 그 일에 앞장서 주길 바라는 것이었다. 그러나 해암은 서라벌에서 불교를 내세우기에는 아직 시기상조라 했다. 이사부 역시 자신이 있을 곳은 서라벌이 아니었다.

"해암 스님, 저와 함께 실직으로 가 주십시오. 선소의 백성에게 부처님의 말씀이 필요합니다. 스님께서 가 주시는 것만으로도 슬픔을 겪은 백성들에게 큰 위로가 될 겁니다."

이사부를 바라보는 해암의 눈에 깊은 번뇌가 서려 있었다.

얼마 후, 다시 귀족회의가 열렸다. 그 전에 태자는 이사부를 불러 자신의 큰 뜻을 밝혔으나 이사부는 응하지 않았다.

"해암도 자네와 뜻이 같은가? 불교를 전파하느라 노승과 함께 숨어다니는 것이 안타깝거늘, 결국 내 뜻을 거스르겠단 말인가?"

태자는 실망에서 오는 반감을 숨기지 않았다.

"자네는 실직 군주직에서 파면될 걸세."

이사부는 귀족회의에 불려가 다시 귀족들의 분노와 모함의 원성을 들어야 했다. 그리고 이윽고 왕이 결단을 내렸다.

"이사부의 군주직을 파하고, 실직의 수군 대장에 명하노라."

귀족들은 왕의 파격적인 결정에 놀란 눈치였다. 수군 대장이라니, 그것은 서라벌 경비를 맡은 군사의 우두머리 정도로밖에 여겨지지 않았다. 그러나 이사부는 자신을 실직에 보내주는 것만으로 감사했다. 수군 대장이라는 직책은 수군과 배에 관한 일을 허락하기 위한 방편임을 알아차렸다.

월성에서 나와 실직으로 향한 길목에 접어들었을 때 해암이 나타났다. 삿갓을 쓰고 바랑 하나만 맨 해암은 소년처럼 웃고 있었다.

신녀 꽃내

쌍노는 전선을 한 척 한 척 확인하며 손보고 있었다. 새로운 대장선을 만들기 위해 목수들과 머리를 맞대고 씨름한다고 했다. 이사부를 본 선소의 사람들이 모두 달려와 허리를 숙였다.

"군주님, 이제야 오셨습니까?"

나는 이제 군주가 아니네, 하는 말을 삼켰다. 아낙들도 다가와 눈가를 훔치며 허리를 숙였다. 이사부는 아낙들의 가족이 누군지 다 알고 있었다.

저이의 남편이 우산국에서 죽었고 저이의 아들이 죽었지.

우산국에서 돌아와 서라벌로 가기 전, 이사부는 선소의 백성들에게 고개를 숙였다. 남편과 자식을 잃은 아낙들이 땅을 치고 울었었다. 그 아낙들이 지금 서라벌에서 돌아온 그를 맞아 허리를 숙였다. 더욱 참괴하여 이사부는 목이 메었다.

"그대들의 식구를 살리지 못하여 미안하네."

이사부는 다시 그들 앞에 고개를 숙였다. 한 늙은이가 눈이 벌겋게 된 채 울먹였다.

"복수를 해 주십쇼. 꼭 우산국을 치십시오."

"다음번에는 저도 데려가 주세요. 우리 형님은 죽었지만 제가 꼭 우산국을 칠 겁니다."

소년의 외침에 다들 눈가를 훔쳤다. 서라벌의 귀족들에게선 원망과 질타를 받았지만, 정작 가족을 희생시킨 백성들은 그를 원망하지 않았다. 원망이 왜 없을까마는 그것을 숙명이라 받아들이는 순박한 사람들이 더욱 가여웠다.

저 멀리서 해암이 그 모습을 지켜보고 있었다. 몇몇 아이들이 낯선 해암에게 다가가는 것을 보았다.

우산국에서 구해냈을 때 피골이 상접하던 쌍노는 이제 살도 오르고 기운도 생생해 보였다.

"꽃내는 잘 지내는가?"

"우리 꽃내를 아리솔님께서 돌봐주시니 얼마나 감사한지 모르겠습니다."

꽃내가 걱정이던 이사부는 한시름 놓았다. 그런데 아리솔이 꽃내를 살펴주고 있다는 건 의외였다. 이사부는 석부와 함께 안일공의 집으로 향했다.

"군주님께서 우산국에서 돌아오신 후로 곧바로 서라벌로 가시는 바람에…… 우산국과의 전투에 노고가 많으셨습니다."

"아시다시피 우산국 패전의 책임으로 군주직을 박탈당했습니다. 여러 원로들 앞에 부끄럽고 백성들 앞에 죄스러울 뿐입니다."

서라벌에서 실직 군주직은 공석으로 두기로 했다는 내용

을 전령으로부터 전해 들은 원로들이었다.

"서라벌에서는 뭐라고 하든지 우리에겐 군주님이십니다. 백성들도 그리 알고 있고요."

"왕명을 받았으니 저를 군주라 부르지 마십시오."

"우산국과의 전투에 대해 수군 대장 석부로부터 소상히 들었습니다. 전투에는 군사의 희생이 따를 수밖에 없는 법. 백성들이 군주님을 원망하진 않습니다."

"우리가 언제 서라벌의 명으로 움직였습니까? 게다가 군주님이 오신 후로 실직의 살림이 나아졌지요. 수군을 정비해서 다음 기회에는 기필코 우산국을 정복하도록 우리도 돕겠습니다."

원로들의 위로와 격려를 받고 자리에서 나오자 아리솔이 기다리고 있었다.

"군주님께 드릴 말씀이 있어요. 석부 대장께선 잠시 기다려 주세요."

아리솔은 뭔가를 벼르고 있는 말투였다. 아리솔은 안채를 지나 후원으로 향했다.

"월궁에서 고초를 겪으셨다지요? 하지만 실직의 백성들은 서라벌 사람들과는 생각이 다르니 너무 괘념치 마십시오."

그때 바람 속으로 낯선 소리가 들려왔다. 나뭇잎처럼 흔들리는 방울 소리였다. 그리고 방울 소리 사이로 무언가를 읊조리는 목소리가 들려왔다.

"꽃내가 무녀인 줄은 아셨지요? 지금 동해 용왕의 힘으로 왜장들의 온갖 잡신을 쫓아낸다고 굿을 하고 있습니다."

왜선에 올라 신에게 제를 지내는 신녀였으니, 하고 생각하며 이사부는 한숨을 쉬었다.

"군주님께서 한번 보셔야겠어요."

아리솔의 낯빛이 긴장한 듯하여 거절하지 못하고 따라갔다.

방울 소리가 숲을 흔들자 새들은 소리 없이 날아가 버렸다. 꽃내의 것 같지 않은 굵은 목소리가 들려왔다.

"영험하신 우리 용왕, 왜의 잡신을 물리쳐 주소서. 뭍에서나 물에서나 온갖 잡신이 달라붙으니 오직 동해의 왕만이 이 잡것들을 다 물리칠 수 있습니다."

꽃내는 흰옷을 입고 붉은 천을 목이며 허리에 두르고 춤을 추고 있었다. 꽃내 속의 어떤 기운이 여린 몸 밖으로 함부로 튕겨 나오듯 몸을 흔들고 있었다. 꽃내의 얼굴은 상기되어 땀이 흐르고 종아리는 쉴 새 없이 방바닥을 박차고 뛰어 올랐다.

이사부는 힘들고도 애처로운 그 춤을 차마 다 볼 수 없어 걸음을 돌렸다. 아리솔이 나란히 걸으며 조용히 말했다.

"예전에 실직의 왕가에서도 간혹 무녀를 불러 제를 지내고 했답니다. 그래서 저는 무녀에 대한 거부감이 없어요. 꽃내가 몸에 들어온 잡귀들을 쫓아내야겠다기에, 이상한 소문도 돌고 하여 이곳에 와 있게 했어요."

"이상한 소문이라니요?"

"왜장의 귀신이 쓰였다느니, 왜장의 여인이었다느니, 그런 말들이 좀 있었어요."

애처로운 꽃내였다.

"그런데 어젯밤, 저렇게 춤을 추고는 미친 듯이 저에게 달려오더라고요. 그러더니 글쎄!"

아리솔은 이사부의 눈을 쏘아보았다.

"자신이 군주님과 합방을 해야 한다는 거예요. 동해의 왕만이 자신의 몸속에 들어온 잡귀를 쫓아낼 수 있다고."

이사부는 그 말이 무슨 뜻인지 한번 더 생각해보았다.

"다른 여인이 그리 말했다면 발칙한 년이라고 욕을 하며 쫓아냈을 거예요. 하지만 꽃내는, 자신도 모르게 제 몸의 신이 내리는 말을 따라 한 거였어요."

꽃내의 여린 생은 풍랑을 만난 배 위에서 견디어내는 일과 다름없었다. 제 운명을 견뎌내는 일은 그것에서 벗어나는 일과 다르지 않을 것이다.

"안타까운 여인입니다."

"그래서요? 꽃내가 안타까워 품어주기라도 하시렵니까?"

가시 돋은 아리솔에 말에 이사부는 분명하게 고개를 저었다.

"꽃내의 운명이 서러운 백성들의 운명이겠지 싶은 마음이오. 꽃내의 몸에서 잡귀를 몰아낼 사내가 있다면, 그건 내가 아니라 다른 사내요."

아리솔은 고개를 갸웃하면서 묘한 웃음을 지었다. 걷다 보니 오동나무 숲에 접어들었다.

그때였다.

"크르릉!"

날카로운 소리에 이사부는 금룡을 떠올렸다. 오동나무 숲 속에 금룡의 우리는 더 넓게 만들어져 있었다. 그동안 금룡은 완연히 수사자의 위엄을 갖추었다.

"크앙!"

하고 입을 벌리자 뾰족한 이빨이 보는 이의 오금을 저리게 할 만했다.

새끼 사자였던 금룡은 갈기가 풍성하게 자라 과연 백수의 왕인 자태였다. 얼굴의 선이 또렷하고 눈빛은 매보다 선명하게 사나우며 코는 영특하게 길었다. 날렵한 허리 아래의 네 다리는 근육이 탄탄했다.

"금룡아, 하하!"

이사부가 호기롭게 외치자 금룡은 대답이라도 하듯 갈기 풍성한 목을 기세 좋게 흔들며 크앙, 하고 목청을 돋우었다. 그런데 그때,

"으악!"

여인의 비명에 고개를 돌렸다. 쓰러지는 꽃내를 석부가 부축하고 있었다.

"꽃내야!"

아리솔이 달려갔다. 꽃내는 금룡을 보고 놀라 주저앉은 것이었다. 석부가 꽃내의 팔을 붙든 채 이사부에게 머리를 숙

였다.

"군주님을 모시러 후원에 왔는데 꽃내가 숲을 헤매고 있었습니다. 사자 소리를 듣고 이 길로 오게 되었습니다."

"꽃내야. 많이 놀랐니? 걱정하지 마. 내가 키우는 짐승인데, 우리에 갇혀 있단다."

꽃내는 놀라 휘둥그레진 눈으로 금룡을 보며 큰 숨을 내쉬었다. 자신의 팔을 붙든 석부의 손을 가만히 뿌리치고 사자 우리 앞으로 다가갔다. 금룡이 다시 갈기를 흔들며 이빨을 다 드러내고 포효했다. 그 소리에 어깨를 떨고 이맛살을 찌푸리면서도 꽃내는 금룡의 우리 앞으로 다가섰다. 아리솔이 작은 뿔피리를 불자 금룡은 앞다리를 접고 얌전히 앉았다.

"이것이, 이것이 무슨 짐승입니까?"

"사자라고 하는 맹수야. 서쪽 바다를 건너 아주 먼 나라에서 온 짐승이란다."

가만히 금룡을 보던 꽃내가 혼잣말처럼 중얼거렸다.

"우해왕은 개에게 물린 적이 있어요. 그래서 개를 겁내서, 우산국에 몇 마리 되지 않는 개를 다 없애버렸어요. 우산국엔 새들 외엔 짐승이 한 마리도 없어요."

"우해왕이 개를 겁낸다고? 허허, 큰소리치더니 겁쟁이에 허풍쟁이로군."

석부가 호기롭게 말했다. 꽃내는 금룡을 살피듯이 다시 보며 말했다.

"우산국에 저런 짐승이 한 마리라도 있다면, 저 사자를 보기라도 한다면, 우해왕은 싸울 엄두도 못 낼 거예요."

꽃내의 그 말이 이사부의 뇌리에 꽂혔다. 금룡과 같은 짐승을 우산국 사람들은 단 한 번도 보지 못했다. 그리고 우해왕은 짐승을 겁낸다. 이사부는 고개를 끄덕였다.

다음 날부터 이사부는 석부에게, 일을 마친 뒤 꽃내에게 다녀오라는 심부름을 자주 시켰다. 그러던 어느 날, 쌍노가 오더니, 좋아서 입이 귀에 걸린 채 말했다.

"군주님, 수군 대장 석부가 글쎄, 꽃내와 혼인을 하고 싶답니다."

이사부는 쌍노의 두 손을 움켜잡았다.

"잘 되었네, 축하하오. 석부만 한 사윗감이 없지."

"그럼요. 감히 수군 대장을 사위로 맞다니요. 저는 이제 죽어도 여한이 없습니다."

눈가를 훔치며 쌍노는 웃었다.

그런데 그날 밤이었다. 숙소로 드는 이사부 앞에 흰옷을 입은 여인이 달려왔다. 꽃내는 무릎을 꿇고 앉아 주문을 외듯 빠르게 말했다.

"온갖 왜의 악귀들이 제 몸을 흔들고 있어요. 군주님만이 제 속에 든 잡귀들을 몰아낼 수 있습니다. 제가 더러운 년이라 차마 품으실 수 없으시겠지만, 저 좀 살려주십시오."

"꽃내야."

"동해의 왕께서만 이 잡귀를 몰아내실 수 있어요. 제발 부탁입니다."

이사부는 꽃내 앞에 앉아 그녀의 두 손을 잡았다.

"꽃내야. 너는 더럽지도 않으며, 네 속에 악귀는 없다. 네가 왜놈들에게 당한 상처야 어찌 다 말로 할 수 있겠니? 하지만 너는 잘 버티어 왔고, 네 속의 나쁜 기운도 네가 다 몰아낼 수 있다. 그리고 널 아끼는 아버지와 석부가 너를 끝까지 도울 게야."

꽃내의 두 눈에 눈물이 그렁그렁 맺혔다.

"너는 누구보다 강한 사람이야. 나는 너에게 더 큰 상처를 주고 싶지 않다."

꽃내의 두 눈에서 눈물이 주르륵 흘렀다. 천천히 일어난 꽃내는 큰절을 하고 물러났다. 처소에 들어 방문을 닫으면서 이사부는 마당을 가로지르는 석부를 보았다.

선소 안에서 석부와 꽃내의 혼인식을 소박하게 치렀다. 석부에겐 부모가 없었다. 선소 안의 백성들이 모두 일가친척이 되어 두 사람의 혼인을 축복했다. 쌍노는 기쁨의 눈물을 하염없이 흘렸다.

하슬라의 군주가 되다

새벽을 무참하게 찢어놓는 괴성이 들려왔다. 이사부는 자다가 벌떡 일어났다. 천지를 할퀴는 듯한 울음소리가 살갗을 파고들었다.

"북쪽 성에 횃불이 올랐습니다! 국경에 호랑이가 나타난 듯합니다."

이사부는 갑옷을 입고 말에 올랐다. 성벽에 횃불이 오르고 군사들이 분주히 움직이고 있었다.

망대에 올라 하슬라의 숲을 바라보았다. 어두운 숲 한쪽에서 일렁이는 불빛이 있었다.

"저 불빛이 위쪽에서부터 점점 내려오고 있습니다."

보초를 선 군사의 말에 의하면, 불빛이 어제 초저녁부터 보였다 말았다 하면서 점점 남쪽으로 내려왔다고 한다. 호랑이를 잡으려고 하슬라의 군사들이 움직였을 가능성이 컸다.

"크르르릉!"

"크앙!

산을 울리는 포효는 호랑이 한 마리의 소리가 아닌 듯했다. 성벽에 군사를 대기시키고 하슬라의 숲에서 움직이는 불빛을 주시했다.

동이 터 올 무렵, 하슬라와의 경계지역에 나타난 군사를 보고 이사부는 깜짝 놀랐다. 그들이 들고 서 있는 깃발은 고구려의 깃발이었다. 고구려 군사들이 횃불을 밝히고 이리저리 움직이고 있었다.

드디어 때가 왔구나.

이사부는 잠시, 자신이 실직 군주직에서 파면된 것을 떠올렸다. 그러나 왕은 그를 수군 대장직에 명하며 군사권은 허락하였다.

이사부는 전쟁을 알리는 깃발을 올리고 나발을 불게 했다. 장수들을 불러 모은 뒤 이사부는 단언했다.

"고구려의 화살이 하나라도 국경을 넘어오면 공격한다. 호랑이가 국경을 넘어와도 공격한다."

"누구를 공격합니까? 고구려군입니까, 아니면 호랑이입니까?"

"호랑이를 쫓으며 하슬라 성까지 진격한다. 그 와중에 고구려의 공격을 받으면 가차 없이 반격한다."

필요할 경우 고구려와 맞붙을 수도 있지만 적진에서의 싸움은 가능한 피해야 했다. 이사부는 하슬라의 성주를 떠올렸다. 그녀는 고구려에 대한 적개심을 품고 있었다. 성주의 적개심에 불을 붙일 수 있다면 신라군은 피 흘리지 않고 승리할 수도 있다.

그때 포효하는 소리가 숲의 정적을 찢어놓았다. 거대한 호랑이 두 마리가 뒤엉킨 채 실직과 하슬라의 경계인 너럭바위에 모습을 드러냈다. 막 떠오른 해가 호랑이를 비추었다. 빛을 받은 두 마리의 몸은 한낱 짐승의 것이 아니었다. 황금빛에 검은 줄무늬가 있는 호랑이와 흰빛에 검은 줄무늬가 있는 호랑이. 원시 자연의 위엄과 공포의 소리를 몸으로 형상화하면 바로 저러한 모습이리라.

이사부는 활에 화살을 걸며 말했다.

"내 명이 떨어질 때까지는 공격하지 마라."

이사부는 바위를 향해 화살을 날렸다. 바위에 화살이 맞아 튕겨나자 호랑이 둘이 멈칫하며 서로 떨어졌다. 이사부가 다시 화살을 날리자 호랑이는 풀쩍 뛰어 숲으로 사라졌다.

다음 순간, 실직의 성벽 쪽으로 화살이 날아왔다. 고구려 군사들이 실직 쪽으로 화살을 쏜 것이었다.

"이때다! 공격하라!"

공격을 명령하는 붉은 기가 올랐다. 성 위에서 빗발치듯 화살을 날리자 숲의 고구려군은 북쪽으로 달아났다.

이사부는 군사를 이끌고 국경을 넘어 하슬라 성 앞까지 거침없이 진격했다.

"군주님! 동문 뒤편에서 고구려군이 호랑이를 잡으려고 사투를 벌이고 있습니다."

"하슬라군은?"

"성문 밖에 하슬라군은 보이지 않습니다."

"하슬라 성주에게 가서 호랑이를 잡으러 왔다고 전하

여라."

이사부는 군사를 이끌고 동문으로 갔다. 동편 언덕에 무장을 한 고구려의 기마병들이 나타났다. 신라군을 확인한 고구려의 장수가 앞으로 나섰다. 그는 다른 군사들에 비해 전신을 가리는 갑옷을 입고 커다란 투구를 쓰고 있었다.

"감히 신라군이 고구려 땅에 침입하였는가? 이는 명백히 전쟁을 하고자 함인가?"

석부가 나서서 호령했다.

"나는 실직의 장수 석부이다. 감히 실직을 공격한 고구려군과 호랑이를 쫓아내러 왔다."

고구려 장수가 말을 타고 앞으로 달려 나와 외쳤다.

"하슬라는 고구려 땅이다. 감히 고구려를 침범하였으니 살아서 돌아가지 못하리라!"

그때 포효하는 호랑이 소리가 산을 진동했다. 석부와 정면으로 겨룰 듯이 달려오던 고구려 장수는 말을 돌렸다. 군사들은 모두 소리 나는 쪽으로 향했다.

거대한 백호가 그물에 갇혀 발버둥 치고 있었다. 고구려군이 쳐 놓은 그물에 걸린 듯했다. 그때 갑자기 날아든 호랑이가 백호를 공격했다. 그물에 갇힌 백호는 입을 벌리고 발톱을 내갈겼으나 황금빛 호랑이만큼 날렵하진 못했다. 군사들은 저만큼 떨어져서 인간의 힘으로 어쩌지 못할 호랑이들의 싸움을 지켜보았다. 백호가 목덜미를 물어 뜯겨 피를 흘렸다.

이사부는 활을 당겨 황금빛 호랑이의 다리를 겨냥했다.

"크앙!"

화살을 맞은 호랑이가 껑충 뛰어올랐다. 고구려 군사들이 호랑이들을 향해 활을 쏘기 시작했다. 호랑이가 화살을 맞아 비틀거리자 고구려 군사들이 그물을 던졌다. 몇 번을 던져서 겨우 호랑이는 그물을 뒤집어썼다.

그때 처음 들어보는 피리 소리가 숲을 울렸다.

"멈추시오!"

말을 타고 달려온 이는 하슬라의 가우리 장군과 군사들이었다. 그 뒤로 백마가 달려왔다. 하슬라 성주가 말 위에서 피리를 불고 있었다. 그물에 갇힌 백호가 하슬라 성주를 보았다. 백호의 등에 화살이 박혀 있었다.

성주가 얼굴이 하얗게 질려 백호에게 달려갔다. 백호는 성주 앞에 앞발을 꿇듯이 하여 엎어졌다.

"백호야, 백호야!"

고구려군도 신라군도 깜짝 놀랐다. 가녀린 여성인 성주가 사나운 백호의 머리를 쓰다듬고 있었다. 몸에 꽂힌 화살을 보고 성주가 앙칼지게 외쳤다.

"백호는 대대로 하슬라의 신물로 받들어온 동물이다. 백호는 영특하여 하슬라인을 해치지 않거늘, 누가 하슬라의 신물인 백호를 쏘았는가?"

목에 핏대를 세우는 성주 앞에 고구려 장군이 나섰다.

"백호가 고구려 땅에 들어와 사람을 죽여 호랑이를 잡으러 왔소. 두 호랑이가 민가를 덮쳐 사람을 죽이고 싸움질을 하여…….”

그때 백호가 몸을 일으켜 고구려 장수를 향해 이를 드러내며 으르렁거렸다. 그러자 황금빛 호랑이도 백호를 향해 다시 덤빌 듯이 으르렁거렸다. 성주가 피리를 불어 백호를 진정시켰다. 그러나 황금빛 호랑이는 강력하게 포효하며 백호를 향해 몸을 날렸다. 그물이 찢어졌다. 놀란 고구려 장수가 활을 쏘자 군사들도 화살을 날렸다.

“멈추시오! 성주님이 위험하오!”

이사부가 소리치며 달려갔다. 생의 마지막 힘을 다해 날아오른 황금빛 호랑이는 온몸에 화살을 맞고 백호 앞에 떨어졌다. 백호는 네 다리로 우뚝 서서 화살을 맞았다. 하슬라 성주는 백호 뒤에, 가슴에 화살이 박힌 채 서 있었다.

“성주님!”

가우리가 달려가 성주를 부축했다. 화살은 가녀린 성주의 가슴을 관통했다. 성주가 숨을 한 번 몰아쉬더니 푹 쓰러졌다. 성주가 커다란 두 눈을 부릅떠 이사부를 보았다. 성주의 눈빛이 하슬라의 운명을 보듯 안타깝게 떨고 있었다. 성주는 이사부의 손을 쥐며 숨을 몰아쉬었다.

“하슬라를, 부탁하오!”

입에서 붉은 피를 토하며 몸을 벌벌 떨었다.

“성주님을 부탁합니다!”

가우리가 이사부에게 성주를 맡기고 칼을 뽑아 들고 외

쳤다.

“네놈들이 감히 성주님을 공격했으니 하슬라 땅에서 살아서 돌아가지 못한다. 공격하라!”

분노한 하슬라 군사들이 내달렸다. 때를 맞추어 맞은편에 대기하고 있던 신라군이 고구려군을 향해 활을 쏘았다. 달려나오던 고구려의 기마병들이 화살에 맞아 쓰러지자 그들은 도망치기 시작했다.

“성주님, 정신을 잃으시면 안 됩니다.”

성주는 이사부를 간절히 보며 입술이 떨렸다.

“내게, 병든 아들이 있소. 하슬라의 앞날을…….”

이사부는 예를 갖추며 공손하게 말했다.

“제가 아드님을 돕겠습니다. 성주께서 자신을 희생하여 하슬라를 고구려로부터 구하셨으니, 하슬라의 이름은 영원할 것입니다.”

그 말을 원했다는 듯 성주의 입가에 미소가 번졌다. 이사부의 손을 쥔 새하얀 손목이 힘없이 떨어졌다.

가우리는 고구려 장수의 목을 벤 후 국경까지 진군하고, 신라군도 가우리를 지원했다. 하슬라와 실직의 군사들이 국경지역에서 고구려군과 대치하고 있을 때 이사부는 하슬라의 원로들을 만났다. 성주가 고구려군의 화살에 맞았다고 하자 원로들은 분기를 못 참아 고구려의 속국에서 벗어날 것을 결의했다.

국경에서 하슬라 원로들과 고구려 관료들이 몇 차례의 접족을 가진 후, 고구려는 하슬라를 놓아주었다. 그러나 고구려에서 벗어난다고 해서 하슬라가 신라의 땅이 되는 것은 아니었다.

“이번에 고구려와 전쟁을 치른 것은 실직군이 하슬라의 국경을 넘어온 것에도 그 원인이 있소. 실직의 군사들을 하슬라 땅에서 빨리 물리시오.”

“성주께서 나에게 병든 아드님을 부탁하셨소. 내가 아드님을 보살펴 하슬라의 새 성주가 되도록 돕겠소이다.”

그러자 원로들이 술렁거렸다. 백발의 원로가 단호하게 말했다.

“성주의 아들은 죽을병에 걸려 얼마 살지 못할 것이오. 허니, 그를 성주로 모실 수는 없소.”

이사부는 자리에서 벌떡 일어났다.

“이 무슨 소리요? 성주님은 목숨을 바쳐 이 땅에서 고구려를 몰아냈소. 그런데 돌아가시자마자 귀족들이 성주 자리를 탐한단 말이오?”

“탐하는 것이 아니오. 연약한 성주가 앉으면 또다시 고구려가 쳐들어올 거요.”

“그래서 성주께선 신라에 도움을 청하셨소.”

이사부의 말에 백발의 원로가 소리쳤다.

“고구려의 손에서 벗어나자마자 신라의 손아귀에 잡힌단 말이오? 그럴 수는 없소!”

하슬라 원로들은 자신의 안위를 위해서가 아니라 독립된

하슬라를 위해 강력한 성주를 원하고 있었다. 이사부는 힘없는 부족국가의 운명을 이해했다. 성급하게 결정할 일이 아니었다.

회의장에서 나온 이사부는 성주의 아들을 찾아갔다. 그는 햇빛을 쬔 적이 없는 듯 새하얀 낯빛에 준수한 얼굴선을 가지고 있었다. 눈빛이 맑아서 애잔하고, 입은 많은 말은 머금고 힘없이 다물어져 있었다.

"그대가 실직의 이사부이시군요. 저는 부루라 합니다."

슬픈 목소리가 나약했다.

"어머니께선 강인한 분이셨는데, 제가 병이 들어 하슬라의 운명을 늘 걱정하셨어요."

"성주께선 저에게 아드님을 도와, 하슬라가 신라의 영 속에서 자치적으로 운영되길 바라셨습니다."

부루가 무슨 말인가를 하려다가 기침을 했다. 하얀 수건으로 입을 가리는데 곧 수건이 붉게 물들었다. 이사부는 더 이상 말하지 못하고 물러났다. 하슬라가 꼭 필요했지만, 하슬라 백성들이 원하지 않는다면 서두를 일이 아니었다.

석부에게 군사 일부를 이끌고 실직으로 돌아가게 하고, 이사부는 성주의 장례를 치르는 동안 하슬라 성에 머물렀다. 호위 대장인 퍼리에게 일러 하슬라 성 주변에 군사를 배치하고 사병들의 움직임을 잘 살피라 일렀다.

장례를 치르기 전날 저녁 무렵이었다. 성문 앞을 지키던 퍼리가 이사부에게 달려왔다.

"군주님! 아리솔님께서 하슬라 원로들을 만나겠다고 찾아 오셨습니다."

이사부가 내다보았더니 아리솔은 상복을 입은 채 흰옷을 입은 하인들을 길게 거느리고 성안으로 들어섰다.

"실직 성주의 따님이라고 하자 성문을 지키는 하슬라의 장수가 공손하게 문을 열어주었습니다."

성주 아들의 처소 앞에서 아리솔을 만났다. 아리솔은 이사부에게 고개를 숙이며 말했다.

"군주님께서도 같이 드시지요."

부루는 병상에서 원로 두 명과 함께 장례에 대해 논의하고 있었다. 아리솔을 보자 부루의 얼굴에 반가움과 부끄러움이 교차했다. 두 원로도 아리솔을 알고 있는 듯 서로 예를 갖추어 인사했다.

"늘 우러러 뵈옵던 하슬라의 성주님께서 하슬라를 위해 희생하셨다는 말을 듣고 이제야 찾아뵙습니다. 또한, 허락하신다면 저 역시 상주로서 장례를 이끌고 싶습니다."

아리솔이 상주가 되겠다는 말에 다들 놀랐다. 부루는 흥분한 기색이 역력했다. 아리솔은 원로들을 보며 당당히 말했다.

"두 분 원로께서 마침 계시니 다행입니다. 십 년 전, 하슬라 성주님께서 두 분 원로를 실직에 보내시어, 하슬라 왕족과 실직 왕족이 혼인의 연을 맺기를 청하셨지요. 부루님과 이 아리솔의 혼인을 말이지요."

이사부는 속으로 놀랐으나 다른 이들은 만감이 교차하는 표정으로 고개를 끄덕일 뿐이었다.

"어린 저는 그때 거절하였고, 몇 년 전, 부루님께서 다시 친서를 보내시어 청혼하셨지요."

실직 왕족과 하슬라 왕족의 혼인으로 두 부족은 이미 사라진 나라의 재건을 꿈꾸었을까.

"부루님께선 청혼한 직후, 자신이 나을 수 없는 병에 들었음을 알게 되었다고 하시며 청혼을 취소하셨지요."

두 원로는 이런 사연을 다 알고 있는 듯 고개를 주억거렸다.

"제가 이제 그 대답을 드리려 합니다. 저는 부루님과 혼인하겠어요. 그리고 하슬라의 성주가 되겠습니다."

모두 깜짝 놀라 아리솔을 보았다. 부루의 얼굴은 하얗다 못해 새파래 보였다.

"원로들 중 어느 누가 성주님의 권력을 대신할 수 있으며 백성들의 지지를 받을 수 있겠습니까? 부루님께서 혼인하시어 제가 보좌하는 것이 하슬라를 위하여 가장 바람직합니다."

원로들은 성급하게 대답은 못 하지만 아리솔의 말이 반가운 눈치였다. 아리솔은 거침이 없었다.

"고구려가 지금은 물러났으나 하슬라가 조금만 약해 보이면 다시 침범할 거예요. 차라리 병권을 이사부 군주에게 맡겨 고구려와 왜군을 막게 하면, 하슬라 귀족은 서라벌의 눈치를 보지 않고 모든 것을 안전하게 지킬 수 있어요."

그 말에 사람들의 표정이 굳어졌다. 백발의 원로가 짐짓 화난 어조로 말했다.

"하슬라를 신라에 바치자 이 말인가? 실직처럼!"

"그래요! 실직은 병권만 군주에게 내주고 모든 일을 자치적으로 운영합니다. 고구려나 왜군이 쳐들어오면 원로들이 하슬라를 지킬 수 있나요? 우리는 차라리 이사부를 앞세워 백성을 지키고, 신라의 제약을 받지 않고 여러 나라와 장사를 하며 살 수 있어요."

"허허, 아리솔은 이사부와 결탁하여 우리를 설득하려고 왔소?"

아리솔이 두 눈을 부릅뜨고 늙은 원로들에게 냉혹하게 말했다.

"만약 하슬라가 지금 결단을 내리지 못하면, 고구려 장수의 화살에 또 성주가 죽거나, 서라벌의 귀족에게 성주 자리를 내주고 하슬라 왕족은 씨가 마를 겁니다."

두 원로는 하슬라의 귀족들을 모아 회의를 하겠다며 자리에서 일어났다. 이사부는 부루에게 가볍게 목례한 후 방에서 나갔다.

부루가 서글픈 눈으로 아리솔을 보았다.

"하슬라의 성주가 그토록 되고 싶소? 연모하지도 않는 사내와 혼인할 만큼?"

아리솔이 부루의 깊은 눈을 똑바로 보았다. 무슨 말인가를 하려다 멈칫하고 아리솔은 입술을 깨물었다. 커다란 눈에 물기가 차오르는 것을 어쩔 수 없었다.

"당신도, 당신을 연모하지 않는 여인과 혼인할 거잖아. 하슬라를 위해."

장례가 끝난 후 하슬라는 신라로부터 하슬라 주로 승격되었다. 원로들은 아리솔과 부루의 혼인을 성대하게 치렀다. 왕은 하슬라를 신라에 복속시킨 이사부의 공을 높이 사 그를 실직 주와 하슬라 주의 군주에 봉했다.

화공전술

"부처님 앞에서는 귀하고 천한 사람이 없이 모두가 평등합니다. 부처님의 가르침대로 행하면 누구나 내세에 극락에 가게 되지요."

해암의 말은 선소의 백성들에게 삶의 희망이 되고 있었다. 사람들은 밤마다 해암의 처소에 모여 부처님의 말씀을 듣고자 했다.

"스님, 오늘은 아이들만 모이라고 하셨지요?"

해암은 특히 아이들을 아꼈고, 아낙들은 해암을 아이들의 스승으로 여겼다.

이사부는 실직과 맞닿은 하슬라 해변에 선소를 크게 지었다. 하슬라의 오동나무는 재질이 좋다며 목수들이 좋아했다. 오동나무를 통나무째 물속에 담가놓고 일부는 적당하게 잘라 물에 넣어 놓는 일부터 시작했다.

"다시 우산국을 치러 갈 계획을 세우고 계신가요?"

문득 이사부를 찾은 해암의 낯빛이 어두웠다.

"우산국으로 갈 때 해암께서도 함께 가 주십시오."

이사부의 부탁에 해암은 대답을 하지 못했다. 그 후로 한

동안 해암이 보이지 않았다. 아이들에게 먼 곳에 다녀오겠노라 하고는, 바랑을 메고 떠났다는 것이었다.

스무 날쯤 지난 후, 해암이 이사부를 찾아왔다.

"스님, 어디 멀리 다녀오셨습니까?"

해암의 얼굴은 해쓱해졌으나 말투는 맑고 단단했다.

"저의 번뇌와 세상의 번뇌에 대해 답을 구하고자 했습니다."

"하여, 답을 얻으셨나요?"

"얻지 못했습니다. 다만, 조그만 저의 번뇌보다 백성과 세상의 번뇌가 크고 중하니, 어찌하겠습니까? 세상의 번뇌를 덧없이 보지 못하니, 이것이 저의 업보인가 봅니다."

이사부는 해암이 비로소 자신의 곁에 서 주리라는 것을 알았다.

"지난번 군주님께서 우산국을 공격할 때, 주로 불화살 공격을 하셨다지요?"

"우산국은 불이 귀하고 또 불을 무서워한다 들었소. 또한 해상에서는 활 이외는 쓸 무기가 별로 없소. 그러니 화공을 쓰는 전략이 옳지 싶은데, 쉽지 않았소."

"제가 화공이 될 만한 것을 찾았습니다. 토굴 수행으로 몸에 피부병이 난 노승께서 그곳 물로 목욕을 하고 나았다는 말을 들었기에 찾아가 보았지요."

이사부는 고개를 갸웃거렸다.

"병을 낫게 하지만 그 자체가 독이 있고, 이것이 또한 불을 붙이면 파란 불을 내며 잘 탄답니다."

이사부는 깜짝 놀랐다.

"그것이 무엇이오?"

"유황입니다."

실직과 서라벌 사이의 어느 골짜기에서 유황이 나는데 이것으로 불을 피울 수 있고, 그 골짜기에는 따뜻한 유황물이 흘러 피부병이 있는 이들이 모여든다는 것이었다.

이사부는 호위 대장 퍼리와 함께 해암을 따라나섰다. 말을 타고 하루를 꼬박 달려 유황의 골짜기라는 곳에 닿았다.

멀리서부터 비릿한 냄새가 났다. 낙엽이 바스락거리며 애잔하게 부서지는 소리가 커지는 사이, 비릿한 향은 사라졌다. 습하고 따스한 느낌이 땅속에서 올라와 온몸을 휘감았다.

갑자기 퍼리가 이사부의 앞길을 막아섰다. 저쪽 아랫길에 발가벗은 사람이 몇 보였다. 그 앞으로 계곡의 좁은 물가에서는 신기하게도 김이 모락모락 피어올랐다. 사내들이 옷을 벗고 그 물에 들어갔다.

"저기가 그 따뜻한 물이 흐르는 곳입니다. 피부가 좋아진다니 아는 사람은 이곳을 자주 찾는답니다."

조금 더 올라가자 매캐한 냄새가 진하게 몰려오는데 그것이 유황 냄새라 했다. 이사부와 퍼리는 해암이 건네는 삼베로 코와 입을 가리고 산을 돌아갔다. 유황 때문인지 산에 큰 나무는 별로 없고 희뿌연 연기가 억새 사이로 흔들리고 있었다.

갑자기 툭, 하고 얼굴 앞으로 막대기가 날아왔다. 퍼리가 칼집을 들어 나무막대기를 막아냈다. 나무막대기가 대여섯 개 툭툭 날아온 후에 해암이 그곳을 가리켰다.

"저기가 유황 가마입니다."

가마 입구에 닿자, 첫눈에 봐도 산에 사는 가마지기로 보이는 이들이 나타났다. 가을인데도 그들은 강동하게 짧은 바지만 입고 웃통은 벗고 있었다.

"아이고, 스님인 줄 모르고 막대기를 날렸네요."

그들은 이곳을 다른 이들에게 알리고 싶지 않아 막대기로 겁을 줘 돌려보낸다는 것이었다. 사내 셋이 얼굴은 죄다 벌겋게 익었고 눈썹은 불에 그슬려 거의 없으며 이는 금칠을 한 듯 샛노랬다.

"군주님, 이들이 유황 가마의 장인들입니다. 자네들, 인사하시게. 실직과 하슬라 주의 군주님이시네."

해암의 말에 사내 셋은 머리를 긁적이며 인사했다.

"도깨비 같아 보이는 사내들이지만 유황을 만드는 기술이 뛰어나지요."

이 산에서 채굴했다는 유황석이 한쪽에 쌓여 있었다. 돌 사이에 섞여 금보다 밝은 노란 빛이 나는데 그게 바로 유황석이었다.

진흙으로 만든 굴이 유황 가마였는데, 채굴한 유황석을 가마에서 녹여낸다고 했다.

"가마 안을 구경 좀 할 수 있겠나?"

"할 수는 있지만서두, 냄새가 고약합니다요. 뜨거워서 살이 벗겨질 수도 있으니 조심하십쇼."

퍼리가 가마 안을 슬쩍 들여다보고는 열기에 쫓겨 나왔다. 해암이 가마 세 군데를 보더니, 불을 끈 가마 안으로 들어갔다.

가운데 땅을 파 질항아리를 놓고 그 위에 유황석이 담긴 항아리를 엎어 한참 불을 땐 후, 위의 유황이 녹아 아래 항아리에 흘러내리게 했다.

"이 항아리 안에, 녹아내린 유황을 응고시킨 게 들었지요. 이보게. 항아리를 깨뜨려서 유황을 보여주시게."

한 사내가 조심스럽게 항아리를 톡톡 두들겨 깼다. 그러자 노란빛이 고운 유황의 모습이 드러났다. 이사부는 그것을 만져보았다. 살짝 덩어리졌던 것을 손으로 누르자 가볍게 부서졌다. 사내가 그것을 입에 가져가 맛을 보더니 눈을 찡그렸다.

"맛도 시고 색깔도 좋고, 아주 질이 좋은 유황입지요."

"이것에 불을 붙이면 어찌 되는가?"

사내가 씨익 웃으며 나무막대기에 유황을 발라 불을 붙였다. 푸른 불꽃이 화라락 일어났다.

"이 유황 가루에 기름을 섞으면 쓰기에 더 좋다 합니다."

이사부는 해암에게 큰절이라도 하고 싶었다. 화공을 고민하는 그의 마음을 헤아려 큰 선물을 주었다.

"하지만 유황은 아주 비쌉니다요!"

사내들이 퉁명스럽게 말했다. 해암이 이사부와 퍼리를 가리키며 짐짓 농처럼 말했다.

"그대들이 오늘은 고기 맛을 제대로 볼 걸세. 이 두 분이 신라 제일의 무사들이라 사냥 실력도 뛰어나시지."

그러자 그중 한 사내가 말했다.

"도대체 어디에 쓰시려고 그러오? 오늘 유황값이야 노루고기, 꿩고기면 되겠소만, 보아하니 앞으로 유황을 많이 갖다 쓸 요량인 것 같은데."

이사부가 그들에게 사실대로 말했다. 왜와의 전투에 유황을 발라 불화살을 쓰겠노라고 하자 그들은 서로 얼굴을 마주 보았다. 해암이 이사부와 퍼리에게 얼른 사냥을 해 오라고 재촉했다. 둘이 산돼지와 노루와 꿩을 잡아 오자 그들은 유황을 반 가마니 담아 주었다.

산을 내려오자 유황 냄새가 온몸에 배어 머리가 어지러웠다. 한마디도 하지 않던 퍼리가 해암에게 물었다.

"다음번에 와서 세 가마니나 가져가라던데, 어떻게 설득하셨습니까? 왜군과 싸운다고 하니 값을 싸게 쳐서 준다고 하던가요?"

해암이 예의 그 소년 같은 웃음을 지으며 대답했다.

"저들은 산속에서만 살아 왜의 침입은 잘 모른다네. 그들이 부처님을 따르는 불자들이라, 큰 절을 짓는 데 쓴다고 하였네. 더 필요할 때는 군주님께서 사 오십시오."

말을 마친 해암은 자신의 거짓말을 참회하듯 관세음보살을 외웠다.

유황을 가져와 송진과 함께 발라 짚에 화살을 쏘니 과연 푸른 불꽃이 일고, 짚이 순식간에 불타올랐다. 화공전술의 무기를 얻었다.

"송진 또한 불을 붙이는 데 좋으니, 송진을 많이 모아서 유황과 함께 불 공격을 해야겠소. 또한 관솔불을 적선에 던져 넣는 방법도 좋으니 이 또한 생각해 봄 직하오."

배를 만드느라 소나무를 베면서 송진을 버리지 않고 잘 모아 둔 터였다.

"고래기름 역시 불을 붙이기 쉽지요. 고래를 잡아 오는 어부들에게 부탁하여 고래기름을 모아 놓으세요."

불을 붙일 재료는 구할 수 있으나, 정작 화살이 문제였다.

"화살 끝에 깃털이 세 개 달려 있어야 화살이 멀리 정확하게 잘 날아가니 군사들의 화살을 바꾸어 주어야 합니다."

군사들은 화살을 제대로 갖추지 못하여 훈련할 때 깃털이 달리지 않은 화살을 썼다. 그러나 실전훈련을 할 때는 깃털이 달린 화살을 쏘아야 했다.

이사부는 유황 골짜기에서의 일을 떠올려 군사들과 함께 새 사냥을 나갔다. 그리하여 화살을 만드는 이들에게 깃털을 많이 제공하여 화살을 만들도록 했다. 깃털이 세 개씩 달린 화살을 군사들에게 나누어 주며 이름을 표시해 각자 관리하게 하였다.

군사들이 화공 훈련을 하는 날이었다. 화살 끝에 유황을 발라 불화살을 쏘는 모습을 지켜본 해암이 말했다.

"맨 화살을 쏘는 것보다 훨씬 낫습니다. 하지만, 화살만으로는 화공전술로 뭔가 부족한 듯합니다."

그러자 이사부가 느긋하게 웃으며 해암에게 소곤거리듯 말했다.

"하여, 내가 불을 쓰기에 좋은 비밀병기를 만들고 있소."

비밀병기

하슬라의 선소에서 선박 장인들이 밤낮없이 모여 배 만들기에 집중했다.

배의 측판을 쌓아 올리되, 배가 수면에 떴을 때 수면과 접하는 경계인 흘수선에 맞추어 상하 두 칸으로 나누어, 밑에는 식수를 저장하고 위에는 식량과 무기를 싣기로 했다. 전후로는 세 칸의 격실을 나누어, 한 배에 서른 명 정도 탈 수 있었다.

대장선은 아직 완성되지 않았다.

"대장선은 위엄 있게 통솔하고 돌격하는 역할을 맡을 테니 당연히 선체가 크고, 돛은 세 개를 달아야죠."

"돌격에 강한 배로 만들더라도, 큰 배의 뱃전은 적들의 화살 공격을 받기 쉬우니, 군주님께서 말씀하신 방패를 세우는 것도 한 방법이오."

"쇠 방패는 무게가 많이 나가니, 방패의 겉은 쇠로 하고 속은 나무로 하는 것은 어떻소? 적의 화살을 막을 정도로요."

이날 새롭게 선보인 것은 물레였다.

"이 물레는 닻을 올리고 내리는 데 쓸 거요. 전선에는 닻을 올릴 때 작은 도르래를 달았지만, 물레를 이용해서 닻과 돛을 움직이면 훨씬 신속하게 움직일 수 있소."

이사부는 물레의 기발함에 감탄하며, 장수들이 모인 회의장으로 갔다. 회의장에는 장수들뿐만 아니라 하슬라의 성주 아리솔도 있었다. 우산국을 칠 시기를 유월로 잡아, 봄까지 모든 배를 완성하여 시험 운항을 완료하기로 했다.

무기에 대해 논의하며 화공전술을 이야기했다.

"화살은 깃 달린 것으로 바꾸어, 화살의 정확도와 비거리가 월등히 높아졌습니다. 그런데, 손깍지가 없어 궁술 훈련을 하고 나면 군사들 손에 물집이 잡히고 살도 벗겨집니다. 장수들이나 뿔깍지가 있고 군사들은 가죽 깍지도 없어 손에 삼베를 감고 화살을 걸다 보니, 다들 손이 엉망입니다."

아리솔이 그 말을 듣자 말했다.

"제가 하슬라 원로들에게 이야기하여, 쇠뿔로 만든 깍지를 준비하지요. 손깍지가 없어 군사들이 활을 제대로 쏘지 못하면 안 되지요."

"원로들께 거듭 감사하다고 전해주시오."

전투를 치르기 위해서는 많은 무기와 군복과 군량미까지 필요했다. 이사부가 우산국을 칠 계획만 세운 것이 아니기 때문이었다.

"우산국에는 싸울 수 있는 사내가 몇 명이나 된다고 했소?"

이사부가 쌍노에게 물었다.

"섬사람들이 천 명쯤 되니 열댓 살 이상의 사내들은 사백 명쯤 됩지요."

"공격하는 인원이 수비군의 두 배는 되어야 속전속결로 이길 수 있을 게요. 실직과 하슬라에서 군사 팔백 이상을 동원해야 하오."

이사부는 말한 뒤 꽃내를 보았다.

"우산국에 왜인은 몇 명이나 되느냐?"

꽃내는 고개를 숙이며 눈을 내리깔고 대답했다.

"왜인의 수는 오십여 명 남짓이나, 그들은 쉽게 배를 타고 왜와 오갑니다. 지난번 우산국 공격 시에도 신라의 배가 들어오는 것을 보고 정찰선이 왜로 갔을 거예요."

"우산국에서 왜까지 거리가 먼데, 그것이 가능한가?"

"우산국에서 왜의 가장 가까운 섬까지는 이틀이면 간다고 했어요. 가는 데 이틀, 오는 데 이틀, 즉 나흘이 지나면 왜군이 올 수 있어요."

하슬라 수군 대장 가우리가 고개를 갸웃하며 물었다.

"그렇다면 우해왕이 왜에 지원을 요청한단 말입니까?"

"아니에요. 우산국에 있는 왜인들이, 말하자면 첩자 노릇을 하는 거지요. 우해왕은 그걸 알면서도 눈감아주고요."

"음, 우산국은 신라를 막고 싶을 테고, 왜는 우산국이 신라에 복속되길 원하지 않겠지."

쌍노는 우산국의 지도를 펼쳐서 해안의 모습과 물살의 흐름을 설명했다. 석부는 실직의 배들이 어떠한 진을 펼치며 해안으로 진입할지를 의논했다.

"그리고 가장 중요한 전투에 대해서 말해야겠소."

좌중이 이사부에게 집중했다.

"거듭 이야기한 바와 같이, 우리는 우산국을 친 후 왜군과 대적할 것이오."

모두 긴장하는 낯빛이 되어 서로 얼굴을 마주 보았다. 이사부는 단호하게 말했다.

"우산국은 속전속결로 군사들의 피해를 최소화하여 이겨야 하오. 그리고 왜를 기다려 저들을 박살냄으로써 두 번 다시 왜가 우산국 쪽으로는 접근하지 못하게 해야 하오."

석부가 고개를 갸웃하더니 말했다.

"그러니까, 우산국을 점령한 후 왜군과 대전을 치른다 이 말씀입니까? 어디서요? 우산국에서요?"

좌중도 그것이 궁금하다는 표정이었다.

"우산국 앞바다에서 일차로 격퇴하고, 독섬 앞바다로 밀고 나가 적을 완전히 섬멸하는 거요. 수군이 이미 독섬 앞바다까지 훈련을 나가 본 적이 있지 않소?"

이사부는 잠시 숨을 고른 후 말했다.

"우산국을 복속하면 독섬, 바로 거기부터가 신라의 영역이오. 왜가 다시는 신라의 영역에 침범하지 못하게 할 것이오."

장수들의 얼굴에 불안한 기색이 보였다.

"이 기회가 아니면 우리가 왜군을 독섬 앞바다에서 막을 수가 없소. 만약 왜선이 나타나는 것을 보고 실직에서 수군이 나서면 이미 늦소. 실직에서 왜선을 발견할 때는 이미 저들이 우산국 가까이 온 후이니, 실직에서 수군이 아무리 빨리 가더라도 저들이 우산국에 먼저 닿아 우산국을 점령할 수 있소. 독섬 앞바다로 왜선을 몰아낼 기회는 다시 얻기 힘드오."

다들 깊은 생각에 잠겨 한동안 말이 없었다. 무거운 숨소리만 들리는 정적을 깬 사람은 아리솔이었다.

"그 계획은, 우산국을 속전속결로 이긴다는 것을 전제로 하고 있군요. 그럼, 군사들의 피해를 최소화해서 빨리 이길 방법은 있나요?"

이사부의 입가에 보일 듯 말 듯한 미소가 지나갔다.

"있소. 비밀병기가 있지요."

이사부는 그것을 보여주겠노라고 하고 그들을 선소로 이끌었다.

"하슬라의 선소에서 새 배를 만드는 동안, 실직의 선소에서 이 비밀병기를 만들었소. 하지만 이것은 출항하기 전까진 부하들에게도 비밀이오."

선소에서 배를 수선하는 곳으로 갔다. 입구에는 배를 고치고 있고, 뒷부분엔 돛과 같은 커다란 가림막을 세워 놓았다. 쌍노가 달려가 물레를 젓자 가림막이 천천히 올라가며 그 안에 든 비밀병기가 모습을 드러냈다.

사자였다. 나무로 만든 커다란 사자의 형상들이었다. 사자는 모두 입을 크게 벌리고 있는데 날카로운 이빨까지 생생하게 만들었다. 진짜 사자의 대여섯 배는 될 듯한 우람한 몸에, 갈기는 바람에 날리듯 풍성하고 네 다리는 금방이라도 뛰어오를 듯 근육이 드러났다.

"목우사자라니!"

누군가가 부르짖었다. 다들 고개를 뒤로 젖히고 목우사자를 올려다보며 입을 다물지 못했다.

"유황을 모았으니 목우사자를 잘 활용할 수 있을 것이오."

아리솔이 물었다.

"사자의 입에서 유황불을 내뿜는 광경이라도 보여주시렵니까?"

"그렇소! 우산국과 왜군과의 싸움에서 주 무기는 불이 될 것이니, 불을 붙일 수 있는 송진과 돼지기름, 고래기름을 지금부터 최대한 모아야 할게요."

장수들은 목우사자를 활용하는 방안에 대해 논한 뒤 흩어졌다. 아리솔은 오랜만에 안일공에게 들린다며 이사부에게 동행하기를 청했다.

"하슬라의 부루 성주는 건강이 어떠하시오?"

"예전보다 많이 나아졌어요. 그리고, 성주는 부루가 아닌 저입니다."

아리솔은 실직성의 후원인 오동나무 숲으로 향했다.

"비밀병기가 저 숲에도 있지 않습니까?"

이사부는 아리솔이 자신의 마음을 꿰뚫고 있음을 알았다. 아리솔은 품에서 뿔피리를 꺼내 불었다.

사자 우리 속의 금룡이 벌떡 일어났으나 짖지 않았다. 금룡의 갈기는 더욱 풍성해지고 네 다리는 더 우람해졌다.

"금룡이 군주님을 보고 짖지 않는 것을 보니 그동안 금룡을 자주 보러 오셨군요."

"이틀에 한 번씩 와서 먹이는 언제나 나만 주고 있소. 이제는 내가 멀리서 오기만 해도 냄새를 맡고 벌떡 일어서니 여간 영리한 녀석이 아니오."

아리솔은 뿔피리를 이사부에게 건네주었다.

"잘 훈련해 보세요. 목우사자 스무 개의 역할을 해낼 비밀병기가 될 수 있어요."

"고맙소. 그대에게 많은 빚을 졌소. 언젠가는 갚을 수 있을게요."

아리솔은 돌아서서 오동나무 숲을 올려다보았다. 한 줄기 바람이 그녀의 옷자락에 매달려 쓸쓸하게 울었다.

"당신은 갚을 수 없어요. 그러니 갚으려 하지 마세요."

출정하라

유월, 장마가 그치고 바람이 순해졌다. 백리안은 바닷물이 동쪽으로 가장 세차게 밀려 나가는 날을 헤아리고 있었다. 며칠 날씨가 좋았다가 곧 흐려지는 동해의 기상도 고려했다.

"삼 년 동안의 날씨를 소인이 다 적어두었습죠. 보름 후쯤이 좋을 듯한데, 요 며칠의 밤을 지나 보면 확실해질 겁니다."

이사부는 출항 보고를 하기 위해 서라벌로 향했다. 전령의 보고를 미리 받은 위화랑이 월궁의 성문 앞에 나와 이사부를 맞았다.

"결국 출정하시는가? 지난번의 실패로 그리 큰 곤욕을 겪고 굳이 또 바다를 건너가려는가?"

"저들을 그냥 두면 두고두고 신라의 우환거리로, 끊임없이 백성의 피를 부를 겁니다."

어쩔 수 없다는 듯 고개를 젓는 위화랑의 어깨가 처져 있었다.

"오늘이 내가 참여하는 마지막 귀족회의일세. 당분간 향촌으로 내려가 있을 걸세."

권력을 잡기 위해 태자인 원종에게 여동생을 바친 위화랑이었다. 의아해하는 이사부에게 위화랑이 말했다.

"연모란 허무한 것이야. 태자의 애첩을 내가 품었는데, 그만 태자가 알아버렸어. 내 누이에게는 화가 미치지 않아야 할 텐데. 그래야 태자의 화가 풀리면 다시 나를 찾지 않겠나?"

어쩔 수 없이 향촌으로 내려가지만, 다음을 기약하는 위화랑이었다.

"귀족들이 자네의 권력을 시샘해서 강하게 반대할 걸세. 내가 그동안 왕족 눈치를 보아왔지만, 어차피 떠나야 할 몸, 오늘은 거칠 것이 없으니 자네를 강력하게 밀어주겠네."

이사부는 왕과 귀족들 앞에서 우산국을 정벌하고 왜와 전투를 하겠다고 밝혔다. 예상한 대로 좌중은 크게 술렁거렸다.

"이미 우산국 정벌에 실패한 경험이 있는데, 연달아 왜와 전투를 치르다니. 이는 너무 위험한 발상이오."

"실직과 하슬라의 군주가 되고 나니, 자신을 과신하는 것 아니오?"

귀족들의 말에도 왕은 미동 없이 생각에 잠겨 있었다. 태자가 흥분한 좌중을 안심시키려는 듯 말했다.

"우산국으로 출정한 후, 왜가 우산국을 향해 올지 안 올지 확실히 알 수 없지 않소? 군주의 걱정이 너무 앞선 것 아닌가 싫소."

이사부가 담담하게 말했다.

"왜는 반드시 옵니다. 매년 지켜본즉, 저들은 해마다 유월이면 우산국으로 군사를 몰고 가, 거기서 신라의 동쪽이나 남쪽으로 방향을 잡습니다. 신라가 우산국을 쳤다고 하면 반드시 우산국을 회복하러 출정할 것입니다."

"우산국이 어떤 상황인지도 모르는데 왜의 계획을 어찌 추측한단 말이오?"

이사부는 목소리에 힘을 싣고 말했다.

"신 이사부 감히 고하옵건대, 섬나라 왜는 자연이 우리와 달라 살기 위해 일찌감치 해적이 된 무리가 많습니다. 저들은 머리가 비상하고 배를 잘 만들며 항해술이 뛰어나 언제든 이 땅으로 쳐들어올 수 있습니다."

"어허, 참으로 괴이한 말이로다. 왜군을 보지 못했소? 아랫도리를 벗고 맨발로 다니며 칼을 휘두르는 야만족이오."

"뛰어난 종족은 아니나 야만족도 아닙니다. 저들이 아랫도리를 벗고 맨발로 다니는 것은 해상 생활의 편리성 때문이고, 누구나 칼을 차고 다니니 칼을 잘 쓰고, 살기 위해 노략질을 합니다. 또한 저들은 자신들만의 토속신을 믿어 신라인을 죽여 제물로 삼는 것을 당연시합니다."

"들을수록 더욱 괴이하도다. 그렇게 잘 싸우는 왜군을 이길 수나 있겠소?"

"이미 서라벌을 두 번이나 함락하려 덤볐듯이, 왜군은 육지전에 강합니다. 저들은 뱃길에 능숙하여 배를 타고 와서 노략질하여 빨리 도망가기를 잘합니다. 그러나 해상에서는 저들도 전투의 경험이 없어 오히려 육지전보다 약합니다."

귀족들은 고개를 설레설레 저었다. 이윽고 왕이 물었다.

"해상에서 날랜 도적놈들을 그대가 잡을 수 있겠나?"

"반드시 해상에서 저들을 쳐서, 다시는 신라 땅으로 넘어오지 못하도록 쐐기를 박아놔야 합니다.

"어디에서 쐐기를 박겠나?"

"우산국의 동쪽 섬, 독섬 앞바다에 저들을 수장하여 섬멸시키고자 합니다."

좌중이 다시 술렁거렸다. 독섬이라니, 하는 표정이었다. 귀족들은 독섬 앞바다가 어디쯤인지 가늠하지 못했다. 그때 잠자코 있던 위화랑이 입을 열었다.

"신 위화랑이 실직에 가 본즉, 실직의 백성들은 이미 배를 만들어 이참에 왜군까지 섬멸하여, 다시는 왜군이 신라에 발을 못 디디게 하자는 뜻으로 대동단결하여 있었습니다. 서라벌의 군사들은 육지에서 적을 막고자 하나, 실직과 하슬라의 수군은 바다에서 저들을 반드시 섬멸시킬 것입니다."

귀족들이 위화랑의 말에 이맛살을 찌푸렸다.

"이사부로 하여금 왜군과 싸우도록 해 주십시오. 이사부가 막지 못하면 또다시 서라벌이 왜군의 위협을 받을 것입니다."

왕은 고심하더니 이사부를 믿음직스럽게 보고 말했다.

"이사부는 우산국을 복속시키고 왜군을 격파하라!"

이사부를 신뢰하는 왕의 얼굴에 두려움은 없었다. 이사부는 군사들의 가죽 갑옷과 활과 창, 군량미를 지원받아 실직으로 향했다. 위화랑이 성문 밖에 나와 배웅하였다.

"위화랑께선 어디로 가십니까?"

위화랑이 고개를 떨어뜨리며 한숨을 내쉬었다. 이사부는 위화랑의 근원이 불안하게 흔들리는 것을 느꼈다. 연정 때문에 권력을 잃은 자의 고뇌만은 아닌 듯했다.

"무슨 일입니까?"

위화랑이 눈가가 젖은 채 말했다.

"큰일을 앞둔 자네에게 말하지 않으려 했지만, 그럴 수가 없네. 스승님께서, 타계하셨다네."

이사부의 무릎이 내려앉았다. 이사부의 몸과 정신을 온전히 곧게 지탱했던 기운이 스러졌다.

"어디에 계십니까? 제가 같이 가겠습니다."

"그저 태백산 어디라고만 들었네. 이제 태백산으로 가 찾아보겠지만, 찾지 못할 수도 있네. 스승님의 스승께서 그러셨듯이 그저 자연으로 귀의하니 찾지 말라고 하셨지."

이사부는 땅에 얼굴을 묻고 울었다. 위화랑은 이사부 스스로 울음을 멈출 때까지 기다려 주었다. 삶에서 죽음으로 가는 길이 그저 바람이 부는 것과 같아 애달팠다. 실직으로 돌아오는 길은 죽음에서 삶으로 옮겨가는 것 같아 외로웠다.

출정하기 전날이었다.

쌍노와 꽃내는 며칠 동안 용왕제를 올릴 때 쓸 배를 만들었다. 짚을 엮어 만든 작은 배에 깃발도 세우고 돛도 매달았다. 배의 앞에는 나무로 만든 닻을 놓고 배의 뒤에는 키도 매달았다. 짚을 묶어 사람 형상을 두 개 만들었다. 얼굴에는 삼베를 둘러 그 위에 눈 코 입을 그려 넣었다. 하나는 머리에 누런 관을 씌우고 다른 하나는 해골 모양 관을 씌웠다. 누런 관을 쓴 것은 우해왕이고 해골 관은 왜장이었다.

만조일 때 용왕제를 올렸다. 물이 가득 들어온 바다를 앞에 두고 짚을 깔고 제를 차렸다. 돼지를 삶아 올리고 술과 곡식과 미역을 가득 차려 놓고 절을 했다. 그리고 흰옷을 입은 꽃내가 짚으로 만든 배를 끌고 나왔다. 배가 넘어지지 않도록 쌍노가 뒤에서 잡아주었다.

"자, 소지를 던지시오."

사람들은 삼베에다 소원을 쓰거나 그림을 그린 소지를 배 안에 던졌다.

꽃내는 방울을 들고 붉은 부채를 꺼내 들었다. 물결 소리보다 방울 소리가 크게 차오르고 부채는 쉼 없이 접혔다 펼쳐지기를 반복했다. 꽃내의 몸속에서 파도가 솟구쳐올라 그녀의 몸을 흔드는 듯했다. 꽃내는 부서질 듯 흔들리다가 이윽고 부채와 방울을 배 안에 집어 던졌다.

"동해 용왕님께 비나이다!"

바다를 향해 큰절을 올린 뒤, 이번에는 천천히 춤을 추었다. 흰 팔을 들어 올려 하늘을 우러러 소원을 비는 꽃내의 표정은 간절했다. 가느다란 팔이 그리는 선은 선명하고, 작은 발이 치마를 휘감을 때마다 서늘한 파도가 일었다.

꽃내는 신들린 듯이 빙글빙글 돌았다. 하얀 치마는 물보라가 되어 흩어지고 가느다란 옷고름은 흰나비가 되어 나풀거렸다. 한순간 우뚝 선 꽃내가 숨을 몰아쉬더니 둘러선 사람들을 보고 말했다.

"누가 검술 솜씨를 보여주시겠소?"

짚으로 만든 배 안에서 사람 형상을 꺼내 들었다. 호위 대장 퍼리가 나서서 허리에 찬 칼을 뽑았다. 꽃내가 우해왕의 형상을 하늘 높이 집어던졌다. 내려오는 것을 퍼리의 칼이 재빨리 베었다. 우해왕은 세 동강이 되어 떨어졌다.

"우와!"

하고 사람들이 손뼉을 쳤다.

이번에는 꽃내가 왜장의 형상을 집어던졌다. 역시 퍼리의 칼에 왜장도 세 동강이 되었다. 사람들은 다시 손뼉을 쳤다.

꽃내는 잘린 것들을 배 안에 던져 넣고 왜장의 머리에 불을 붙였다. 불붙인 머리를 배에 던졌다. 짚으로 된 배에 불길이 타올랐다. 사람들이 그 배를 바다로 밀고 갔다. 가득 들어왔던 물결은 이제 동쪽으로 밀려가고 있었다. 배는 물 위에서 활활 타올라 재가 되어 사라졌다.

끝까지 지켜본 이사부가 꽃내의 수고를 치하했다.

"군주님, 내일 배에 저도 타게 해주세요. 수군 대장에게 아무리 부탁해도 안 된다고 합니다."

"석부가 안 된다고 하면 나도 안 되네."

"제가 우산국을 잘 알아요. 저도 왜를 치는 데 힘을 보태고 싶어요. 대신 아버지는 데려가지 마세요. 부탁드립니다."

이사부는 꽃내를 설득하고 돌아섰지만, 꽃내의 고집을 석부도 꺾지 못하리라 생각했다.

출전하는 날 새벽, 실직과 하슬라의 해안 망대에 일제히 불길이 올랐다. 이사부는 모든 배의 상황을 점검했다.

"이번 전투는 화공전술이 주가 될 것이다. 화로를 잘 관리하고, 횃불을 피울 때 쓸 홰를 살피고, 유황과 송진, 고래기름도 잘 보관하여라."

전선 25척과 대장선 3척, 정찰선 3척, 모두 서른한 척의 배에 천 명의 군사들이 올랐다. 선장인 장수가 각 배의 뱃머리에 서고, 명을 전달할 장수와 군사들을 조련할 부하 장수가 나란히 섰다. 돛사공이 돛대 앞에 대기하고, 노잡이들이 열 명씩 자리를 잡고 앉았다. 활을 찬 군사들이 뱃전에 서서 미명의 어둠 아래 결기를 다졌다.

대장선들이 물살을 가르고 중앙에 나섰다. 가운데 대장선의 뱃전에 선 이사부가 손을 높이 들었다. 그러자 뱃전에서 군사들이 방패를 세우고 앉았다. 대장선은 뾰족한 방패로 둘러싸여 밖에서 감히 안을 알 수 없었다. 이사부가 손을 내리자 군사들이 방패를 내리고 일어섰다. 출항할 준비가 다 되었다.

해안에는 실직과 하슬라의 관료들이 줄지어 나와 있었다.

검바우와 선소의 백성들도 모두 나와 두 손을 간절히 모았다. 안일공과 아리솔도 두 손을 모아 천지신명께 빌었다.

쌍노는 울음을 참느라 몸을 떨었다. 쌍노는 꽃내의 간곡한 권유로 출정하는 배에 오르지 못했다. 배가 점점 멀어지자 쌍노는 두 팔을 허위허위 내저으며 물속으로 달려왔다.

꽃내야, 꼭 살아 돌아와야 한다.

쌍노는 제 가슴을 부여잡고 빌었다.

이사부가 검을 높이 들며 외쳤다.

"출정하라!"

그 말에 모든 배의 기수들이 붉은 기를 올렸다. 수군 대장 석부가 외쳤다.

"닻을 올려라!"

이사부는 첫 닻을 직접 거두어 올렸다. 이사부가 물레의 손잡이를 돌리자 묵직한 닻이 밧줄에 매달려 올라왔다. 동트지 않은 새벽을 향해 바람이 물살을 세차게 밀었다.

"돛을 달아라!"

석부가 외치자 공중에서 빛나는 돛이 펼쳐지기 시작했다. 대장선에는 세 개의 큰 돛이, 전선에는 두 개의 돛이 펼쳐졌다. 바람을 안고 부풀어 오른 돛이 밝아오는 아침을 향해 나아갔다.

바다를 건너는 것은 무(武)를 행하는 것과 같다. 파도의 끝, 시퍼런 칼날 위에 배들이 섰다. 칼을 끝, 그 정점 위에 우산국이 있었다.

우산국을 정벌하다

안개에 싸인 우산국이 나타나자 바람의 세기와 질감이 달라졌다. 어제 새벽에 출항하여 꼬박 하루 노를 저어 다시 새벽에 닿았다.

"어둠을 건너와 안개 앞에 섰으니 저들은 아직 우리를 보지 못했을 것이다."

돛을 내리고 정찰선 두 척을 먼저 보냈다.

지난번에는 출항한 후 우산국 앞바다에서 밤을 새우고 아침에 닿으니, 이미 저들이 온 섬의 꼭대기에서 활을 들고 서 있었다. 그때는 실패했으나 이번에는 반드시 속전속결로 승리해야 한다.

정찰선이 빠르게 돌아왔다.

"동쪽 산성에는 아무 기척이 없습니다. 해안에 보초도 보이지 않고, 우묵한 절벽 뒤쪽에 저들의 배가 묶여 있습니다."

"대장선의 기를 올려라."

실직의 푸른 깃발이 오르자 좌우의 배들에서 조용히 물결치듯 깃발이 올랐다. 이사부는 정찰선에 명했다.

"우산국의 동쪽 섬들 사이에 숨어 움직임을 살펴라. 적들이 우리를 발견한 후, 반드시 우산국에서 왜로 가는 배가 있을 것이다."

이사부는 다른 정찰선에 따로 명했다.

"곧장 독섬으로 가라. 우산국에서 나온 배가 독섬을 지나쳐 왜로 가는지 확인한 후 봉대에 불을 올려라. 그 후에도 너희는 독섬에서 왜군이 오는지 살펴라."

남풍이 불어오니 날이 밝기 전 안개가 걷힐 것이다.

"일진과 이진은 일자진으로 서라. 삼진은 우산국의 배를 공격할 준비를 하라."

푸른 깃발이 일제히 앞으로 꺾이면서 전선은 해변을 향해 일자로 늘어섰다. 삼진의 대열까지 확인한 후, 이사부는 명령했다.

"북을 울려라!"

붉은 기가 올라가며 북소리가 고요한 바다를 흔들었다.

"삼진, 공격하라!"

왼편에 선 삼진의 전선이 정박해 있는 우산국의 배를 향해 나아갔다. 적선 바로 앞으로 다가가며 횃불을 준비했다. 기름을 흠뻑 묻힌 홰를 화로에 가져가 불을 붙였다. 군사들은 적선을 향해 횃불을 힘껏 던졌다. 적선에 불빛이 일렁이다가 어느 순간 불꽃이 활활 타오르기 시작했다.

"한 척도 남겨두지 말고 불사르라!"

적선이 불길에 휩싸이자 멀리 보이는 산성에도 횃불이 피어올랐다. 저들이 움직이고 우해왕이 소식을 듣고 달려 나올 것이다.

해안에 우산국의 군사들이 나타났다. 화살이 비 오듯 날아왔지만, 신라군의 배에까지 닿지 않았다.

"대장선, 전진하라!"

대장선들이 붉은 기를 흔들고 북을 치며 전진했다. 천천히 선체를 옆으로 돌려 대장선은 배의 측면이 해안을 향하도록 일렬로 늘어섰다. 뱃전에 일제히 방패를 세우고 불화살을 준비했다. 송진을 발라놓은 화살에 불을 붙였다.

이사부가 적진을 향해 불화살을 쏘았다. 그것을 신호로 대장선에서 한꺼번에 불화살이 날아갔다. 불화살을 맞은 우산국 군사들이 쓰러지고, 적진은 순식간에 와해되었다. 적들이 화살이 닿지 않을 거리로 도망갈 때까지 대장선에선 불화살을 쏘았다.

"군주님, 저기, 우해왕입니다."

산성 위에 갑옷을 입은 장수들이 나타났다.

이사부는 우리 속에 묶어 두었던 금룡을 데리고 나와 목줄을 잡고 섰다.

"크앙!"

어둠을 깨치는 소리와 함께 날이 밝아왔다. 막 떠오른 태양이 앞줄에 선 배들 위에 우람하게 서 있는 사자들을 비추었다. 노랗게 빛나는 갈기는 용맹스럽고 크게 벌린 입에서는 재앙과 같은 포효가 터져 나올 듯했다. 배들은 모두 거대한 사자를 한 마리씩 싣고 있었다.

"크르르릉!"

금룡이 다시 포효하며 몸을 비틀었다.

"신라가 우산국을 복속하러 왔으니 우해왕은 썩 나서시오!"

석부가 검을 앞으로 내밀며 큰소리로 외쳤다. 해가 산성 위에 선 사람들을 환히 비추었다. 성 아래의 해안에 대기한 군사들의 모습도 보였다. 적들이 어지럽게 오가며 안절부절못하는 모습이 역력했다.

금빛 투구를 쓴 우해왕이 앞으로 나서며 외쳤다.

"이미 한 번 실패한 길을 어찌하여 또 왔는가? 정당하게 싸워서는 이기지 못하니, 그 무슨 요란한 짐승을 데려왔는가?"

석부가 호탕하게 웃은 뒤 외쳤다.

"조그만 섬나라에서 어찌 감히 사자를 보았겠느냐? 모든 짐승의 왕인 사자들이 너희 군사들을 갈가리 찢어놓기 전에 항복하라."

적진에서 더 큰 동요가 일렁이는 게 보였다. 흰 눈썹을 바짝 세운 백리안이 이사부 곁에 다가섰다.

"우해왕과 장수들의 얼굴이 흙빛으로 불안에 떨고 있습니다."

이사부가 이끄는 일진의 배가 해안에 내렸다. 방패로 앞을 가리고 얼마를 전진하기도 전에 바위 뒤에서 화살이 날아왔다.

해암이 말했다.

“사자로 겁을 살짝 주십시오. 우산국 군사들을 해쳐선 안 됩니다.”

이사부는 손에 쥐고 있던 금룡의 목줄을 놓았다. 금룡이 나는 듯이 달려 나갔다. 적진에서는 감히 화살을 쏠 엄두도 내지 못하고 비명을 지르며 도망쳤다. 금룡은 적들을 훌쩍 뛰어넘었다. 방패를 든 신라군이 금룡의 뒤를 따라 달려 나갔다.

“금룡아, 이리 오너라!”

이사부가 뿔피리를 불었다. 금룡은 갈기를 흔들며 한 번 더 포효한 뒤 이사부에게 돌아왔다. 금룡을 가까이서 본 적들은 두 손을 들고 제 자리에 주저앉아 울부짖었다.

이사부는 붙잡힌 백여 명의 우산국 군사들을 앞줄에 꿇어 앉히고 신라군은 방패를 든 채 그 뒤에 서게 했다. 산성에서 활을 쏘면 우산국 군사들이 희생될 것이었다.

“우해왕은 보았는가? 사자의 포효 한 번으로 백여 명을 잡았으니, 배에 있는 사자들을 모두 끌고 오면 너희 백성은 씨를 말리게 될 것이다.”

우해왕은 대답 없이 서 있다가 성 위에서 사라졌다. 장수들도 함께 들어가 버렸다.

산성은 우거진 수풀 뒤에 있고, 성문은 열리지 않았다. 성 위에 무기를 든 군사들이 늘어났지만 공격하진 않았다. 그들은 성문을 굳게 닫고 버티는 작전을 쓸 심산이었다.

그때, 정찰선을 타고 나갔던 장수가 급히 달려와 고했다.

"우산국의 동쪽 해안에서 왜선 두 척이 급히 빠져나가 독섬 쪽을 향해 가고 있습니다."

이사부가 예상한 대로였다. 그들은 왜로 곧장 향할 것이다.

이사부는 금룡의 목줄을 꼭 쥐고 포로로 잡힌 우산국 군사들 앞에 섰다. 그들은 겁에 질려 금룡의 곁에서 멀어지려고 서로 싸웠다.

"죄 없는 군사들을 죽이고 싶은 생각은 전혀 없네. 나는 우해왕의 항복만 받아내고자 하네."

이사부가 뿔피리를 불고 쓰다듬자 금룡이 얌전히 앉았다.

"산성 아래에 군량과 무기 창고가 있다고 들었다. 어디에 있나?"

선뜻 대답하는 이가 없었다. 서로 머리를 맞대고 소곤거리던 군사들이 갑자기 이사부의 뒤쪽을 보며 깜짝 놀랐다. 이사부가 뒤돌아보았다.

하얀 옷을 정갈하게 입은 꽃내가 치맛자락을 휘날리며 서 있었다. 꽃내가 우산국 군사들을 향해 합장하며 허리를 깊이 숙여 예를 표했다. 그러자 군사들도 두 손을 모으고 꽃내 앞에 허리를 숙였다.

"신녀님이 살아 계셨구먼요."

그들은 아직도 꽃내를 우산국의 신녀로 기억하고 있었다. 꽃내가 그들 앞에 서서 고아하게 말했다.

"나는 우산국에 있는 동안 늘 우산국 사람들을 위해 용왕님께 빌었어요. 지금도 신녀로서 당신들을 도우러 왔어요."

금룡이 낮게 크르르릉 하고 소리를 내자 군사들은 몸을 떨었다. 이사부가 금룡의 머리를 다시 쓰다듬었다. 꽃내가 그 손 위에 자신의 손을 겹쳐 놓으며 말했다.

"이 사자 역시 우리를 도울 신령스러운 짐승입니다. 사자들이 이 땅에서 왜인을 몰아낼 거예요."

겁에 질렸던 군사들의 얼굴에 희망의 빛이 보이기 시작했다.

"신라군은 우산국 백성들의 땅을 빼앗으려는 게 아니에요. 우산국을 억압하는 왜인들을 쫓아내려는 거예요."

그들이 잠시 술렁거리더니 한 장수가 나서서 말했다.

"군량과 무기가 있는 곳으로 안내하겠소."

"절벽 아래의 배들은 모두 불탔네. 나머지 배들은 어디 있나?"

"그 배들도 불태울 거요?"

"아니네. 어쩔 수 없이 그 배들을 태웠지만, 나는 배를 사람 다음으로 귀히 여기네."

"무기 창고 아래쪽에 서른 척의 배가 있는데 절반은 왜인의 배요."

"고맙네. 그 배를 왜인이 타지 못하도록 해야 해."

군량과 무기는 동쪽 해안의 움푹하게 파인 동굴 속에 있었다. 동굴 입구에는 밥을 해 먹을 수 있도록 마련이 되어 있었다. 그곳에서 밥을 많이 지어 배에 있는 수군에게 전했다. 우산국의 포로들이 안심할 수 있도록 꽃내는 그들과 함께 동굴에 있었다.

"저들은 놀라서 산성의 문을 꽉 닫고 열지 않을 것입니다. 우해왕을 밖으로 끌어내야 하니 목우사자를 쓰십시오."

해암이 말했다. 이사부는 목우사자를 싣지 않은 삼진의 수군은 배에서 내려 우산국 포로들을 감시하고 해안을 지키게 했다.

"일진과 이진은 전진하라!"

해안에 적들이 없으니 최대한 가까이 접근할 수 있었다. 수풀이 우거진 산성 근처로 신속히 전진했다. 배의 앞머리에는 커다란 목우사자가 버티고 있었다.

"사자의 입으로 불화살을 쏘아라!"

비어 있는 목우사자의 몸속에서 명사수들이 활을 잡고 섰다. 유황 뭉치를 매단 화살을 걸었다. 목우사자 옆에 대기한 군사가 화살 끝에 불을 붙였다.

"쏘아라!"

사자의 입에서 시퍼런 불덩이가 날아갔다. 불을 뿜는 사자를 본 적들은 성 위에서 혼비백산했다. 불화살은 대부분 성벽에 닿거나 수풀에 떨어졌다. 성문 앞 수풀에 불이 붙어 성벽을 타고 오를 기세였다. 성 위에 선 군사들이 물동이를 가져와 퍼부었다.

우해왕이 산성에 다시 나타났다.

"침략자 신라인아! 감히 우산국을 정복하려고 하는가?"

"너희가 해적이 되어 신라를 노략질하니, 섬나라 침략자를 응징하러 왔노라!"

목우사자의 입에서 다시 불덩이가 날아갔다.

"불을 뿜는 사자를 보고 완전히 겁에 질렸습니다. 우해왕이 떨고 있습니다."

백리안이 산성을 바라보며 말했다. 이사부는 사자 옆에 서서 크게 외쳤다.

"우해왕은 미련하도다! 곧 왜가 우산국을 치러 올 것이니, 나에게 항복하여 신라의 도움을 받으라!"

왜가 우산국을 치러 올 거란 말에 적들은 더욱 당황하는 기색이 역력했다. 우해왕은 호기로운 척하며 목소리를 높였다.

"그럴 리가 없다. 왜는 우리를 지원하러 올 것이다."

그때였다. 산성과 마주 보는 높은 바위 언덕에 칼을 든 사람들이 나타났다. 머리를 묶은 모양과 바지를 입지 않고 긴 갑옷을 입은 걸 보니 왜인들이 분명했다. 그리고 왜인 장수들이 우산국 군사 십여 명을 묶어 질질 끌고 나왔다.

갑옷을 입은 왜장들 뒤에 화려한 옷차림의 여인이 나타났다. 몸에 꼭 붙는 저고리와 치마를 입고 머리에는 금관을 썼다. 여인이 앞으로 나섰다.

"나는 대마국의 왕녀요 우산국의 왕후이다. 감히 왜가 우산국을 치러 온다는 거짓말로 왕을 속이려 하느냐?"

그러고는 묶인 군사 하나를 끌어내 절벽 끝에 세웠다. 대마국을 정벌한 우해왕이 그 딸을 데려와 부인으로 삼았다더니, 바로 그녀였다.

"크르르릉!"

금룡이 앞발을 웅크리며 달려 나갈 자세를 취했다. 이사부는 금룡을 훈련할 때 왜장의 갑옷을 집어 던져 공격을 지시하곤 했었다. 이사부는 금룡의 목줄을 쥔 손에 힘을 주었다.

여인은 왜장에게 삿대질을 하며 왜어로 사납게 무어라 지시했다.

"악!"

지켜보는 이들의 입에서 외마디 비명이 터져 나왔다. 왜장이 우산국 군사의 목을 쳤다. 잘린 목이 물에 떨어지고, 방향을 잃은 몸이 뒤로 넘어가며 물에 곤두박질쳤다.

"왜장은 멈추라! 부인, 멈추시오!"

우해왕의 분노한 목소리가 날카롭게 갈라졌다.

"우해왕은 왜를 능멸하는 신라군을 당장 치시오. 그러지 않으면 우산국 군사가 피를 볼 것이오!"

여인이 앙칼지게 외쳤다.

"멈추시오!"

꽃내가 바위 언덕에 나타났다. 여인이 칼을 들고 꽃내에게 다가갔다.

"꽃내!"

석부가 부르짖었지만 꽃내에게 달려갈 수 없었다. 대장선은 뭍에서 떨어져 있었다.

"배를 대어라!"

석부의 배가 해안으로 다가갔다. 이사부가 우산국에 처음 왔을 때, 꽃내는 저 바위 절벽에 매달려 있었다. 신라 땅에서 잡혀간 뒤 왜장들에게 유린당하며 그들을 위해 제를 올려야 했던 꽃내였다. 그러나 이제는 당당하게 어깨를 펴고 그들 앞에 섰다. 꽃내는 위엄있는 목소리로 부인에게 말했다.

"부인께서 우산국을 위한다면, 죄 없는 군사를 죽이지 마십시오."

그러나 왜장은 또 다른 우산국 군사를 끌어내 그대로 칼로 그은 후 절벽 아래로 떨어뜨렸다. 부인이 꽃내에게 다가서며 분노에 차 칼을 뽑았다. 순간, 칼날 같은 꽃내의 음성이 섬뜩하게 솟구쳤다.

"내가 왜의 온갖 신들을 불러 모아 너희들을 벌할 것이다!"

꽃내는 두 팔을 하늘로 쳐들고 천둥번개라도 불러올 듯이 강렬한 기운을 모았다. 여인이 꽃내를 향해 칼끝을 겨누었다. 석부가 군사들을 이끌고 달려 나갔다. 금룡이 잔뜩 웅크렸던 앞발을 쭉 펴며 뛰어올랐다. 부인이 꽃내를 향해 칼을 그었다. 금룡은 불화살처럼 절벽으로 뛰어올랐다.

"크앙!"

금룡이 부인을 밀어버리고는 칼을 든 왜장을 덮쳤다. 금룡은 정확하게 그의 목을 물었다. 바위 언덕에 선 왜인들 대여섯 명이 한꺼번에 금룡을 노렸지만 아무도 금룡을 찌를 수 없었다. 금룡의 앞발에 왜장들이 순식간에 쓰러졌다. 금룡이 왜장의 머리를 물었다. 바위 언덕은 온통 피로 물들었다. 갑옷이 너덜너덜해지도록 할퀴고 문 뒤에 금룡은 피투성이 시신 위에 우뚝 섰다.

“크아아앙!”

하늘이 갈라질 듯한 그 소리에 사람들은 어깨를 움츠리고 몸을 떨었다.

석부가 바위 언덕에 올랐을 때 꽃내와 부인은 보이지 않았다. 해안에 정박한 신라의 배에서 북이 울렸다. 배의 앞머리에 올라선 사자들의 입에서 불덩이가 날아왔다.

산성 위의 군사들은 전의를 상실하고 도망갔다. 성 위에는 우해왕과 몇몇 장수뿐이었다. 그리고 우해왕의 부인이 꽃내를 끌고 나타났다. 꽃내는 흰옷을 붉게 물들인 채 겨우 몸을 지탱하고 서 있었다. 금룡의 발이 할퀴었는지 부인의 목에서도 피가 흐르고 있었다.

“이 여인을 죽이겠다.”

앙칼진 소리로 부인이 외쳤다. 그러자 석부가 피 터지는 음성으로 외쳤다.

“수십 마리의 사자를 풀어 우산국 인간의 씨를 말리겠다! 그 여인을 해하면 내, 너의 해골까지 씹어 먹으리라!”

석부가 활을 잡자 부하들도 일시에 활을 겨누었다. 금룡이 다시 달려 나갈 듯이 크르릉거렸다. 부인은 비틀거리는 꽃내를 앞에 내세워 제 몸을 막았다.

“항복하겠소!”

우해왕이 온몸으로 외쳤다. 놀란 부인이 칼로 꽃내를 치려 하자, 우해왕이 칼을 든 부인의 팔을 내리쳤다. 좌우의 장수들에게 고갯짓을 하자 장수들이 부인을 데리고 갔다.

"나 우해왕은 실직과 하슬라의 군주 이사부에게 항복하겠소. 사자를 거두어 주시오. 내 백성들을 죽이지 마시오!"

그 말이 떨어지자 꽃내가 푹 쓰러졌다. 석부가 산성으로 달려 올라갔다.

꽃내는 옆구리를 베였다. 핏기 없는 얼굴로 석부를 보고 웃었다.

"걱정 마세요. 저는 용왕님이 돌봐주실 거예요."

꽃내는 생명이 위태로운 속에서도 모든 것을 이룬 표정이었다. 그 모습을 물끄러미 보던 우해왕이 말했다.

"그 여인이 우산국에 계속 있었다면 우리가 패하지 않았을 게요. 신기가 대단한 무녀였소."

석부가 꽃내를 안은 채 우해왕 앞에 가 이를 악문 채 나지막이 말했다.

"당신이 이 여인에게 한 짓을 생각하면 저 사자들 앞에 던져 갈가리 찢어놓고 싶지만, 이 여인의 뜻을 살펴 참는 줄 아시오."

꽃내의 하얗게 마른 입이 보일 듯 말 듯한 미소를 지었다.

우해왕은 이사부 앞에 무릎을 꿇었다. 머리에 쓴 왕관을 내려놓고 고개를 숙였다. 그리고 허리에 찬 칼을 풀어 칼집 채 두 손으로 공손히 이사부에게 바쳤다. 이사부는 그 칼을 받으며 너그러운 목소리로 말했다.

"백성을 위해 현명한 판단을 하여주어 고맙소. 우산국은 앞으로 신라에 복속되나 나라의 운영은 우해왕이 자치적으로 하시오."

우해왕은 눈물을 글썽이며 이사부를 보았다. 해암은 두 눈을 감고 합장했다.

이사부는 성 아래에 서 있는 신라군을 내려다보고 우해왕의 칼을 번쩍 들었다.

"와!"

벅찬 함성이 하늘과 바다를 뒤덮었다. 신라군은 단시간에 완벽한 승리를 얻어냈다. 해안에 줄지어 선 배에서는 목우사자들이 승리를 하늘에 고하듯 늠름한 자태로 빛났다.

그러나 전투는 이제 시작이었다. 우산국과의 전투는 왜의 대군과 맞서기 위한 전초전이었다.

칼의 끝, 섬멸하리라

우산국에 신라의 깃발이 올랐다. 승리의 함성이 동해 바다를 넘실거리며 신라를 향해 내달렸다.

우해왕은 항복한 뒤, 우산국에 있는 왜인을 남김없이 잡아와 목을 쳤다. 절벽에서 떨어진 왜인들의 시신은 물살을 따라 붉게 떠밀려 갔다.

이사부 일행은 우해왕의 성으로 향한 산길에 올랐다. 우산국의 밖은 가없는 바다요 안은 깊이를 알 수 없는 원시림이었다. 짙푸른 숲의 숨결이 산맥의 바람만큼 강력했다.

"저곳이 우해왕의 성입니다."

또 다른 모습의 우산국이 거기 있었다. 산꼭대기 아래 너른 평지가 있고 둘러선 산들이 인가를 새둥우리처럼 감싸 안고 있었다.

"동쪽 해안의 산성을 지키는 군사들 외에는 모두 이곳에 모여 삽니다."

우산국 장수가 조심스럽게 고했다. 이사부는 수만 년 전 잉태된 섬의 순박한 모성이 사람들을 품고 있는 듯 느껴졌다. 많은 희생을 부르지 않고 전투를 속전속결로 끝낸 것이

다행스러웠다.

마을로 내려가 성으로 가는 길에 백성들이 모두 나와 엎드려 머리를 조아렸다. 섬사람들은 알 수 없는 두려움에 눌려 있었다. 이사부는 백성들을 돌아보며 크게 말했다.

"신라는 우산국을 왜로부터 지키고자 함일 뿐이니 그대들은 안심하라!"

백성들의 이마가 땅에 닿았다.

우해왕이 작은 성 입구에서 이사부 앞에 엎드리려 했으나 이사부가 그의 손을 잡았다. 어제 이미 패왕으로서 신라군 앞에 무릎을 꿇었으니, 오늘 백성들 앞에서는 그의 존엄을 지켜주어야 했다.

우해왕의 부하들이 이사부의 장수들과 마주 앉았다.

"신라를 노략질한 왜군이 이 우산국을 중간 거점으로 활용하지 못하게 할 것이오."

우해왕이 고개를 숙이며 변명하듯 말했다.

"우리 역시 왜의 침입과 간섭을 원치 않았으나, 힘이 미약하여 왜를 막아내지 못하였소."

"하여, 신라가 우산국을 복속한 것은 왜가 신라에 침입하지 못하도록 하기 위함이오. 우산국도 이제 신라 땅이니 왜가 넘보지 못하게 할 것이오."

우해왕의 검은 눈썹이 꿈틀거리며 이사부의 다음 말을 기다렸다.

"해마다 이맘때면 왜가 전선을 이끌고 우산국으로 오는 것을 알고 있소. 그리하여 저들이 신라를 쳐들어올 궁리를 하는 줄 잘 알고 있소."

이사부 뒤에 선 해암이 두 손을 모으고 공손하게 말했다.

"어제 신라군이 우산국에 당도하자마자 우산국에서 왜선 몇 척이 동쪽으로 갔습니다. 정찰군의 말에 의하면 그들은 곧장 왜로 향했다 합니다."

이사부는 고개를 끄덕이며 우해왕을 보았다.

"저들은 신라가 우산국을 공격했다는 보고를 들었을 것이오. 저들이 출항할 시기에 그 소식을 들으면 군사의 수를 늘려 우산국을 치려 할 것이오."

"왜가 올지 어찌 아시오?"

"꼭 올 것이오. 적의 수가 많을 것이니, 우산국이 도와줄 수 있겠소?"

"군사를 내달란 말씀이오?"

"자원하는 자만 받겠소. 전투가 끝난 후 참여한 군사들에겐 신라에서 응당의 보상을 해줄 거요."

꼭 군사가 필요해서만은 아니었다. 우산국의 군사들이 함께 출전한다면, 우해왕이 딴마음을 먹지 못할 터였다. 또한 그들은 신라군보다 우산국과 독섬 앞바다를 잘 알고 있다.

전투에 참여하면 후한 보상이 따르리라는 말에 우산국 사내 백여 명이 배 몇 척을 이끌고 자원했다. 신라군은 해안의 산성에 진지를 마련했다.

이사부는 우해왕을 위협하고자 하루에 한 번 금룡을 이끌고 산꼭대기에 올라 마을을 내려다보며 사자의 포효 소리를 들려주었다. 혹시 금룡이 자신들을 해칠까 두려운 우산국 장수들이 꿩을 몇 마리씩 잡아 와 금룡의 먹이로 바치곤 했다.

"군량미는 얼마나 있는가?"

"열흘 치가 있습니다. 열흘 안에 왜가 오겠습니까?"

"자원한 우산국 사내들과 우산국의 장수들에게 하루분의 군량미를 상으로 나누어주게. 섬 백성들의 신임만 얻는다면 열흘 이상 버틸 수 있네."

이사부는 우산국 장수들에게 우산국 앞바다의 지형과 물길을 자세히 물었다. 우산국 본토 동편에 절벽으로 둘러싸인 죽섬이라는 작은 섬이 있었다. 왜선은 늘 죽섬 아래쪽을 지나 우산국으로 들어온다고 했다.

"죽섬에 망대를 세우고, 왜가 들어올 때 죽섬 뒤에 전선을 숨겼다가 일시에 기습공격하세. 우산국 앞바다에 암초들이 많으니 그쪽으로 왜선을 몰아 파괴하는 것이 일차전이네."

우산국 앞바다에서 일차적으로 적선을 부수고, 그대로 독섬 앞바다로까지 밀고 나가 격퇴하는 계획을 잡았다.

"왜선은 들물을 따라 들어올 테니 일차전에서는 적들을 우산국 쪽으로 몰아붙이고, 물때가 바뀌어 날물일 때 독섬쪽으로 몰고 가는 것이 좋겠습니다."

"우산국에서 가장 가까운 왜의 섬까지 가는 데 이틀, 오는 데 이틀이 걸립니다. 빠르면 사흘 후에 독섬에서 왜선이 보이고 나흘이면 이곳에 당도할 수 있습니다."

해암이 지형을 그려 보이며 설명했다. 이사부는 군사들이 지치기 전에 왜가 와주기를 바랐다.

군사들에게 왜와의 전투를 분명하게 알렸다. 그리고 석부의 지휘 아래 우산국 앞바다로 나가 해상 훈련을 하였다. 우산국 사내들은 노잡이 역할을 자처했다.

며칠이 지나도 왜선은 나타나지 않았다. 해암이 무언가 결심한 표정으로 이사부를 찾았다.

"그동안 물때를 매일 매 시각 살펴보니, 내일이 보름이라 만조 시 물이 가장 많이 밀려옵니다. 왜군이 온다면 이 시기를 놓치지 않을 겁니다."

해암의 목소리에는 분명한 자신이 있었다.

"하루에 물이 두 번 드는데 낮에 사시 경에 들고, 밤에 해시 경에 듭니다. 한밤중에는 공격하기 쉽지 않으니 필시 저들이 내일 아침 독섬 근처에 닿아, 내일 낮 우산국으로 옵니다."

이사부는 석부에게도 일러두라 하고, 죽섬의 망대에 올랐다. 우산국에서 왜선이 가장 먼저 보일 죽섬 망대를 백리안이 지키고 있었다. 백리안은 주름진 얼굴에도 두 눈은 형형했다. 그는 이사부는 보고 반색했다.

"막 보초를 군주님께 보내려던 참이었습니다. 물살과 바람이 어제와 오늘이 다릅니다. 사흘동안 파도가 드세고 바람조차 차갑더니, 어제 바람이 죽고 오늘은 미풍이 유순합니다. 내일은 보름이라 만조에 물이 많이 드는데 바람이 부드러워 파도가 잘 테니 저들이 오기에 적절합니다."

이사부는 고개를 끄덕였다.

“그대의 밝은 눈이 신라군의 눈이 되고 있네. 고맙네.”

“이런 눈을 가지고도 자식을 죽음에서 구하지 못해 천지신명을 원망하고 살았지요. 군주님을 뵙고 나서야 비로소 이 눈이 제대로 쓰이니 감사할 따름입죠.”

밤이 깊어 백리안에게 눈을 잠시 붙이라 이르고 이사부는 망대를 지켰다.

깊은 어둠의 바다, 문득 스승님이 떠올랐다. 무인은 무(武)로서 자신을 비워 오직 무로서만 가득 차야 하니, 성급하게 세상을 향하지 말라고 하시던 스승님.

스승님, 제가 그 칼날을 세워 짐승 같은 왜놈들을 치려 합니다.

스승을 마지막 뵌 그날처럼 이사부는 활을 들었다. 어둠 속 젖은 별빛을 향했다. 어둠과 내가 하나 되니, 활과 화살이 몸과 정신으로 하나 된다. 이사부는 살을 당겼다 놓았다. 화살이 바람 속으로 길을 내고 사라졌다.

먼 하늘이 어렴풋이 밝아왔다. 아직 해는 뜨지 않았다. 물밑의 해가 용트림하듯 일렁이기 시작할 무렵이었다. 수평선에서 붉은 선이 살아서 꿈틀거렸다. 이사부는 급히 백리안을 불렀다.

“저기 보시오. 왜선이오?”

백리안이 눈을 크게 뜨고 다급하게 말했다.

“맞습니다, 왜선입니다! 그리고 저기, 독섬에 대기하던 정찰선이 오고 있습니다! 이제 이 늙은이는 죽어도 여한이 없습니다."

석부에게 군사를 정비하라 명하고 장수들을 모았을 때, 정찰선이 도착했다.

"군주님! 독섬 앞바다에 왜선이 나타났습니다! 오십 척은 족히 될 듯합니다."

죽섬의 절벽에서 사수들이 활을 들고 대기했다. 죽섬 뒤에 전선 일부가 몸을 숨겼다. 우산국 앞의 전선들은 화공 준비를 했다. 왜선은 들물을 타고 세차게 다가왔다.

왜선이 죽섬 아래 가까이 왔다. 정찰병의 보고 대로 오십여 척의 대군이었다.

"더 가까이 오너라! 너희들을 오늘 동해에 수장시켜주마!"

"기를 올려라!"

전선에는 일제히 실직의 푸른 깃발이 올랐다.

죽섬 밑으로 적들이 들어섰다. 이사부는 왜장을 겨냥하여 활을 쏘았다. 왜장이 쓰러졌다. 죽섬 위에서 신라군이 화살을 쏘자 사수를 잃은 왜선이 비틀거렸다. 죽섬 뒤에 매복했던 전선들이 나타나 적들을 암초가 있는 쪽으로 몰았다.

"북을 울릴까요?"

"기다려라. 적선이 다 나타날 때까지!"

앞에 선 왜선들이 암초에 부딪혔다. 그 뒤로 적선이 계속 나타나고 드디어 왜의 대장선이 모습을 드러냈다.

"지금이다, 공격하라!"

북소리가 울리며 붉은 기가 올랐다. 이사부는 온몸의 피가 뜨겁게 솟구치는 것을 느꼈다. 여한 없는 전투를 해야 했다.

독섬해전

"북을 울려라!"

적들이 우산국 앞으로 다가왔다. 앞에 나선 배들은 암초에 부딪혀 부서졌다.

"이미 적들은 예상치 않은 공격에 당황했습니다. 여기서 최대한 왜선을 부숴야 합니다."

해암이 결의를 다지듯 말했다. 왜선 대여섯 척이 암초에 부서지거나 갇히고 그 뒤로 따라 들어온 왜선들은 우왕좌왕하고 있었다.

"노를 저어라! 왜선 뒤쪽에 서서 왜선을 우산국 쪽으로 밀어붙여라!"

들물일 때 저들은 물살을 따라 미끄러져 오고 있고, 신라군은 측면에서 물살의 반대 방향으로 빨리 노를 저어야 적들의 뒤에 가 설 수 있었다. 사수는 활을 쏘고 노잡이는 노를 빠르게 저었다. 신라군은 적들이 뒤쪽으로 도망가지 못하도록 우산국 앞에 적선을 가두었다.

"목우사자를 세워라! 적선을 감싸 안으며 전진하라!"

뱃전에 누워 있던 목우사자를 세웠다. 빈 몸 안에 홰를 가득 채워 불을 붙였다. 우산국을 점령할 때 그 위용만으로 승리를 이끌어 낸 목우사자였다. 이제 그 사자의 몸에 불을 질러 적선에 넘어뜨려야 했다.

"목우사자를 이물에 세우고 안에 불을 질러라!"

대장선이 세 방향에서 먼저 왜선을 향해 돌진하였다. 적선에서 날아오는 화살은 난간에 세운 방패로 막았다. 대장선은 몸속에 불이 타오르는 목우사자를 싣고 왜선의 측면에 그대로 닿았다.

"지렛대로 목우사자를 왜선에 넘겨라!"

불붙은 목우사자를 왜선에 넘어뜨렸다. 목우사자가 넘어간 왜선은 불이 붙고 부서졌다. 대장선 세 척이 적진에 목우사자를 넘긴 후 그대로 돌진하여 적의 대열을 흩어놓았다.

전선들도 왜선의 대열 안으로 전진하여 불타는 목우사자를 왜선에 넘어뜨렸다. 목우사자들은 제 역할을 다하고 왜선과 함께 타올랐다. 섬 쪽으로 밀리면서 왜선은 암초에 부딪혔다. 그러자 부서진 배에서 내린 왜군이 섬으로 올라갔다.

"군주님! 큰일났습니다! 적들이 우산국에 내렸습니다!"

이사부는 급히 배를 해안으로 돌렸다. 사수들에게 명령하려는 순간, 해안에서 활을 쏘는 이들을 보았다.

"우산국 백성들입니다!"

자원한 우산국 군사 백 명은 배에 타고 있었다. 저들은 제 땅을 지키기 위해 활을 든 우산국 사람들이었다. 적들은 우산국에 내릴 수 없었다.

"활을 쏘아라!"

군사들은 유황불을 붙인 불화살을 쏘았다. 푸른 불꽃을 내는 화살이 날아가자 적들은 크게 당황했다.

가라앉는 적선에서 왜인들이 신라의 전선으로 넘어왔다. 펴리가 칼을 들고 배의 이물에 서서 넘어오는 왜인을 베었다.

"뒤로 물러나 대열을 정비하라!"

"전선은 뒤로 물러나라!"

신라군은 바깥으로 물러나 반원 형태로 여전히 적을 감싼 모양을 유지했다. 신라의 전선들은 무탈했다. 가운데에 있는 왜선을 향해 화살을 빗발치듯 쏘았다. 뒤쪽에 있던 왜장선이 모습을 드러냈다.

이사부는 왜장선들 중에서도 우두머리가 탄 왜장선을 보았다. 좌우에 장수를 거느리고 선 자가 있었다. 갑옷으로 머리부터 무릎 아래까지 가리고 머리엔 큰 모자를 썼다. 그는 좌우의 장수에 비해 몸집은 왜소했으나 명령을 내리며 지휘하는 모습이 우두머리임이 분명했다.

그의 오른편에 선 장수는 키가 크고 얼굴엔 가면을 쓰고 있었다. 왜군들 사이로 날래게 다니며 지휘하는 모습이 눈에 익은 듯도 했다.

전선은 모두 뒤로 물러났다.

"적들이 빠져나가지 못하게 하라!"

이미 왜선 십여 척 이상이 불타고 부서졌지만 그들은 수적으로 우세했다. 왜장선들이 뒤쪽으로 빠져나가려 했다. 이사부는 왜장선을 집중 공격하며 불화살을 쏘았다. 그러자 다른 배가 왜장선을 보호하며 앞으로 나섰다.

"왜장선을 잡아라!"

노잡이들이 재빨리 노를 저었다. 왜장선에 다가가며 활을 쏘았으나 왜장들은 앞으로 나서지 않았다. 왜선은 허둥지둥 도망치고 있었다. 왜선끼리 부딪쳐 물에 떨어지는 왜군도 속출했다.

"군주님! 이제 적들을 도망가게 두시고 이차전을 준비하는 것이 나을 듯합니다. 날물을 타고 왜선을 독섬 앞바다에서 다시 몰아쳐야 합니다."

이사부도 해암의 생각과 같았다. 신라군 역시 다시 대열을 정비하여 왜선을 섬멸할 계획을 세워야 했다. 왜선은 우산국에서 독섬 쪽으로 도망갔다. 부서진 왜선이 이십여 척이었다. 왜선의 절반은 파괴하였다.

"잘 싸웠다!"

이사부의 외침에 군사들은 함성을 내질렀다. 처음에는 마지못해 나선 듯하던 우산국 군사들도 왜선이 불타고 부서지는 모습에 통쾌해했다.

"아직 전투는 끝나지 않았다. 우리는 완벽한 승리를 해야 한다! 대열을 정비하라!"

대장선 세 척을 중심으로 각 배의 우두머리 장수들이 모였다. 파손된 신라의 전선은 한 척도 없었다. 적을 우산국의 암초 쪽으로 유인하던 우산국의 작은 배 몇 척이 부서졌다. 석부가 수군의 상황을 보고하였다.

"군주님! 우산국의 군사들이 더 자원하였습니다. 그들이 독섬 앞바다를 잘 알 테니, 그들을 노잡이로 쓰는 것이 낫겠습니다."

석부 옆에는 우산국의 장수가 와서 이사부에게 예를 갖추었다.

"우리 우산국은 왜군을 한 번도 물리친 적이 없습니다. 오늘 저희도 이 전투에 참여하여 우산국 백성들의 승리를 보여주고 싶습니다."

이사부는 장수의 손을 움켜쥐었다. 우산국 장수들이 이사부의 배에 모였다.

"수군이 예전에 독섬 앞바다에 훈련을 나갔는데 파도가 높아 소용돌이에 휘말린 적이 있소. 독섬 앞바다에 물길을 꼭 알아야 하는 곳이 있소?"

"독섬 가까이에 소용돌이가 있습니다. 물길이 바뀔 때나 파도가 높을 때 물이 걷잡을 수 없이 회오리칩니다."

소용돌이에 왜선을 몰아넣으려면 물길이 바뀔 때를 노려야 한다.

"이른 새벽에 나가 공격하여 독섬 앞바다의 물때가 바뀌는 무렵에 적들을 소용돌이로 유인하는 것이 어떠합니까?"

해암의 말이 옳았다. 군사들은 허기진 배를 채우고 무기를 정비했다. 해암은 선실에서 조용히 염주를 굴리고 앉아 있었다. 해암은 살생의 한가운데 서는 번뇌와 업보를 짊어지고 백성들 편에 서는 길을 택해 주었다. 이사부는 해암의 뒷모습을 향해 합장했다.

석부에게 들러 꽃내가 차도가 있는지 물었다. 석부는 고개를 저었다. 내일의 전투에서 더 이상의 희생이 없기를 이사부는 간절히 빌었다.

새벽빛이 밝아오기 전에 출정했다. 우산국 백성이 전투에 참여한다는 말에 우해왕이 어둠 속에서 군사들을 배웅했다. 물이 나고 있었다. 흰 돛이 부풀어 오르며 바다를 밝혔다.

날이 밝자 갈매기가 떼를 지어 하늘을 날아올랐다. 독섬 앞바다에 왜선이 보였다. 그들은 일제히 빛을 등지고 검게 서 있었다. 이제 왜선과 신라 전선의 규모가 비슷했다.

"처음이자 마지막 전투처럼 싸워라! 신라의 기를 올려라!"

대장선에 실직과 하슬라의 기가 내려오고 커다란 신라의 깃발이 올랐다.

'신라 대장군 이사부'

굵은 글씨로 새긴 깃발이 오르자, 모든 전선에서 같은 깃발이 올라왔다.

"북을 울려라!"

북소리와 함께 공격을 명하는 붉은 기가 올랐다. 적들을 좀 더 끌어내어 물때가 바뀔 때 남쪽으로 유인해야 소용돌이에 접근할 수 있었다.

"노를 저어라! 전진하라!"

불안을 떨쳐낸 군사들의 표정은 신념으로 단단해졌다. 모든 전선의 군사들은 신라 대장군 이사부가 되어 전진했다.

왜선이 사정거리에 들어왔다. 적들의 대장선은 선두에 보이지 않았다.

"활을 쏘아라!"

멀리서 쏘는 화살이 적의 배에 큰 위협을 주지 않아도 선제공격을 해야 적을 이끌어낼 수 있었다. 적진에서 마주 활을 쏘며 전진해 왔다.

"천천히, 천천히 후진하라!"

수군은 적들이 눈치채지 못하도록 천천히 물러나며 왜선을 유인했다.

"불화살을 준비하라!"

적들이 다가왔을 때 대장선이 방향을 바꾸어 일자진으로 섰다. 군사들이 노 젓기를 멈추고 유황과 송진을 준비했다.

"불화살을 쏘라!"

수군이 다시 전진하며 불화살을 쏘기 시작했다. 선두에 선 적선들에 불이 붙었다. 적선에서도 화살이 빗발쳤다. 선두에 선 대장선의 방패에 화살이 날아와 쇳소리로 울었다.

물살이 바뀌고 있었다. 남쪽으로 조금만 더 가면 소용돌이가 있는 지점이 나올 것이다.

이사부는 물 위에 띄운 지남어를 보았다. 지남어는 배가 가야 할 남쪽을 정확하게 가리켰다. 적선에서 날아오는 화살이 뜸해졌다.

"배를 우로 돌려라! 왜선을 남쪽으로 유인하라!"

이사부는 왜선이 남쪽으로 직진해주길 바랐다. 그러나 왜선은 남서쪽으로 비스듬히 신라군의 배를 향해 전진했다. 저 방향이면 오히려 신라군이 소용돌이를 곁에 두고 싸워야 한다.

"아뿔싸! 저들은 이 바다를 이미 여러 번 항해했으니 저 소용돌이를 모를 리 없다."

이사부는 자신이 용의주도하지 못했음을 자책했다. 그러나 왜선은 신라 수군의 배보다 방향 전환이 느렸다. 저들의 배는 좁고 배 밑이 뾰족하여 물결이 세찬 바다에서 방향 전환이 쉽지 않았다.

"대장선, 돌격하라!"

대장선의 붉은 기가 빠르게 돌아갔다. 비스듬히 전진해 오는 적진의 선두를 향해 활을 쏘며 돌진했다.

"방패를 세우고 그대로 돌진하라!"

돌진하는 뱃머리가 적선의 측면을 들이받았다. 대장선이 적선 두 척을 한꺼번에 들이받았다. 적선 두 척이 부서지고 뒤집혔다. 기름 뭉치를 감은 화살을 걸고 바로 앞에 닥쳐온 적선에 불화살을 날렸다. 불타는 적선 뒤로 왜의 대장선들이 보였다.

"화살을 쏘며 후퇴하라!"

적선을 소용돌이 쪽으로 몰아넣어야 했다. 적선에서 맹렬히 공격해 오기 시작했다. 대장선에서는 계속 불화살을 쏘았다. 적선에 불이 오르고, 몸에 불이 붙은 왜의 군사들이 물에 뛰어들었다. 신라의 전선은 천천히 후퇴하며 적들을 에워싸는 반월 모양의 대열을 갖추어 나갔다.

드디어 왜장선 세 척이 선두에 나섰다. 가운데 배의 왜장이 뱃머리에 올라섰다. 키가 작은 우두머리 왜장은 방패 뒤에서 나오지 않았다. 검은 모자 아래 얼굴에 가면을 쓴 왜장이 이물에 우뚝 섰다. 사정거리 가까이에 적이 보였다.

적장들을 명중하기 위해 퍼리의 호위무사들이 먼저 활을 잡았다. 퍼리는 가면을 쓴 왜장을 겨냥했다. 무사들이 각자 한 명씩 목표를 잡았다. 퍼리가 화살을 날렸다. 화살이 왜장의 목을 스치며 가면과 모자를 벗겼다. 먼 거리에서도 이사부는 그를 알아보았다.

"백리안!"

이사부의 외침에 백리안이 달려왔다.

"저기 보시오! 저자 아니오? 검바우 해안에 해골을 쓰고 왔던 놈! 아이의 배를 갈랐던 놈."

해골을 쓴 왜장이 그 이후 실직에 쳐들어왔을 때, 이사부의 화살에 한쪽 눈을 맞았다.

"예, 맞습니다! 놈이 분명합니다. 군주님께서 쏜 화살에 애꾸눈이 되어 가면을 쓴 거였군요."

이사부는 활을 잡았다. 왜장은 퍼리의 화살에 분노한 듯 부하들에게 뭔가를 지시하고 숨어버렸다. 퍼리도 활을 잡고 왜장선을 응시했다.

"전진하라!"

수군은 적을 안으로 옥죄어 들어가며 왜선을 남쪽으로 몰아붙였다. 대장선에 왜장이 다시 나타났다.

너의 손에 수많은 백성이 죽어갔느니라!

이사부와 퍼리가 동시에 화살을 날렸다. 왜장의 양쪽 가슴에 화살이 박혔다. 왜장이 이물에 우뚝 섰다가 물에 떨어졌다.

"전속력으로 밀어붙여라!"

파도가 높아지며 배가 흔들렸다. 소용돌이가 다가오고 있었다.

"관솔불을 던져라! 불화살을 쏘아라!"

적선이 코앞에 왔을 때 석부가 외쳤다. 마지막 화공이 될 것이었다. 준비해 놓았던 홰에 기름을 잔뜩 묻혀 불을 붙였다. 타오르는 불덩이들이 적선으로 날아들었다. 이사부의 배가 왜장선을 들이받았다. 왜장선의 이물이 부서지며 기울었다.

"왜선으로 건너간다!"

석부의 외침에 퍼리가 무사들을 이끌고 먼저 달려 나갔다. 군사들이 왜군과 칼을 들고 맞서는 사이 이사부는 우두머리 왜장을 찾았다. 그가 방패를 내던지고 이사부를 맞았다.

"네가 동해왕 이사부이냐?"

그가 신라어로 말했다. 이사부는 대답 대신 검을 휘둘렀다. 왜장의 검술은 섬뜩하고 예리했다. 불필요한 동작이 없고 재

빠르게 급소를 공격했다. 한순간 다른 왜장이 이사부 앞을 가로막았다. 그를 베고 우두머리를 찾는데 어느 틈에 보이지 않았다. 칼이 부딪치는 소리가 높아지는데 왜선이 심하게 기울었다. 왜선의 후미가 물에 잠기고 있었다.

"왜선이 기운다! 방패선으로 건너가라!"

석부와 퍼리는 군사들이 배에서 재빨리 빠져나오도록 도왔다. 배가 물에 잠기기 직전 퍼리는 풀쩍 뛰어 대장선으로 건너왔다. 왜장선이 가라앉기 직전, 우두머리는 다른 왜선에 오른 것이 보였다.

거센 물보라를 일으키는 소용돌이 속으로 부서진 왜선이 빨려들며 산산조각이 났다.

"마지막이다! 왜선을 남쪽으로 밀고 물러나라!"

수군은 왜선을 남쪽으로 밀어붙이고 뒤로 빠지기 시작했다. 왜선은 이미 대부분이 불타고 부서졌다. 이사부는 한 대 남은 왜장선을 찾았다. 그때 왜장선이 이사부의 배를 세차게 밀며 떠밀려 갔다. 저 왜장선을 처리하고 이 바다에서 물러나야 했다.

왜장선에서 화살이 날아왔다. 배가 심하게 흔들리고 있었다. 다른 전선은 뒤로 물러나고 대장선과 왜선 몇 척이 모두 소용돌이의 가장자리에 휘말렸다.

"배를 돌려라! 노를 저어라!"

석부가 외쳤지만 노잡이들이 부상을 당해 노를 잡은 이가 절반밖에 되지 않았다.

백리안이 쓰러진 노잡이를 밀어내고 노를 잡았다. 그의 옷에는 적군인지 아군인지 알 수 없는 이의 피가 어지럽게 튀어 있었다. 온몸에 힘을 주어 노를 저었다. 그는 바다 위에서 생을 일구었으나 자식이 바다에서 죽은 후 물에서 멀어졌다. 그러나 이사부를 만나 그는 유능한 장수가 된 듯했다. 생의 남은 기운은 두 팔에서 젊은이의 근육으로 살아났다. 전투는 승리로 끝나가고 있었다. 소용돌이에 휘말리지 않으려 안간힘을 쓰던 왜선 한 대가 그 옆을 지나쳤다. 왜선의 장수는 이토록 허망한 패배를 믿기 힘들었다. 부하들이 죽어 장수가 직접 노를 저었다. 신라 대장선에서 백발의 노인이 젊은이 못지않은 기운으로 노를 젓고 있었다. 순간, 참을 수 없는 패배감이 가슴속에 타올랐다. 그는 벌떡 일어나 활을 잡았다. 백발 노인이 왜장을 쳐다보고는 썩은 이가 다 드러나도록 입을 벌리고 웃었다. 왜장은 자신이 저 노인에게 졌음을 깨달으며 화살을 날렸다. 노인의 심장에 화살이 정확하게 가 꽂혔다. 순간, 왜장의 가슴이 뜨끔했다. 숨이 막히고 입에서 피가 솟구쳤다. 이사부의 화살이 왜장의 심장을 꿰뚫었다. 배는 파도를 타고 뒤집혔다.

이사부의 배와 왜장선이 다시 부딪혔다. 우두머리 왜장이 보였다. 이사부와 펴리가 검을 잡고 왜장선으로 건너갔다. 펴리가 다른 왜군들을 상대하고 이사부는 우두머리를 맡았다.

오직 오늘을 위해 십 년을 준비했다. 선도 시절, 검바우 해안에서 왜놈들이 백성을 죽이는 것을 목격한 후, 배를 만들고 수군을 만들어 왜군을 섬멸하리라 다짐했었다. 오늘 독섬 앞바다에서 왜군을 섬멸하리라.

우두머리 왜장이 한순간 몸을 돌렸다.

"왜장을 놓치지 마라!"

이사부가 외쳤다. 퍼리가 왜장 앞을 가로막았다. 다른 왜군이 퍼리를 공격했다. 이사부가 왜장을 향해 달렸다. 배가 기울었다. 퍼리의 검을 맞은 왜군이 물밖에 떨어졌다. 퍼리가 몸을 돌릴 때 칼날이 섬뜩하게 빛났다.

다음 순간, 왜장의 검이 퍼리를 찔렀다. 퍼리의 허리에 검이 박혔다. 이사부가 그대로 몸을 날려 왜장을 베었다. 왜장의 몸은 비틀거리다 물속에 떨어졌다.

"퍼리!"

석부가 달려와 이사부와 함께 퍼리를 부축하여 대장선으로 건너뛰었다. 왜장선은 물살에 휩쓸리며 부서졌다.

이사부의 방패선이 소용돌이에 휩쓸렸다. 노를 젓던 이들 모두 몸을 납작하게 엎드렸다. 배가 높이 솟구치다가 물을 타고 내려왔다. 배가 부서질 것 같았다. 이사부는 퍼리의 손을 놓지 않았다.

물살의 기운이 사그라들기 시작했다. 물때가 바뀌는 시간이 지나 소용돌이는 천천히 가라앉았다.

맹렬하던 바다의 숨소리가 차분해졌다. 뱃전의 깃발들은 아직도 숨 가쁘게 펄럭거렸다. 이사부의 방패선은 수많은 상처를 안고 살아남았다.

"퍼리!"

거친 숨을 몰아쉬던 퍼리가 눈을 뜨고 이사부를 보았다. 퍼리의 눈이 빛을 잃어가고 있었다. 해암이 퍼리의 손에 염주를 쥐어주었다.

"군주님, 살아남은 왜인은 삼십여 명입니다."

오십여 척의 왜선 중 무사한 배는 두 척뿐이었다. 실직에서 출발한 신라군의 배는 정찰선까지 서른한 척, 그중 두 척만 파손되었다.

이사부는 살아남은 왜인들을 모아 놓고 추상같이 호령했다.

"너희들은 살려 보낼 테니 왜로 돌아가서 똑똑이 전하라. 차후에 왜가 또 신라를 넘보았다가는 왜 종족의 씨를 말려버릴 테다. 이곳 독섬 앞바다부터 신라의 땅이니라. 두 번 다시 독섬 앞바다를 넘지 마라!"

군사들이 승리의 함성을 내질렀다.

"신라 장군 이사부! 동해왕 이사부!"

모든 군사가 이사부였다. 동해의 맑은 물결이 함께 술렁이고 갈매기 떼가 하늘을 미끄러지듯 날았다. 햇빛이 찬란하게 쏟아졌다.

이사부는 다시 퍼리 곁에 앉았다. 퍼리의 눈이 가느다랗게 떠졌다. 새파란 입술이 천천히 움직였다.

"무인이 되었으니, 충분합니다. 열심히 활을 쏘면서, 제 안에 군주님께서, 기둥이 되어주셨습니다."

어린 시절 활을 쏘면서 이사부 안에 스승이 정신의 뿌리를 내리고 몸을 바로 세우게 했다.

"퍼리야. 내가 너를 구하지 못했구나."

자신의 제자가 되고 싶어 한 퍼리였다.

"군주님의 호위무사가 되어, 좋았습니다."

"살아야 한다. 너는 나의 제자이다."

퍼리의 창백한 얼굴에 엷은 미소가 지나갔다.

퍼리야. 이 길이 너와 내가 만나는 길이었나 보다. 무인의 길에서 이렇게 마주쳤다 가는 것. 과녁을 맞히고 가는 화살 같은, 우리의 길이었나 보다.

"구, 군주님!"

퍼리가 숨을 몰아쉬며 말했다.

"자유롭게, 이 동해에 저를 놔주세요. 땅에 묻히는 건, 싫습니다."

순장을 당했다던 퍼리의 누이 이야기가 떠올랐다. 이사부가 꼭 쥔 퍼리의 손에 가느다란 힘이 들어갔다. 활을 쏘던 그의 손이 마지막 화살을 거는 듯했다. 시위를 당기고 화살을 놓았다. 퍼리의 화살은 동해의 푸른 과녁에 명중했다. 퍼리의 손이 떨어졌다.

불이 붙지 않아 태우지 못했던 목우사자 하나가 남아 있었다. 홰를 넣어 불을 붙이자 이번에는 활활 타올랐다. 대장선의 돛을 떼어내어 퍼리의 몸을 감쌌다. 곱게 싼 퍼리의 몸을 불타는 목우사자 안에 넣었다.

"동해를 자유롭게 노닐며 이 바다를 지켜주소서."

해암이 염주를 세며 기도했다. 부서진 정찰선이 목우사자를 싣고 독섬 쪽으로 향했다. 석부의 눈에서 후두둑 눈물이 쏟아졌다. 뒤편에 물러선 모든 배에서 군사들이 두 손을 모아 빌었다. 퍼리의 몸은 푸른 물결 위에서 붉게 타들어 갔다. 그 불꽃이 사그라들수록 그의 영혼은 자유로워지고 있었다. 마침내 독섬 앞바다에 불꽃이 아낌없이 녹아들었다.

이사부는 수군의 대열을 정비하여 실직으로 향했다.

"돛을 달아라!"

바람의 방향이 바뀌어 배를 신라 쪽으로 밀어주었다. 파도가 칠 때마다 동해의 목소리는 깊고 푸르렀다. 바다 깊은 곳에서 울려 퍼지는 독섬 앞바다의 노래는 하얀 꽃으로 끊임없이 피어났다.

우산국을 신라에 복속한 후, 독섬은 우산도라 불렸다. 512년 여름, 이사부의 나이 스물여덟이었다. 왜는 이후 이백여 년 동안 단 한 번도 신라의 해안을 침범하지 못했다.

* 『삼국사기』에 의하면 이사부의 본명은 김태종, 신라 내물왕의 4대손이다. 지증왕, 법흥왕, 진흥왕 시기에까지 활약하였으며 생몰 연대는 명확하지 않다.

왕족으로 일찍 이찬의 벼슬에 오르고, 505년 젊은 나이에 실직(지금의 삼척)의 군주로 임명되었다. 『삼국유사』에는 하슬라(지금의 강릉)의 군주가 되었다는 기록도 있다. 지증왕 13년인 512년, 나무로 사자를 만들어 가 우산국을 정벌한다. 신라는 끊임없이 왜의 침입을 받았지만, 이사부가 우산국을 점령한 후 왜는 231년 동안 신라를 단 한 차례도 침략하지 않았다.

우산국 정벌 후 오랫동안 이사부에 대한 기록이 없는데, 동해왕 이사부로 불리며 실직과 하슬라 지역을 다스리고 바다를 누볐으리라 추측된다. 말년에 법흥왕의 딸인 지소와 혼인하여 어린 진흥왕의 아버지가 되었다. 진흥왕 시기인 562년, 대가야를 함락할 때 화랑을 이끌고 가 승리했다는 기록이 마지막으로 남아 있다.

독섬해전 소설 이사부

초판 1쇄 발행 2022년 12월 16일

지은이 김문주
펴낸이 강수걸
기획실장 이수현
편집장 권경옥
편집 이선화 신지은 오해은 강나래 김소현 이소영
디자인 권문경 조은비
펴낸곳 산지니
등록 2005년 2월 7일 제333-3370000251002005000001호

주소 부산시 해운대구 수영강변대로 140 BCC 613호
전화 051-504-7070 | 팩스 051-507-7543
홈페이지 www.sanzinibook.com
전자우편 sanzini@sanzinibook.com
블로그 sanzinibook.tistory.com

ISBN 979-11-6861-124-5 03810

* 책값은 뒤표지에 있습니다.
* 잘못된 책은 구입하신 곳에서 교환해드립니다.
* 이 책은 경남문화예술진흥원의 문화예술지원을 보조받아 발간되었습니다.

경남문화예술진흥원
GYEONGNAM CULTURE AND ARTS FOUNDATION

:: 산지니 문학 ::

랑 김문주 장편소설

보이지 않는 숲 조갑상 장편소설

길에서 형님을 잃다 조갑상 소설집

누구나 평행선 너머의 사랑을 꿈꾼다 조갑상 장편소설

마네킹이 필요하다고요 짧은 소설집 | 곽성근 외

펭귄의 이웃들 오영이 소설집

혜수, 해수 2: 뱀파이어 임정연 장편소설

교룡 표성흠 장편소설 ***2022 한국문화예술위원회 문학나눔 선정도서 *2021 한국출판문화산업진흥원 우수오디오북**

녹색침대가 놓인 갤러리 이경미 소설집

모자이크 부산 김민혜·박영해·조미형·오영이·장미영·안지숙

고흐의 변증법 심은신 소설집

봄비 한경화 소설집

혜수, 해수1: 영혼 포식자 임정연 지음 *프랑스 저작권 수출

유토피아로 가는 네 번째 방법 정광모 장편소설 ***2021 한국문화예술위원회 문학나눔 선정도서 *2022 백신애문학상 수상도서**

오후 네 시의 동물원 서정아 소설집

콜트45 정광모 소설집

바람, 바람, 코로나19 문선희 소설집

봄밤을 거슬러 정미형 소설집

캐리어 끌기 조화진 소설집 ***2020 한국문화예술위원회 문학나눔 선정도서**

사람들 황경란 소설집 ***2020 한국문화예술위원회 문학나눔 선정도서**

지옥만세 임정연 장편소설 ***2020 6월 책씨앗 추천도서 *2020 한국문화예술위원회 문학나눔 선정도서**

실금 하나 정정화 소설집

맥박 정형남 소설집

팔팔 끓고 나서 4분간 정우련 소설집

데린쿠유 안지숙 장편소설

마살라 서성란 장편소설

볼리비아 우표 강이라 소설집

방마다 문이 열리고 최시은 소설집 ***2019 부산작가상 수상도서**

유산 박정선 장편소설

생각하는 사람들 정영선 장편소설 ***2018 요산김정한문학상 수상도서**

거기서 도란도란 이상섭 팩션소설집 ***2018 이주홍문학상 수상도서**

나는 장성택입니다 정광모 소설집 ***2018 한국문화예술위원회 문학나눔 선정도서**

우리들, 킴 황은덕 소설집

명랑한 외출 김민혜 소설집 ***2018 한국문화예술위원회 문학나눔 선정도서**

유마도 강남주 장편소설 ***2018 대한출판문화협회 청소년도서**

폭식광대 권리 소설집

사할린 이규정 현장취재 장편소설(전3권)

내게 없는 미홍의 밝음 안지숙 소설집 ***2017 세종도서 우수문학도서**

가을의 유머 박정선 장편소설

노루똥 정형남 소설집

쓰엉 서성란 장편소설 ***2017 세종도서 문학나눔 선정도서 *2017 부산문화재단 우수도서 *2017 부산국제영화제 아시아필름마켓 북투필름 참가작 선정도서**

독일산 삼중바닥 프라이팬 오영이 소설집

고래그림비 유익서 소설집 ***2016 세종도서 우수문학도서**

토스쿠 정광모 장편소설 ***2016 세종도서 우수문학도서**

칼춤 김춘복 장편소설

진경산수 정형남 소설집

씽푸춘, 새벽 4시 조미형 소설집

아디오스 아툰 김득진 소설집

붉은 등, 닫힌 문, 출구 없음 김비 장편소설

내 안의 강물 김일지 소설집

끌 이병순 소설집 ***2015 부산작가상 수상도서 *2016 세종도서 우수문학도서**

레드 아일랜드 김유철 장편소설 ***2015 부산국제영화제 아시아필름마켓 북투필름 참가작 선정도서**

날짜변경선 유연희 소설집 ***2015 세종도서 우수문학도서**

다시 시작하는 끝 조갑상 소설집

조금씩 도둑 조명숙 소설집

번개와 천둥 – 소설 대암 이태준 이규정 장편소설 ***2015 부산문화재단 우수도서**

편지 정태규 창작집 ***2015 세종도서 우수문학도서**

고도경보 김헌일 항공소설집

청학에서 세석까지 정태규 소설집

이상한 과일 서정아 소설집

감꽃 떨어질 때 정형남 장편소설 ***2014 세종도서 우수문학도서**

만남의 방식 정인 소설집 ***2015 백신애문학상 수상도서**

목화 – 소설 문익점 표성흠 장편소설 ***2014 세종도서 우수문학도서**

치우 이규정 소설집 ***2013 문화예술위원회 우수문학도서 *2014 이주홍문학상 수상도서**

서비스, 서비스 이미욱 소설집

작화증 사내 정광모 소설집 ***2013 문화예술위원회 우수문학도서 *2013 부산작가상 수상도서**

장미화분 김현 소설집 ***2013 문화예술위원회 우수문학도서**

밤의 눈 조갑상 장편소설 ***2013 문화예술위원회 우수문학도서 *2013 만해문학상 수상도서**

즐거운 게임 박향 소설집 ***2012 한국도서관협회 우수문학도서 *2012 부산작가상 수상도서**

삼겹살 정형남 장편소설 ***2012 문화체육관광부 우수교양도서**

한산수첩 유익서 소설집 ***2012 한국도서관협회 우수문학도서 *2012 성균관문학상 수상도서**

댄싱맘 조명숙 소설집 ***2012 한국도서관협회 우수문학도서 *2012 이주홍문학상 수상도서**

1980 노재열 장편소설

불온한 식탁 나여경 소설집 ***2011 한국도서관협회 우수문학도서 *2011 부산작가상 수상도서**

물의 시간 정영선 장편소설 ***한국문화예술위원회 문학창작지원 도서**

테하차피의 달 조갑상 소설집 ***2010 문화체육관광부 우수교양도서 *2011 이주홍문학상 수상도서**

그는 바다로 갔다 문성수 소설집

부산을 쓴다 정태규 외 27인 지음 ***2009 부산시 원북원부산 후보 도서**

우리 집에 왜 왔니 – 처용아비 박명호 소설집

빛 김곰치 장편소설 ***2008 문화예술위원회 우수문학도서**

달콤쌉싸름한 초콜릿, 이야기 옥태권 소설집 ***2008 부산작가상 수상도서**

길 위에서 정태규 소설집 ***2008 이주홍문학상 수상도서**